장태우 역사소설

문무

2권 삼한일통을 이루다

BF북스
BARRIER FREE BOOKS

전3권

1권 신라의 새로운 희망

2권 삼한일통을 이루다

3권 왜의 천황이 되다

【 차 례 】

황산벌 전투

날이 밝았다. 밥을 먹고 해가 떠오를 때였다.

선봉에 서 있던 우장군 흠순이 말을 몰아 옆으로 나아갔다. 그리고 자신의 아들 반굴(盤屈)이 속해 있는 군진(軍陳) 앞에서 큰소리로 말했다.

"반굴은 어디 있느냐?"

아들을 불러내는 흠순의 눈빛이 형형하게 빛났다.

반굴은 열아홉에 불과했으나 이미 장가를 들어 일가를 이루고 있었을 뿐만 아니라 영윤(令胤)이라는 어린 아들까지 두고 있었다. 그러나 이번 싸움에 자진해서 군문에 들어와 아버지의 뒤를 따라 군졸로 참전하고 있었다. 풍월도 사이에서는 백제를 토벌하기 위해 임금까지 친히 나서는 마당에 어린 낭도들 역시 천년 사직의 맺혔던 숙원을 풀겠다며 무리지어 이번 싸움에 참가하는 형세였다.

"싸움터에 나와 보니, 소회가 과연 어떠하더냐?"

흠순이 반굴에게 물었다.

"제가 집에서 생각하던 것과는 참으로 많이 다르옵니다. 비록 지금의 형편에서는 백제의 간적들이 앞을 가로막아 전진하는 우군의 운신에 방해를 주고 있지만, 우선 참전한 모든 장수들의 모습이 늠름해 보이고, 특히 군사들의 고생이 막심해 비로소 그들이 나라에 바치는 노고를 이제야 이해할 수 있을 것 같습니다."

반굴이 제법 의젓하게 대답하자, 흠순이 말을 이었다.

"나라를 위하는 일이란, 무릇 백성이라면 누구나 솔선해야 하며 마땅히 지켜야 하는 군신의 도리이니라. 신하된 자로서 충성을 이길만한 것이 없으며, 자식으로서 효도만 한 것이 없다. 이런 위급함을 보고 목숨을 바치면 충(忠)과 효(孝) 두 가지를 모두 갖추게 될 것이다."

햇살에 반사된 흠순의 눈빛은 안타까움과 애틋함에 젖어 절절하기 그지없었다. 또한 깊기가 마치 동굴 속처럼 끝이 보이지 않았다. 이는 반굴이 이미 성혼하여 일가를 이루었다고는 하지만 역시 나이가 어려 아직 세상 물정을 완전히 터득하지 못한 한낱 철부지로 보였기 때문이다. 그러니 아비된 심정으로 가슴이 메어질 뿐이었다. 자신의 아들이 죽을 것을 뻔히 알면서도 사지로 내보내야 하는 그 심사를 과연 무슨 말로 표현할 것인가? 차마 입이 떨어지지 않았으나 결단을 내리지 않을 수 없었고, 초조하고 처절한 심정은 가슴이 찢어지다 못해 빨갛게 달군 인두가 몸에 닿는 형벌을 당하는 것과 다름없었다.

그 순간이었다.

"소자를 그처럼 믿어주시니 참으로 고마울 뿐입니다. 삼가 아버님께서 분부하심을 기꺼이 받들어 모시겠습니다."

마치 기다리고 있었다는 듯 반굴의 대답은 스스럼없었다. 앳된 얼굴에 방금 떠오른 햇살 하나가 가득히 내리 비치고 있었다. 대답을 마친 그는 아버지를 마지막으로 뵙는 예를 갖추기 무섭게 말에 올라 박차를 가해 달려나갔다. 그 모습이 믿음직스럽고 늠름하기 짝이 없었다. 마치 처음부터 아예 생사 따위는 안중에도 없었다는 듯 초연하고 당당했다.

"어찌 어린 반굴을 적진에 홀로 내보내십니까?"

무슨 영문인지 미처 알지 못한 나머지 북소리를 듣고 뒤늦게 상황을 알아차린 법민이 황급히 흠순에게 말하며 쫓아 나가려고 했다. 그때 흠순이 법민의 옷자락을 붙잡으며 말했다.

"태자께서는 잠시 기다려주십시오. 그동안 아들놈의 무예가 얼마나 늘었는지 알지 못해 궁금했는데 오늘에 이르러서야 비로소 알 수 있게 됐습니다."

흠순이 비록 침착하게 말했으나 어찌 그인들 상황을 깨닫지 못하겠는가? 다만 한껏 위축돼 있는 사태를 돌려놓기 위해 짐짓 엉뚱한 소리를 늘어놓고 있는 것이었다. 그 사이 북소리가 울리고, 반굴이 적진을 향해 나아가자 적진에서도 그를 맞아 적병이 뛰어나왔다. 두 사람은 양군이 서로 대치하고 있는 들판에서 싸움을 시작했다. 신라와 백제 진영의 모든 군사들이 숨을 죽인 채 싸움을 지켜보는 양상이 됐다.

반굴은 적을 맞아 칼을 뽑아들었다. 두 마리의 말은 서로 어우러졌다 떨어지기를 반복하면서 맹렬히 싸웠다. 양쪽에 대치한 군사들은 숨소리까지 죽인 채 두 사람 행동 하나하나를 지켜보았다.

"히히~힝!"

반굴의 말이 앞발을 높이 들었다가 내려서는 순간, 적병의 허점을 노린 반굴의 칼날이 사선(斜線)으로 길게 내려 그어졌다. 동시에 피를 뿌리며 적병이 말에서 떨어지고 말았다. 일합도 겨루지 않아 결판이 난 셈이었다.

"와~!"

그와 동시에 신라 진영에서 함성이 터져 나왔다.

"그동안 반굴의 무예가 얼마나 늘었는지 알지 못해 궁금했거늘 오늘에야 비로소 알 수 있겠구나. 반굴은 신라의 으뜸 장수의 아들임에 틀림없도다."

흠순은 만족한 듯 크게 외쳤다. 그러나 기뻐하는 것도 잠시, 다음 순간 적진에서 서너 명의 적병이 동시에 말을 달려나왔다. 적병들은 반굴을 네 방향에서 에워싼 채 동시에 공격을 가했다. 이를 지켜보던 법민이 즉시 말에 올라 박차를 가해 뛰쳐나갔다.

적병의 숫자가 많아졌으므로 이쪽에서도 누군가가 합세해 반굴을 도와줘야 한다고 생각했기 때문이다. 반굴을 에워싼 적병의 수는 네 사람이나 됐다. 그러나 다음 순간, 말고삐를 누군가가 가로챈 나머지 말이 앞발만 높이 들 뿐 앞으로 나갈 수 없었다.

법민이 급히 고개를 돌려 돌아보니 흠순이었다.

"외숙께서는 어찌 말리십니까? 지금 나가지 않으면 반굴이 위험합니다!"

법민이 큰 소리로 외쳤다. 순간적으로 전신으로 피가 끓어 올랐다. 바로 당신의 아들이 극히 위험한 지경에 처한 상황이기에 그를 구하기 위해 나가려는 자신을 막는 외삼촌을 이해할 수 없었다. 때문에 저절로 흥분되고 격해진 나머지 흡사 비명처럼 외치며 뿌리치기를 마다하지 않았다.

"태자께서는 잠시 기다리십시오."

흠순이 비장한 표정으로 말했다.

"어찌 기다리라고 하십니까? 어서 이 고삐를 놓으십시오!"

법민이 다시 외쳤다. 그러나 흠순의 태도는 오히려 담담하기만 했으며 여전히 고삐를 틀어쥐고 놓지 않았다. 이때 눈을 들어 그를 일별하니 눈빛이 안타깝기 짝이 없는 중에도 형형함이 가득했으며 물기가 촘촘히 스며져 나오고 있었다.

"태자 저하! 잠시 기다리십시오. 소신은 이미 반굴을 마음속에서 지웠습니다. 이번 싸움의 승기(勝氣)를 잡을 수 있는 방법을 찾기 위해 아들을 내보낸 것이옵니다. 나라에 충성하고 떳떳이 죽을 수 있다면 어찌 의로운 일이 아니겠습니까? 반굴이 자신의 뜻을 굳건히 세울 수 있도록 부디 도와 주십시오."

조용히 말했으나 그의 말 속에는 함부로 거스를 수 없는 결심과 아비로서의 위엄이 서려 있어 바위처럼 무겁게 느껴졌다. 순간, 법민의 가슴 역시 덜컥 내려앉을 수밖에 없었다. 자신의 연약한 아들을 희생하면서까지 싸움의 전환점을 얻기 위한 외숙의 고뇌를 비로소 깊이 깨달을 수 있었기 때문이다. 아비로서 자식을 사지로 내보내는 심정이야 오죽하겠는가, 하고 생각하자 머리털이 곤두설 정도로 정신이 번쩍 들었다.

"하지만……. 외숙님!"

법민은 다음 말을 차마 잇지 못했다.

"태자께서는 진정하십시오. 소신의 아들이 비록 나이는 어리지만 나라를 위해 공을 세울 수 있다면 그것으로 만족할 뿐이옵니다."

법민은 말고삐를 흠순에게 잡힌 채 싸움터로 나가는 대신 황급히 시선을 돌렸다. 반굴이 어찌 될 것인지 조바심이 나 견딜 수 없었다. 그때까지도 반굴은 백제의 군사들에게 포위당한 채 빠져나오지 못하고 있었다.

바로 그때였다. 반굴의 뒤쪽에서 장창을 겨누며 돌진하는 적병이 보였다. 순간, 법민은 숨을 멈추었다. 반굴의 몸이 장창에 꿰뚫려 버릴 수 있는 아슬아슬한 순간이었다. 날쌘 동작으로 몸을 피한 반굴이 허방을 짚고 스치는 적병의 목을 칼로 날렸다. 그리고 이어서 적병의 목에서 피가 흘러나오며 땅에 떨어졌다.

"와~!"

"과연 잘 싸운다!"

신라 진영에서 환호가 터져 나왔다. 그러나 그것도 잠시, 섬뜩한 적의 칼날이 반굴의 몸에 꽂히고 말았다.

"앗!"

법민이 외마디 신음을 내뱉었지만 이미 늦었다. 반굴이 피를 뿌리며 말에서 떨어져 내릴 때 법민은 눈을 감고 말았다.

"결국 힘껏 싸우다 죽고 말았구나!"

법민이 탄식을 쏟아냈다.

"우~와!"

이번에는 백제 진영에서 함성이 터졌다. 그와 반대로 신라 진영은 쥐 죽은 듯 조용했다. 반굴은 혼자 적진에 뛰어들어 세 명의 적을 죽이고 분투를 거듭했지만 힘이 모자란 나머지 죽고 말았다. 이를 지켜보던 신라의 장졸들은 일시에 맥이 빠질 수밖에 없었다. 손에 땀을 쥐고 좋은 결말이 나기를 기다렸으나 끝내 기적은 일어나지 않았던 것이다. 비탄에 잠긴 한숨 소리만 진중에 깊이 울려 퍼질 뿐이었다.

그때였다.

"관창은 이리 오너라!"

이번에는 좌장군 품일이 큰 소리로 아들을 불렀다.

"예! 아버님! 소자 대령했습니다."

관창(官昌)이 즉시 앞으로 나와 품일의 말 앞에 무릎을 꿇고 앉았다. 관창은 반굴보다 세 살이 적은 열여섯이었다. 그러나 그 역시 화랑에 몸담고 있는 동도(童徒)로서 몸가짐이 단아하고 뜻이 굳은 구석이 있어서 풍월도 사이에서 인기가 높았다. 여러 화랑들이 싸움터에 앞을 다퉈 출전하는 것을 보고는 시석(矢石)이라도 나르겠다며 아버지를 따라 참전하고 있던 중이었다. 솜털이 보송보송한 채 해맑은 얼굴을 하고 있던 관창은 반굴이 그처럼 여러 명의 적에게 죽임을 당하는 모습을 보자 이미 뻗쳐오른 의기를 참지 못하고 얼굴이 벌겋게 상기돼 있었다.

품일이 이르러 온 관창을 일별하고 여러 장졸들이

들으라는 듯 큰 소리로 말했다.

"내 아들은 이제 겨우 열여섯이지만 적을 꺾으려는 의지와 적에게 이기고 말 것이리라는 기백이 충천하므로, 능히 적진에 뛰어들어 화랑의 명예를 결코 헛되이 하지 않을 것이오. 그렇지 않느냐?"

"아버님, 과연 그렇습니다!"

관창은 모두들 들으라는 듯 큰소리로 대답했다.

"지금 이 자리야말로 나라와 백성을 위해 장부로서 한목숨을 스스로 바칠 때이다. 너는 비록 어린 나이지만 자못 용맹스러운 점이 있으니 오늘 이 싸움에서 능히 삼군(三軍)의 모범이 되리라!"

품일의 우렁찬 음성은 결기에 차 있었다.

이에 관창이 허리를 굽히며 말했다.

"예! 반굴 형과 저는 서로 공을 다투기로 작정을 한 나머지 이번 싸움에 이르렀습니다. 반굴 형이 스스로 먼저 나아가 용맹스러움을 보였는데 제가 마땅히 나가지 않는다면 화랑으로서 서로 맺은 맹세가 헛될 뿐입니다. 반굴 형이 미처 이루지 못한 공을 소자가 나아가 마저 이루어 내겠습니다!"

관창은 어린 소년이었지만 우렁차고 기개에 넘쳤다. 그는 즉시 몸을 일으켜 말에 뛰어오른 후 창 한 자루만을 가지고 쏜살같이 적진으로 달려들어 갔다. 신라 진영에서 북소리가 다시 요란스럽게 울리고 드넓은 황산벌엔 긴장감이 피어올랐다.

"싸움에 이겨 적을 꺾으려는 장수들의 뜻이 모두들 저처럼 한결같구나!"

법민은 적진으로 나가는 어린 관창을 지켜보면서 비탄에 잠긴 나머지 탄식을 뱉었지만 꼼짝도 할 수 없었다. 작은 외숙과 다른 장수들이 자신을 에워싸고 움직일 기회를 주지 않았기 때문이다. 다만 멀어지는 관창을 바라보며 오직 무사하기만을 바랄 수밖에 없었다. 전신을 휘감아오는 전율과 초조함으로 인해 저절로 몸이 떨렸다.

적진에서도 장수 한 명이 마주나왔다. 그를 상대하는 관창은 의연하기 짝이 없었다. 멀리서 싸움을 지켜보는 신라의 장졸들도 모조리 숨을 죽였을 뿐 아니라 각 군졸들마다 불끈 틀어쥔 손에 저절로 땀이 배어들었다.

이윽고 싸움이 시작됐다. 관창이 창을 높이 들어 상대를 공격해 들어갔다.

"멈춰라! 이제 보니 새파란 젊은 놈이로구나!"

"닥쳐라! 네 눈에는 내가 어려보일지 몰라도 나는

이미 신라의 화랑에 당당히 이름이 올라 있는 향도 관창으로 네놈의 목을 취하러 왔다!"

나이 지긋한 적장이 무시하는 듯 말하자 관창이 응수했다.

"보아하니, 너 역시 조금 전에 죽은 놈과 마찬가지로 아직 어린애인 듯 보이니, 그만 돌아가거라! 내 어찌 한 나라의 장수로서 어린놈을 상대하겠느냐?"

적장이 관창의 창끝을 피하며 말했다.

"네놈이야말로 어린 아이의 손에 목이 달아나야 허언(虛言)을 접겠느냐? 조금 전에 반굴을 죽인 놈들이 무슨 염치로 이제 와서 어리다는 걸 핑계로 삼아 싸움을 피하느냐? 어서 덤벼라!"

"허~! 죽은 놈이 반굴인지 온굴인지는 내 알 바 아니다. 네놈 역시 그 꼴이 나고야 말겠다는 뜻이구나?"

"닥쳐라! 네놈의 목을 치기 전에는 한 발짝도 물러서지 않을 것이니라."

관창이 크게 소리를 지르며 창을 꼬아 잡은 채 덤벼들었다. 이에 적장이 몸을 뒤집어 살짝 피했는데 제법 몸놀림이 재빨라 보였다.

관창의 말이 앞으로 나가면 적의 말이 뒤로 물러났

으며, 적의 말이 관창을 치기 위해 전진하면 관창이 역시 또한 물러나곤 했다. 양 진영의 군사들은 손에 땀을 쥔 채 싸우는 모습을 지켜보느라 숨소리조차 들리지 않았다. 서로의 군사가 대치한 가운데 관창은 물러났다 전진했으며 또한 우측으로 돌았다 좌측으로 피하기를 몇 차례 반복했다.

법민 역시 결과가 어찌 될 것인지 숨죽여 지켜보고 있었다. 노련한 적장에 비해 아직 어린 관창인지라 자연 실력에 차이가 느껴졌다. 10여 합을 겨루고 나자 실력 차이가 더 확연히 드러났다. 법민은 울분이 치솟아 견딜 수 없었다. 더구나 반굴이 적에게 패해 말에서 떨어지는 것을 보고 난 다음인지라 안타깝고 억울한 마음을 금할 길 없었다.

"히~히~힝!"

적이 크게 힘을 쏟아 대도를 높이 들어 관창의 머리 위를 향해 공격을 가하자 급히 창을 휘둘러 막았다. 그 서슬에 말이 앞발을 든 채 높이 솟구쳤다가 간신히 내려서는 순간, 그만 관창이 말에서 굴러 떨어지고 말았다. 순간 이쪽 신라 군사들의 입에서 탄식이 흘러나왔다. 안타까움으로 모두들 울분을 토해내느라 바빴다. 적장이 황급히 말에서 뛰어내려 목에 창끝을 들이대는 순간, 적진에서 다른 적병들이 우르르 몰려나와 관창을 묶고는 진중으로 끌고 들어갔다. 그리고는 시간이 지나도 적진에서는 움직이는 모습이 보이지 않았다. 텅 빈 황산벌에는 점차 뜨거워진 햇살만이 인간들의 생사와는 관계없다는 듯 가득 내려와 앉았다.

관창은 적장 앞으로 끌려갔다. 그리고는 자신을 묶어 데려온 자의 발길질에 고꾸라져 꿇어앉았다. 치욕스럽기 짝이 없었지만 포로로 잡힌 몸이니 날고 뛰는 재주가 있다 해도 방법이 있을 수 없었다.

"투구를 벗겨 보거라."

앞에 앉은 계백이 이르자, 옆에 있던 군졸들이 달려들어 관창의 투구를 벗겼다. 투구 속에서 나타난 관창의 얼굴은 비록 땀에 젖었지만 아직 어린 티가 가시지 않은 미소년의 얼굴에 솜털마저 보송보송했다. 이에 적장과 수하들이 동시에 놀라는 모습이 역력했다.

"아니? 이 녀석이? 너는 어린애가 아니냐? 도대체 몇 살이나 된 놈이더냐?"

투구를 벗긴 자가 놀라며 물었다. 마치 어린애의 재롱을 보다 흥이 난 나머지 묻는 말투였다.

"너희에게 원수를 갚겠다고 찾아온 자의 나이는

왜 묻느냐? 어서 죽여라!"

딴에는 짐짓 어른인 척 꾸며낸 목소리였지만 아직 변성기를 지나지 않아 가늘기 짝이 없었다. 태도 또한 일부러 태연 하려고 애쓰는 모습이 오히려 눈물겹도록 안쓰러워 보였다. 이에 계백은 아예 시선을 피했다.

"돌려보내도록 하라."

"하오나, 장군."

부장이 물었다.

"젖비린내 나는 풋내기를 어찌 죽이겠는가? 어린 아이를 죽여 봤자 오히려 적의 전의만 북돋아주어 우리가 더욱 곤란할 뿐이다."

"알겠습니다."

부장이 이번에는 관창을 향해 말했다.

"네놈은 계백 장군의 은덕을 입어 살아난 것이니, 돌아가거든 곧장 집으로 향해 가서 싸움터에는 얼씬도 하지 말고 부모님 공양이나 잘하여라. 알겠느냐?"

관창은 비로소 앞에 앉는 장수가 계백이란 것을 알 수 있었다. 어제부터 적장이 계백이라는 장수라는 것은 알았지만 이처럼 직접 만나고 보니 새로운 분기가 치솟았다. 한편으로는 이처럼 사로잡힌 몸이 되고 보니 운신을 하기 불편할 뿐이었다. 새삼 자신의 능력이 모자라 적들에게 포로로 잡힌 것이라고 생각하니 서글픔이 밀려왔다.

"이처럼 너희들을 죽이기 위해 이르러온 것이 바로 효도인 줄 모르느냐? 어서 죽여라!"

관창이 몸을 비틀며 울부짖었다.

"하하, 이놈이 참으로 맹랑한 놈일세."

"어린놈이 어른들의 말을 듣지 않으면 불알을 까버릴 것이다!"

적들은 더 이상 관창을 상대하려고 하지 않았다. 관창은 분하고 원통하기 짝이 없었으나 묶인 몸인지라 어쩔 수 없이 말 위에 올려진 채로 신라군의 진중으로 돌아올 수밖에 없었다.

"적진에 뛰어들어 잡혔으니, 내 아들은 죽은 것이 확실하구나."

품일은 탄식을 뱉으며 낙담하기를 주저하지 않았다. 그러나 얼마 후 적진에서 말 한 마리가 중앙으로 나오더니 이쪽으로 내달아왔다. 자세히 살펴보니 관창이 말에 묶여 있었다. 즉시 군사들이 달려들어 관창의 결박을 풀어 주었다.

"관창아, 어찌하여 이처럼 살아서 돌아올 수 있었

느냐?"

말에서 내려선 아들에게 품일이 물었다. 다행이라고 여기는 것처럼 들리기도 했으나, 한편으로는 적진에 뛰어들어 사로잡혔으므로 마땅히 죽어야 하거늘 살아 돌아온 것을 원망하는 듯 들리기도 했다. 이에 옆에서 지켜보는 사람들의 눈시울이 저절로 뜨거워졌다.

"적진에 뛰어들어 창을 휘두르다 곧 사로잡히고 말았습니다. 곧 적의 병사들이 저를 적장에게 데려갔습니다. 적장은 저의 투구를 벗기고 아직 나이가 어리고 용감함을 가상히 여긴다며 탄식을 했습니다."

관창이 말했다.

"무엇이라 탄식을 하더란 말이냐?"

품일이 아들에게 다시 물었다.

"적장이 말하기를 "우리는 신라에게 이미 대적할 수 없겠구나. 어린 소년도 이처럼 자신을 돌보지 않은 채 용감하기가 흡사 맹수와 같거늘, 하물며 장정들이야 말해 무엇 할 것인가"라고 말했습니다."

잠시 후 관창이 다시 입을 열었다.

"제가 적진에 들어가 적의 장수를 베지도 못하고 깃발을 뽑아 오지도 못한 것은 결코 죽음을 두려워해

서가 아닙니다."

말을 마친 관창은 자신에게 화가 난다는 듯 씩씩거리며 우물가로 다가가 양손으로 우물물을 떠서 벌꺽벌꺽 마신 다음, 다른 투구를 빌려 쓰고 다시 말에 오르더니 미처 붙잡을 새도 없이 적진으로 다시 달려갔다.

계백이 이 모습을 지켜보고 있었다.

"또 그 철부지인가?"

"그놈이 틀림없습니다. 놈이 죽으려고 환장을 한 모양입니다. 살려준 은혜도 모르고 날뛰는 저런 놈은, 제가 즉시 목을 치고 오겠습니다."

옆에 있던 부장이 대답과 동시에 놈의 목을 치겠다는 듯 자리에서 벌떡 일어섰다.

"아니다, 내가 나가겠다!"

계백이 잠시 뭔가 생각하더니 단호하게 말했다. 이는 절박한 상황에 처하게 된 자기 자신에게 항서(降書)를 쓴 것이나 마찬가지였다. 결과야 어찌 됐든 자신이 직접 처리하지 않으면 안 될 일이라는 걸 비로소 깨달은 것이다. 계백은 말에 올라 비호처럼 달려나갔다. 그리고는 거리가 가까워지자 우선 호통부터 내질렀다.

"네 이놈! 아무리 세상 물정을 모르는 철부지라 하지만 말귀는 똑바로 새겨들어라! 썩 물러가지 않으면 당장 네놈의 목을 칠 것이다."

계백은 이미 시운이 기울어 백제의 사직이 끝에 닿았다는 걸 느끼고 있었다. 아울러 이번 싸움 역시 결코 이길 수 없다는 것을 알고 있었다. 그것은 유신이 찾아와 서로의 심사를 털어놓고 얘기를 나눌 때 이미 극명하게 결판이 난 일이었다. 어찌 이런 한심한 처지로 사직을 올바로 지킬 수 있겠는가? 더불어 이처럼 초라하고 한스러운 처지로 전락해버린 자신의 신세가 원망스러웠다. 그 때문에 분기가 치밀어 올라 스스로 견딜 수 없었다. 붉게 충혈된 그의 눈에 밝은 햇살이 따갑게 비춰들어 사물조차 구분하기가 어려울 지경이었다.

그는 집을 떠나 전장으로 향하면서 이미 모든 걸 버리고 나온 처지였다. 자신의 목숨이라 하더라도 마땅히 보존할 수 없음을 알고 있었다. 그건 의자왕으로부터 5천의 결사대를 인수받아 나온 순간부터 결정된 것이었다.

"한 나라의 허약한 군사를 이끌고 동시에 두 나라의 위세를 감당하게 되니 스스로의 존망까지도 예측기 어렵다. 만일 망하게 되면 반드시 뒤에 남은 처자가 욕을 당할 것이다. 살아서 결코 씻지 못할 욕을 당할 바에는 차라리 깨끗하게 죽는 것이 낫지 않겠는가?"

계백은 스스로 생각하며 이 싸움터에 이르러 오기 전 우선 집으로 향했었다. 나당의 무리들이 쳐들어온다는 소식에 사람들은 이미 뿔뿔이 흩어져서 마을은 인적마저 찾을 수 없었다. 자신의 집에만 한줄기 불빛이 보일 뿐이었다. 그는 집안으로 들어가 가솔들을 모두 한자리에 불러 앉히고 무겁게 입을 열었다.

"무릇 사람이 금수와 다른 까닭은 인간으로 태어나 능히 그 도리를 다하는 데서 찾을 수 있는 법이다. 나라의 신하가 돼 적에게 절개를 잃으면 금수와 다를 바 없는 것이오, 또한 아내가 된 몸으로 적에게 신체를 더럽힌다면 떳떳한 사람이라 할 수 없는 법이다. 그러므로 불행한 때를 당하여 사람이 그 처자에게 바라는 것은 정부(貞婦)와 효자가 돼주는 것이오, 처자가 남편이나 아비에게 바라는 것은 현인과 정사(貞士)가 되어주는 것이다. 이것은 모든 사람의 도리로 서로 바라는 것이니, 이를 어긴다면 다만 금수일 뿐이다. 만약 나라가 망하고 몸이 죽은 뒤에 처자가 적에게 잡혀 몸을 더럽히고 구박을 당하면서 "이놈은 아무개의 처였고, 아무개가 낳은 자식이다"라는 말을 듣게 된다면 신명(身名)을 더럽힐 뿐 아니라 인도(人道)에 위배됨이 클 것이다. 따라서 애초에 한 번 죽음을 얻고 마땅함을 얻느니만 못할 것이다. 웅어취사(熊漁取舍)란 바로 이런 경우에 있는 것이니, 어찌 한 가닥의 목숨을 끊지 못하여 감내할 수 없는 치욕을 자초할 것인가?"

그러나 어린 자식들은 자신의 말을 알아듣지 못한 채 마냥 해맑은 눈망울만 굴리고 있었다. 다만 아내만은 차오르는 감정을 가눌 수 없는지 고개를 숙인 채 눈물을 흘리고 있었다.

용기가 필요한 일이었으되 결행하지 않을 수 없었다. 계백은 침착하게 칼을 뽑아들고 처자를 차례차례 죽여 가며 자신의 기구한 운명에 한없이 몸을 떨어야했다. 아직 젖먹이인 막내아들을 내려치면서 마침내 한 방울의 굵은 눈물을 흘렸다. 아무리 모질게 마음먹었다 하지만 솟구치는 눈물을 어찌할 수 없었던 것이다.

"좋은 시절을 타고나지 못했음을 원망해라."

계백은 중얼거리며 자신이 해야 할 마땅한 일을 마무리 짓고, 군사들을 이끌고 길을 떠나 황산벌에 이르러 진영을 셋으로 나눈 후 적들을 기다렸다. 그리고 5천의 군사들에게 말했다.

"옛날 구천(句踐)은 5천의 군사로 오(吳)나라 70만 군사와 싸워 능히 격파했다. 오늘 모두 분려(奮勵)하여 국은(國恩)을 갚으라."

비록 군사들에게 이르는 말이었으나 자신에게 한 말에 다름 아니었다. 백제의 달솔 벼슬이라면 16관등 중에서 제2위에 해당할 만큼 높은 관직이었다. 어찌 나라가 망해가는데 장수로서 구차하게 목숨을 보존할 수 있을 것인가?

"닥쳐라! 네 목을 취하기 전에는 결코 물러서지 않을 것이다."

관창이 결코 질 수 없다는 듯 소리쳤다. 이에 계백은 문득 미망(未忘)에서 깨어났다. 자신의 한 맺힌 사연을 알 길 없는 적은 마치 철부지 어린애처럼 분수를 모른 채 날뛰고 있었다.

계백은 함부로 내지르는 관창의 창끝을 피해 급히 몸을 숙이며 소리쳤다.

"어찌 사리분별을 그처럼 모를 수 있느냐? 이때를 놓치면 너는 죽을 것이다!"

그러나 철부지 어린애를 차마 죽일 순 없었다. 그

때문에 흡사 보모나 형제가 꾸짖듯 관창을 향해 소리쳤다. 사실, 계백은 철부지 어린아이를 죽이고 난 다음의 사태가 치를 떨리게 할 만큼 두려웠다. 적의 숫자가 5만이라 했으나, 자신의 수하에 살아남은 군사는 4천 남짓에 불과했다. 지금까지 어렵게 버텨나온 이유도 실상은 모두들 죽기를 각오한 바로, 그 치솟아 오른 독기 때문에 가능한 일이었다. 그러나 어찌 신라군이라 해서 그러한 독기와 사기가 없을 것인가. 이미 양쪽 군사들이 지켜보는 가운데 어린놈 하나를 죽인 다음인데, 다시 날뛰는 이놈을 죽인다면 결과는 불을 보듯 뻔했다. 울분에 찬 신라의 군사들이 분분히 날뛰며 그 기세는 더욱 성성해질 것이었다. 단칼에 놈을 죽일 수도 있었지만 머뭇거리는 것은 바로 그 이유 때문이었다.

계백은 상대의 어설픈 창끝을 가볍게 피하면서 어제 유신이 했던 말들을 다시 떠올렸다. 어쨌거나 형편을 두루 살펴보건대, 백제가 이제 망하는 것은 불문가지였다. 어차피 건사할 수 없는 사직이라면 남은 부하들이나마 살려 투항토록 하고, 자신은 처자까지 죽이고 나온 마당인 만큼 깨끗하게 자결해 생을 마감한다면 여한도 미련도 남지 않을 터였다. 무고

한 사람들의 생명을 몇천이든 구하는 일이 단순한 충절을 지키는 일보다 오히려 가치 있는 일일 수도 있었다. 하물며 도무지 승산이 없는 싸움에 있어서야 일러 무엇 할 것인가.

'대의명분이란 과연 무엇일까?'

계백은 자신을 향해 수없이 되물었다. 만일 이제라도 국경이 무너지고 삼한이 오붓하게 한울타리 안에 들어선 나머지 정족지세(鼎足之勢)를 파해버린다면, 훗날의 백성들은 살벌한 서로의 핍박에서 벗어나 행복하게 살아갈 터였다. 무엇으로 그보다 더욱 값진 일을 대신할 것이며, 그 이상 더 무엇을 바랄 것인가. 그 아름답고 만고의 진리처럼 뚜렷한 대의명분 앞에서 신라가 이기면 어떻고, 고구려가 또한 이기면 어떠랴. 왜 하필 망하는 것이 백제냐고 묻는다면 그건 참으로 어리석고 덧없는 질문일 것이었다. 유신이 이르러 말한 명분을 오로지 받아들여 인정하기만 한다면 이러한 싸움은 참으로 덧없고 불필요한 것일 뿐이었다. 자신에게 남아있는 기천의 군사들로 하여금 결사항전을 펼친 나머지 신라인 몇 명을 더 죽일 수 있다한들 그 무슨 가치가 있을 것인가? 새는 날며 둥지를 틀고, 들에 떨어진 씨앗은 결국 소박한 모양의 꽃을 피워내듯, 도도히 흐르는 천지의 섭리를 과연 누가 막을 수 있겠는가.

계백은 자신에게 되뇌기를 마다하지 않았다. 이미 들어온 길이요, 다시 되돌릴 수도 없는 일이었다. 차라리 모든 걸 자신의 가슴 깊이 꾹꾹 묻어둔 채 깨끗이 산화하리라고 마음을 정했다. 자신을 따르는 모든 군사들의 마음도 자신과 다름없을 것이라고 믿었다.

어린 적은 여전히 창을 휘두르며 덤비고 있었다.

계백은 이윽고 자신을 괴롭히던 번뇌에서 벗어나 날뛰는 어린 적을 바라보았다. 그리고는 즉시 칼을 들어 놈의 창을 내려쳤다. 이에 관창이 완력을 견디지 못한 채 창을 놓쳐버린 것도 모자라 말 위에서 크게 휘청거렸다. 계백은 그 순간을 놓치지 않았다. 왼손으로 놈의 목덜미를 낚아채 말에서 끌어내렸다. 이에 관창은 계백의 손아귀에 잡힌 채 허공에 매달린 처지가 되고 말았다. 그 순간, 그에게는 아무 것도 보이지 않았다. 오직 자신이 지금까지 믿고 섬겨온 백제의 사직과 그 임금을 따르는 민초들의 참담한 얼굴이 보일 뿐이었다. 어찌 그들을 모른 채 버려둘 수 있겠는가. 자신이 죽고 자신을 따르는 군사들이 모두 죽은 뒤에 결국 사직이 망하고 나라가 망해도 오직 할 일이란 그것뿐이란 듯 놈의 목에 칼끝을 들이대고 분분히 소리쳐 물었다.

"자! 이게 마지막이니라. 살려준다면 곱게 집으로 돌아가겠느냐?"

어린 적이 차갑게 웃으며 대답했다.

"내 어찌 네놈의 목을 두고 그대로 돌아갈 수 있겠느냐?"

할 수 있는 대답이란 오직 그뿐이라는 듯 한치의 망설임도 없었다.

계백은 기가 막혔다. 놈은 생명을 담보로 걸고 만용을 부리고 있었다. 결국, 계백은 마지막 선택을 해야 할 지경에 이르렀음을 느꼈다.

"그렇다면 어쩔 수 없구나! 네 투구를 벗겨본 것이 나의 실수였다."

계백의 눈에 어느덧 눈물이 고였다. 그는 마치 유신에게 보내는 항서(降書)에 도장을 눌러 찍듯 오른손의 칼을 들어 단숨에 놈을 해치웠다. 놈의 목은 비명소리조차 들리지 않은 채 간단히 몸에서 분리돼 저만큼 떨어져 굴렀다.

'뭇 생명이라는 것이 이처럼 하찮은 것이었거늘…….'

비록 무예를 서로 겨눌 수 있을 만큼 맞상대가 되지 않은 어린 아이였으나 오히려 그 때문에 흐르는 눈물을 주체할 수 없었다. 그 순간, 사정을 알 길 없는 백제 군사들의 함성소리가 천지를 진동하듯 아련히 들려왔다. 눈에 보이는 것만을 볼 수 있으니 그들로서는 당연한 일이었다. 계백은 흐르는 눈물을 훔쳐 닦고 말에서 내려 놈의 수급을 놈이 타고 온 말의 허리에 묶었다. 그리고 말의 엉덩이에 채찍을 가해 신라군 진영으로 쫓아 보냈다. 그리고 황급히 표정을 정리한 뒤 진중으로 돌아갔다.

법민은 적장이 휘두르는 단 한 번의 칼질에 목이 잘리는 관창을 보면서 흐르는 눈물을 멈출 수 없었다. 더구나 아비의 단 한마디 명을 거역하지 않고 저처럼 단신으로 적진에 뛰어들어 싸울 수 있는 용기와 의지가 새삼스레 가슴을 때릴 뿐이었다.

"저처럼 아까운 젊은 낭도가 적에게 죽고 말았구나!"

"아까운 젊은이다!"

"아! 차라리 나이 먹은 내가 나갈 것을……."

신라의 많은 군사들의 탄식과 한탄이 끊임없이 이어졌다. 동시에 저마다 치솟아 오르는 분기와 감격을 가누지 못해 눈물을 흘리며 주먹을 불끈 쥐었다. 그리고 다음 순간, 물을 끼얹은 듯 고요함이 황산벌의 넓은 들판에 한동안 머물렀다. 일의 결말을 기다리는 자들의 긴장감과 참담한 결과를 눈앞에서 지켜본 군사들은 자신도 언제 저처럼 참혹한 죽음에 이를지 몰라 염려한 나머지 힘껏 당긴 활시위처럼 위기감에 팽팽히 휩싸였다.

이윽고 적진 쪽에서 한 마리의 말이 내달려 이르러 왔다. 가까이 다가온 말의 안장에는 관창의 머리가 매달려 있었다. 머리에서는 선혈이 뚝뚝 흐르고 있었다. 방울진 채 떨어져 내리는 피가 말발굽 옆에 고였으며, 보는 이들의 가슴을 찢어지고 요동치게 했다.

품일이 흐느끼며 말에 다가가 관창의 머리를 붙잡아 말에서 떼며 피에 옷소매가 젖는 것도 알지 못한 채 말했다.

"내 아들의 얼굴이 마치 살아있을 때와 똑같구나! 나라를 위해 이처럼 죽을 수 있으니 이 얼마나 다행스런 일인가?"

그리고는 포효(咆哮)하듯이 엉엉 울었다. 그러자 신라의 모든 군사들이 너나없이 슬픔으로 인해 목이 메었으며 차오르는 격정(激情)과 흥분을 주체하지 못했다.

"히~힝!"

관창의 목을 매달고 진중으로 돌아온 전마(戰馬) 역시 슬픔을 주체할 수 없는지 길게 울었다. 법민 역시 분하고 원통한 마음에 눈물을 씻어내며 몸을 부르르 떨어야 했다.

그때였다.

"와~!"

갑자기 함성 소리가 들렸다.

"백제의 원수들을 쳐죽여라!"

숨죽이고 있던 장졸들 사이에서 동요가 일기 시작했다. 장수들은 깜짝 놀랐다. 그리고는 북을 치고 함성을 지르며 노도처럼 적진을 향해 진격해 들어갔다. 일시에 터진 군사들의 격한 감격 이 적을 무찔러야 한다는 적의(敵意)로 승화돼 폭발하듯 눈앞에 나타난 것이다. 한순간에 불처럼 일어난 가슴속의 울분과 격한 감정들이 덩어리가 된 채 용암처럼 분출됐다.

"둥~둥~둥!"

우렁찬 북소리가 전장을 덮쳤다.

"부~웅!"

진군(進軍)의 나팔소리 또한 요란하기 그지없었다.

노도처럼 밀어닥치는 신라군의 엄청난 기세에 백제 군사들은 뿔뿔이 흩어지기에 바빴다. 지금까지와는 정반대의 상황이 벌어진 것이다. 백제군이 설치했던 목책들도 삽시간에 밀려드는 신라 군졸들에 의해 순식간에 무너져 내렸다. 기세를 얻은 신라군은 닥치는 대로 적병을 찌르고 베었다. 적들은 크게 당황한 나머지 이리 도망치고 저리 흩어져 삽시간에 오합지졸이 된 채 쫓겨 다녔다. 흡사 모래성이 바닷물에 휩쓸린 것처럼 허물어지고 뿔뿔이 흩어져 신라군의 칼날에 목숨을 잃어갔다. 쫓겨가는 자와 쫓는 자의 고함소리가 낭자하게 황산벌의 넓은 벌판을 울렸으며, 칼을 맞고 죽어가면서 내지르는 백제군의 비명소리가 처절할 정도로 뇌수를 흔들어 놓았다.

법민 역시 칼을 뽑아들고 닥치는 대로 백제 군사들을 무찔렀다. 북받쳐 오르는 슬픔과 분노로 인해 눈에 보이는 것이 없었다. 도망치는 백제 병사 한 놈의 등을 뒤에서 칼로 내려친 법민은 또 다른 백제 병사를 쫓아 목을 내리쳤다.

"으악!"

적병은 길게 비명소리를 내지르며 앞으로 거꾸러졌다. 그리고 법민이 다시 고개를 들었을 때였다.

말에 오른 백제의 기병 두 명이 혈로(血路)를 뚫고 도망치는 것이 보였다. 어지러운 싸움판 사이에서 뛰쳐나온 말이 신라군을 피해 후방 쪽으로 쏜살같이 달아나고 있었다. 혼란한 틈을 이용해 도망치려는 것이 분명했다.

"섰거라!"

법민은 벼락처럼 소리를 지른 후 즉시 말에 박차를 가해 도망가는 백제의 기병을 쫓았다. 한 놈도 살려 보낼 수 없었다. 법민은 급한 나머지 등에 걸린 활을 내렸다. 이미 멀리 달아나고 있는 두 명의 적을 단숨에 쫓아갈 수 없었기 때문이다. 재빨리 살을 재워 달아나는 적을 겨냥했다. 움직이는 말에 올라 역시 움직이는 마상의 적을 화살을 당겨 죽일 수 있는 마상궁술(馬上弓術)은, 법민이 태자가 되기 전부터 이미 수련을 통해 충분한 실력을 쌓아 왔었다. 실전을 가상한 부단한 수련만이 적을 하나의 화살로서 잡을 수 있기 때문이다.

"쉭~!"

화살이 적의 등에 명중했다. 앞서 싸움터를 빠져나가던 적이 등에 화살을 맞고 굴러 떨어졌다. 뒤따르는 적을 마저 처치하기 위해 법민은 여전히 말을 달리며 다시 하나의 화살을 시위에 멨다. 즉시 살을 날렸으나 마침 몸을 숙인 적이 운 좋게 화살을 피했다. 적은 화살을 피함과 동시에 죽을 힘을 다해 도망쳤다.

"저놈만 잡으면 될 것인즉……."

법민은 적을 눈으로 좇으며 중얼거렸다. 즉시 활을 거두고 말에 박차를 가했다. 화살로 놈을 잡기에는 이미 거리가 너무 멀어졌기 때문이다. 그러나 쫓기는 자 역시 필사적으로 도망을 하고 있었기 때문에 쉽게 따라잡을 수 없었다. 너무 빠른 나머지 적과의 거리가 좀처럼 좁혀지지 않았다.

법민은 혼신(渾身)의 힘을 다해 질풍처럼 그를 쫓았다. 청풍은 어렸을 때부터 잘 조련돼 있었기에 주인의 뜻을 매우 잘 간파하는 편이었다. 마치 자신이 시키는 말을 알아듣기라도 하는 것처럼 주인의 뜻을 한 치의 어긋남도 없이 잘 알고 움직였다.

"멈추어라!"

법민은 도망치는 적을 향해 고함을 질렀다. 법민의 고함에 고개를 돌린 적은 오히려 더욱 박차를 가할 뿐이었다.

적과의 거리가 점차 가까워졌다. 전신에 푸른빛이 도는 흑마(黑馬)는 역시 백제의 적장의 말과는 사뭇 다르다는 느낌이 들었다.

이윽고 나무 그늘 사이로 사라지려는 적을 따라잡은 법민은 한순간에 적을 향해 육박해 들어갔다.

적을 쫓는데 열중한 나머지 양쪽 군사들이 치열한 접전을 벌이고 있는 싸움터에서 멀찌감치 떨어진 곳이었다. 다소 불안했지만 적을 처치하는 즉시 본영으로 돌아가면 될 것이라 믿으며 대수롭지 않게 생각했다.

"멈춰라!"

법민은 마치 바람이라도 된 양 더욱 빠르게 적을 추격해 갔다.

"이놈! 섰거라!"

법민은 크게 고함을 지르며 칼끝을 놈의 목덜미에 겨누며 가늠해보기를 마다하지 않았다. 거리가 조금만 더 가까워진다면 즉시 칼을 내려칠 준비를 마친 뒤였다.

그때였다.

갑자기 몸을 돌린 적이 기습적으로 법민을 향해 칼을 휘둘러 왔다. 나무 뒤로 숨어들었던 놈이 순간적으로 몸을 크게 틀어 역습을 가해온 것이다. 이는 타도배감(拖刀背砍: 칼을 내리고 달아나다 갑자기 뒤돌아서

베는 검법)의 검법으로 일종의 사도(邪道)라 불리는 악랄한 독수에 다름 아니었다. 그 때문에 미처 적의 공격을 예상하지 못한 법민은 당황한 나머지 놈의 칼날을 피하기 위해 몸을 솟구치다가 말 위에서 그만 떨어지고 말았다.

역시 적의 장수답게 행동이 민첩했다. 이를 미리 예측하지 못한 것은 법민의 실수였다.

백제 장수는 말에서 떨어져 구르는 법민을 향해 몸을 돌리는가 싶더니 즉시 칼을 휘두르며 역습을 가해왔다. 쫓는 자와 쫓기던 자의 상황이 일순간에 바뀐 것이다. 법민은 순간적인 순발력으로 놈의 칼을 막아냈다.

"챙~!"

서로의 칼날이 부딪치며 내는 날카로운 소리가 귀를 찢어 놓았다.

법민은 몸을 구른 후 간신히 몸을 일으켜 세우고는 가까스로 중심을 잡아 바로 섰다

'맙소사! 제아무리 쫓기는 적이라 할지라도 방심하면 안 되는 것이거늘…….'

법민은 순간적으로 자신이 적을 쫓는 데만 급급한 나머지 미처 적절한 상황판단과 방어수단을 강구하

지 못한 걸 후회했다. 적장이 말을 돌려 다시 공격할 자세를 잡았다. 상대가 이미 말에 서 떨어졌기 때문에 마음 놓고 말을 탄 채 공격해 올 심산인 듯싶었다. 자신이 훨씬 유리한 위치에 있다는 것을 알고 있음이 틀림없었다. 아니나 다를까? 법민에게 적절한 틈을 만들어주지 않으려고 즉시 공격을 가해왔다.

법민은 정신을 바짝 차려야 한다고 생각하며, 적장이 탄 말의 움직임을 주시했다. 아울러 순간적인 부주의로 인해 어려움에 빠진 자신의 곤궁함을 탓했다. 그러나 이제 와서 후회를 한들 무슨 소용이 있겠는가?

'낭패로다.'

주위를 둘러봐도 다른 사람의 모습은 보이지 않았다.

"후후후, 감히 어디라고 예까지 나를 따라왔느냐?"

적장이 흉측한 웃음을 날리며 법민을 노려보았다.

등에 걸린 활을 내려 쏠 수만 있다면 이 위기에서 즉시 벗어날 수 있을 것만 같았다. 하지만 놈은 도무지 그럴만한 틈을 주지 않았다.

"이제 네놈의 목숨이 내 손에 달려있음이다."

적장은 다시 소름끼치는 말을 음흉하게 내뱉으며

천천히 말을 몰아 다가왔다. 그리고 자세를 바로잡더니 단칼에 요절을 내겠다는 듯 칼을 높이 들고 말에 박차를 가했다.

적장이 탄 말이 땅을 박차고 법민을 향해 질풍처럼 내달려왔다. 놈은 거리가 가까워지자 법민을 향해 칼을 내려쳤다.

'위기다!'

법민은 스스로 외쳤다. 동시에 자신의 정수리를 노리고 내려치는 적장의 칼날을 피해 옆으로 몸을 날렸다. 절체절명의 순간이었다. 법민은 적장의 칼날이 자신의 왼쪽 귀를 스치는 것을 확인하고는 간담이 서늘해졌다. 한 치만 놈의 칼이 오른쪽으로 치우치기만 했더라도 이미 머리가 박살 났을 것이 틀림없었다. 전신에 식은땀이 흘러내렸다.

"휴~!"

간신히 적장의 칼을 피해 몸을 웅크린 법민은 겨우 한숨을 내쉴 수 있었다. 그러나 숨 돌릴 사이도 없이 다시 이어질 무지막지한 공격에 대비해야 했다.

"흐흐, 용케 피했구나!"

법민의 머리를 내리찍지 못한 채 옆으로 스쳐간 적장이 다시 몸을 돌려세웠다. 그리고 즉시 새로운 공격을 가하기 위해 육박해 들어왔다. 촌각의 여유도 주지 않고 매섭게 공격의 고삐를 늦추지 않으려는 적장이 가증스럽기까지 했다.

'우선 놈을 말에서 끌어내려야 한다.'

법민은 짧은 순간 그렇게 생각했다. 적장을 말 위에 그대로 두고서는 불리함을 모면하지 못할 것이라 생각한 것이다.

다시 적의 공격이 시작됐다. 법민은 적장의 몸이 아닌 말의 앞발을 향해 길게 칼을 내리쳤다. 오직 적장을 말에서 끌어내려야 한다는 생각에 말에게 일격을 가한 것이다. 그러자 말이 크게 뛰어오른 나머지 놈이 앞으로 거꾸러지고 말았다. 하지만 싸움터에서 산전수전을 두루 겪은 지라 노련하기 그지없는 적장은 비록 말에서 떨어졌지만 즉시 자세를 바로잡고 임전태세를 갖추었다.

법민은 적장 얼굴을 잠시 노려보았다. 검은 수염이 얼굴 가득히 덮여있는 것으로 봤을 때 자신보다 10여 세 정도 많아 보였다.

"이제야 비로소 네놈과 같은 처지가 됐구나!"

법민은 그를 향해 일갈하며 칼을 날려 공격해 들어갔다.

"하하하, 아직도 하룻강아지 범 무서운 줄 모르는구나!"

적장 역시 입술에 웃음을 매달고 고함을 질렀다.

일합을 겨룬 두 사람은 서로 엇갈려 비켜섰다. 서로 칼을 휘두르며 상대방의 허점을 향해 파고들었지만 역시 결판이 나지 않았다.

"네가 그처럼 무예가 뛰어나고 용맹스런 놈이라면 꽁무니를 빼고 도망친 이유가 무엇이냐? 내 백제에 대한 원한이 골수에 사무친 바가 있거늘 한 놈도 살려 보낼 수 없다!"

법민은 이를 갈았다. 지금까지 얼마나 숱하게 백제의 무리들로 인해 고통을 겪었는지 생각하자 저절로 힘이 솟았다. 더구나 이제는 처지가 서로 같아졌기 때문에 제아무리 상대가 뛰어난 실력을 가진 자라 해도 두려움을 느낄 필요가 없었다.

두 사람은 서로를 베기 위해 다시 한 덩어리로 어우러졌다. 그리고 다음 순간 다시 떨어져 자세를 가다듬었다. 결코 쉽게 이길 수가 없는 싸움이었다. 오랜 세월을 쌓아온 싸움터에서의 노련한 경험과 민첩한 동작은 함부로 제압할 만큼 허술하지 않았다. 더불어 막강한 뚝심까지 지니고 있어서 자신의 힘으로는 도저히 방법이 없다는 것을 점차 깨달았다. 겨우 대여섯 번 칼날이 서로 부딪쳤을 뿐인데도 손목이 시려왔으며 정신까지 아찔해졌다. 하지만 결코 주눅이 들어서는 안된다며 스스로에게 되뇌었다.

"오호라! 네놈의 칼 쓰는 재주가 제법 만만치 않구나!"

법민은 적장의 칼 쓰는 솜씨에 새삼 혀를 내두를 수밖에 없었다.

"하하하, 네놈이 이제야 내 실력을 알아보는구나. 내 검 쓰는 솜씨를 알고 난 후에 죽는다면 결코 크게 후회하지 않을 것이다."

"흥! 그처럼 무예 실력을 갖추고서도 용감히 싸울 생각을 하지 않고 도망할 궁리만 하다니, 어찌 대장부라고 할 수 있겠느냐?"

법민이 비웃음과 동시에 적장을 향해 이죽거리기를 마다하지 않았다.

"이미 형세가 기울었느니라. 개죽음을 당하느니 살아서 다음 기회를 엿보려 했더니, 애송이가 나타나 움직임을 방해하는구나."

적장이 지지 않은 채 대거리를 했다. 그리고 즉시

한 발짝 앞으로 다가왔다. 그리고 다음 순간, 법민을 덮쳐 눌리려는 듯 힘차게 공격해 들어왔다. 칼날이 스치듯 옆으로 들어와 법민이 소스라치게 놀라며 몸을 트는 순간, 날카로운 살기가 엄습해왔다.

"네놈의 칼 솜씨도 전혀 맹물은 아니로구나! 어린 놈치고는 그만하면 대단한 실력이라는 것을 인정해 주마."

적장이 새삼 놀란 표정으로 된 채 말했다.

"네놈이 쓰는 독수쯤은 능히 물리칠 수 있는 능력을 갖추었느니라!"

법민은 때를 놓치지 않고 조금 전에 그가 썼던 악랄한 독수를 꼬집어 주었다.

궁술에 있어서도 역시 마찬가지였지만 검(劍)과 도(刀)를 쓸 때도 가장 중요한 것은 호흡을 잘 조절해야 한다는 것을 법민은 알고 있었다. 검을 들고 오른발을 약간 앞으로 내민 채 왼발 뒤꿈치를 살짝 드는 자세를 취하며 정확히 앞을 보고 섰다.

동시에 칼이 자신의 몸의 중심선에서 벗어나지 않도록 주의했다. 등과 목을 바로 펴서 상대를 내려다보듯, 이른바 중단 겨눔 자세로 들어간 것이다.

검술에 이르기를, 공격하면서 동시에 수비하고 수

비하면서 또한 공격이 나오는 것이라 했다. 따라서 공격이 강하면 수비가 편하고, 수비하는 자세가 단단하면 공격도 자유자재로 할 수 있게 되는 법이다. 그 공격과 수비를 동시에 할 수 있는 가장 기본적인 자세로서 응결(凝結)한 것이 중단 겨눔의 자세였다. 법민은 이를 자신의 것으로서 완전히 소화하기 위해 오랜 세월에 걸쳐 부단한 수련을 쌓아 왔다.

이윽고 두 사람은 다시 서로를 노려보며 자세를 가다듬었다. 적장의 칼이 높이 들어 올려지는 걸 확인한 법민이 방어를 하기 위해 역시 칼을 옆으로 비켜 들었다. 적장의 신형이 갑자기 흔들리는가 싶은 순간, 눈앞으로 한 줌의 흙먼지가 훅! 하고 날아들었다.

적장이 공격하려는 듯 허수(虛手)를 쓰다 갑자기 발끝을 이용해 법민의 얼굴을 향해 흙을 끼얹은 것이다. 이에 깜짝 놀란 법민이 황급히 손을 들어 막았지만 이미 늦었다. 눈 속으로 한 줌의 흙이 파고든 뒤였다. 법민은 당황한 나머지 급히 한 발짝 물러설 수밖에 없었다.

"이처럼 악랄한 독수를 쓰다니!"

법민이 울화가 치밀어 적장에게 호통을 쳤다. 하지만 이미 소용없는 일이었다. 눈 속으로 파고든 흙과 먼지가 땀과 섞여 범벅이 된 채 쓰리고 아파왔다. 무엇보다도 눈을 제대로 뜰 수가 없었다.

'이러한 꼼수에 당하고 말다니.'

법민은 적의 어떠한 공격에도 능히 대비할 수 있는 적절한 방어책을 미리 강구하지 못한 자신을 탓했다. 다음 순간, 법민은 거센 힘으로 돌진해오는 적장의 공격을 막아내느라 그만 뒤로 벌렁 넘어져 버리고 말았다. 적장의 공격을 막아내며 뒷걸음질로 물러서던 중 나무 그루터기에 발이 걸려 넘어진 것이다.

'참으로 큰일이다.'

이제 죽음을 각오할 수밖에 없었다.

'삶이란 이처럼 덧없는 것이구나.'

순간적인 실수로 인해 갑자기 죽어야 한다고 생각하니 인생이 허무하게 느껴졌다. 짧은 삶을 살아오는 동안 자신에게 일어났던 모든 일들이 주마등처럼 스쳐 지나갔다.

"후후, 각오는 됐겠지?"

적장이 칼을 높이 들고 다시 한 발짝 다가섰다. 그리고 촌각(寸刻)의 여유도 주지 않은 채 힘차게 내려쳤다. 법민은 칼을 들어 간신히 내려치는 놈의 공격을 막아냈다.

백제의 멸망

적장은 넘어진 법민을 위에서 내려치기를 멈추지 않았다. 상대가 불리하다는 것을 확인한 적장은 이제 자신감까지 얻고 있는 듯했다. 공격하는 힘에 살기마저 넘쳤다. 법민은 당황한 나머지 죽음의 위협을 느껴야 했다. 넘어져 버둥거리는 사람의 몸을 도륙내기란 얼마나 쉬운 일인가? 적장은 눈을 부릅뜬 채 필살(必殺)의 힘을 실어 호기롭게 칼을 내리쳤다. 도무지 이 위기에서 벗어날 묘책이 없었다. 법민은 차라리 눈을 감아버리고 싶었다. 그때였다.

"이놈!"

어디선가 벼락이 치는 듯한 고함소리가 들려왔다.

법민은 놈의 칼날에 자신의 머리가 박살 나는 참혹한 순간을 차마 기다릴 수 없어 감았던 눈을 번쩍

떴다. 순간, 눈을 의심하지 않을 수 없었다. 적장의 몸에 어디서 날아왔는지 모를 장창(長槍)이 꽂혀 있었던 것이다. 겨우 목숨을 건진 법민은 비로소 안도의 한숨을 내쉬며 몸을 급하게 굴려 일어섰다.

"태자 저하!"

법민이 깜짝 놀라 고개를 들어보니 젊은 군졸 하나가 말에서 뛰어내려 걸어오고 있었다. 그는 법민을 부축해 일으켜 세웠다.

"괜찮으십니까?"

젊은 군졸이 서둘러 물었다.

어디선가 갑자기 나타난 그로 인해 목숨을 건지게 된 것이다. 그러나 크게 놀라고 황망한 나머지 생명을 구해준 데 대해 적절한 고마움을 표시할 여유마저 없었다.

"태자라고……? 네가 정녕 신라의 태자였더냐?"

명치 부근에 치명상을 입고 죽어가던 적장의 입에서 놀란 음성이 비어져 나왔다. 눈은 이미 초점을 잃고 있었으며 흐르는 피가 전신을 적셔 명이 얼마 남지 않았음을 알리고 있었다.

"내 너를 단숨에…… 처치하지 못한 것이 분하고 원통하구나."

적장은 법민을 죽이지 못한 것을 한탄하며 죽어갔다.

"태자 저하, 큰일 날 뻔했사옵니다."

갑자기 나타나 목숨을 구해준 군졸이 말했다.

"휴, 너로 인해 겨우 목숨을 건졌느니라."

법민이 다시 군졸을 쳐다보며 몸을 일으켜 세운 채 말했다. 아직도 조금 전에 자신이 맞았던 위기의 순간이 믿어지지 않는 표정이 역력했다.

"소신으로서는 다만 할 일을 했을 뿐입니다."

마치 당연한 일을 했다는 듯 군졸의 대답은 덤덤할 뿐이었다.

"참으로 고마운 일이다. 내 어찌 네게 감사해야 할 것인지 헤아릴 수 없을 지경이구나."

"태자 저하께서는 황송하신 말씀을 거두어 주십시오."

"아니다, 네 이름이 무엇이냐?"

법민은 고마운 나머지 옆에서 자신을 부축하고 있던 군졸에게 이름을 물었다.

"소신은 나마(奈麻: 11위 관등) 고광길이라 하옵니다."

"고광길이라 했느냐?"

"그렇사옵니다."

법민은 다시 한 번 경각에 달렸던 자신의 목숨을 구해준 병사를 살폈다. 나이는 자신보다 십여 세 적어보였지만 몸집은 훨씬 컸을 뿐 아니라 씩씩하고 용감해 보였다. 또한 얼핏 느껴지는 영특함은 알 수 없는 신뢰감까지 갖게 했다.

"참으로 위급한 순간을 맞았었느니라. 다행히 네가 나타나 나의 목숨을 구했다. 오늘 일은 내 결코 잊지 않으마."

법민은 가슴속 깊은 곳에서 우러나는 고마움을 전했다.

"아니옵니다, 태자 저하."

그가 황송함을 감출 수 없다는 듯 민망한 몸짓을 하고는 다시 입을 열었다.

"태자 저하께서는 아마 저를 기억하시지 못할 줄로 아옵니다. 허나 소인은 태자 저하를 오래전 어릴 적에 뵌 적이 있사옵니다. 태자 저하를 가까이서 모시기 위해 이번 싸움에 참전해 주변에 머물고 있었던 것이온데, 감히 태자 저하께 모습을 드러내지 못하고 기회가 오기를 기다렸사옵니다."

"그래? 네가 나를 어찌 알고 있느냐?"

법민은 의아해 묻지 않을 수 없었다. 자신으로서는 처음 보는 얼굴이었을 뿐 아니라 안면조차도 낯이 익지 않았다. 이에 어리둥절할 뿐이었다.

"소인의 어머니께서 일찍이 태자 저하의 크나큰 은혜를 입은 적이 있었사옵니다. 저하께서 베풀어주신 후의로 인해 소인의 집안이 무사히 곤궁함을 면할 수 있었습니다. 그 때문에 소인의 할미가 병을 고쳤으며, 소인의 어미 역시 어린 저를 키우며 살림을 유지할 수 있었습니다."

"내게서 은혜를 입었다?"

더욱 모를 소리에 법민은 어안이 벙벙해졌다.

"그러하옵니다. 대왕께서 아직 왕위에 오르시기 훨씬 전에 태자 저하께서 저희가 사는 움막에 들리셨사옵니다. 그리고 귀한 은자 한 잎을 내어주시고 홀연히 떠나셨습니다."

"내가 은자를 네 모친께 전했었다?"

법민은 다시 되묻지 않을 수 없었다. 아울러 더욱 모르는 소리에 상대의 얼굴만 바라볼 뿐이었다.

"그리하시었습니다. 그때 태자 저하께서 내어주신 은전으로 저희 가족이 지금까지 편안히 지낼 수 있었으며, 소신은 저하의 은혜를 갚을 수 있는 날을 기다려 왔습니다. 그리고 오늘에 이르러 이처럼 저하의 은혜를 다소나마 갚을 수 있어 한결 마음이 가벼워짐을 느낄 수 있사옵니다."

그제서야 법민은 어렴풋이 하나의 기억이 떠올랐다.

"그렇다면 네가 그때 산속에서 만났던 아이더란 말이냐?"

"그러하옵니다, 태자 저하. 소인의 인사를 받으시옵소서."

그러면서 군졸은 땅바닥에 넙죽 엎드려 절을 올렸다. 법민은 기억을 떠올리며 그를 쳐다보았다. 그러자 아이의 얼굴이 희미하게 떠올랐다. 선덕여왕 11년의 일이었으니, 벌써 18년의 세월이 흐른 셈이었다. 당시 고구려로 떠나신 아버님의 소식을 알 수 없어 착잡한 심정으로 정처 없이 말을 달리던 정경이 스치듯 떠올랐다. 그리고 눈 덮인 야산의 쓰러져 가는 오두막과 목이 마른 나머지 한 그릇의 물을 얻어 마신 기억을 들춰냈다.

"네가 바로 그때 그 아이가 분명하단 말이냐?"

"그러하옵니다, 제가 광길이옵니다."

그가 엎드렸던 몸을 일으켜 말했다.

"흠, 참으로 장하고 기특하구나. 이처럼 훌륭한 장정으로 자랐다니, 정말 대견스럽구나."

법민은 이처럼 걸출한 대장부가 돼 자신 앞에 홀연히 나타난 광길이 못내 믿어지지 않았다. 더구나 그로 인해 자신의 목숨까지 건졌다고 생각하니 걷잡을 수 없는 민망함 속에서도 운명의 괴이함을 새삼 깨달을 수밖에 없었다.

"이번 싸움에 출전한 이래 먼발치에서 태자 저하를 뵈었으나 함부로 가까이할 수가 없었나이다. 소인은 저희 가족을 도와주신 그분을 한시도 잊어본 적이 없었습니다. 그리고 이번 싸움에 참전하신 태자 저하가 바로 그때의 도령이시라는 걸 비로소 알았사옵니다. 오늘에 이르러 먼빛으로 태자 저하께서 말을 달려 적병을 쫓는 것을 보고 뒤를 따랐습니다. 하오나 순식간에 사라져버린 태자 저하의 행방을 알 수 없어 애를 태우다가 뒤늦게 태자 저하의 위급하심을 목격하게 된 것입니다."

"고맙구나. 네 덕에 위태롭던 목숨을 건졌느니라. 참으로 고마운 마음을 금할 수 없다."

그러면서 법민은 광길의 손을 덥석 잡았다.

"소인은 마땅히 할 일을 했을 뿐이옵니다."

"아니다, 내 오늘부터 너를 내 곁에 항상 둘 것이다. 알겠느냐?"

"황송하옵니다, 태자 저하."

광길이 늠름하게 대답했다.

"너는 이러한 인연이 바로 운명이라 여기고 지금 이 시간 이후로는 언제나 그림자처럼 나를 따르도록 하여라. 오늘의 위급함을 너로 인해서 벗어날 수 있었으니, 내 어찌 네 공을 무시할 수 있겠느냐?"

"소인 신명을 다해 태자 저하의 분부를 따르겠습니다. 하오나 태자 저하께서는 오늘 일을 다른 사람에게는 기필코 발설하지 말아 주십시오. 소인 저하를 모시는 데 있어서 한 치의 흐트러짐도 보이지 않을 것이오나, 다만 그 점만을 분명히 지켜주신다면 간과 뇌를 쏟아서라도 오직 저하의 주변에 머물며 안위를 지켜 드리겠습니다."

광길이 땅에 엎드려 다시 큰절을 올리며 말했다.

"하하하, 고마운 마음에서 올리는 절은 내가 네게 해야 할 일이거늘, 어찌 네가 내게 절을 올리느냐. 어서 일어나도록 해라."

법민이 웃으며 광길의 손을 잡아 일으켰다.

그때 여러 기(騎)의 말들이 한꺼번에 달려왔다. 장군 천존과 그를 따르는 군사들이었다.

"태자 저하, 별일 없으십니까?"

"네, 괜찮습니다."

"김유신 대장군께서 태자 저하의 안전을 걱정한 나머지 여러 장수들을 각처에 풀어 급히 찾고 계십니다."

법민이 진지로 돌아오니 백제 군사와의 싸움도 어느덧 끝나가고 있었다.

백제의 계백은 양군의 군사들이 서로 얽혀 어지러운 가운데 천존과 마주쳤다. 두 사람이 어우러져 싸우기를 5, 6십 합에 이르도록 결말이 나지 않았다. 천존의 아우 천품이 형을 도와 가세했으나 역시 결말이 나지 않은 채 한데 어우러져 싸우기를 무려 100여 합이 지났다. 그러나 역시 결말이 나지 않았다.

그때 좌장군 품일이 군사들을 이끌고 적의 좌측 목책을 공격하느라 여념이 없는 가운데 천존과 천품이 계백과 어우러진 모습을 발견하고는 즉시 합세했다. 자신의 아들이 그처럼 장렬히 전사했는데, 그 원수를 발견하고는 그냥 있을 수 없었던 것이다. 천존과 천품, 그리고 품일까지 가세했지만 계백은 결코 만만한 상대가 아니었다. 그의 날카로운 검법과 힘찬 응수는 세 사람의 협공을 마주하고도 쉽게 지치지 않고 계속됐다. 장수들은 그의 출중한 무예에 감탄한 나머지 서로 거리가 가까워질 때마다 계백을 회유하기 시작했다.

"장군, 어찌 명을 부지해 다음날을 기약하지 않으려 하오?"

"그대와 같은 인물을 잃는다는 것은 삼한 전체의 커다란 손실이오."

아들을 그의 칼에 잃은 품일까지도 나서서 그를 회유하기 시작했다.

"어차피 벌어진 지난 일은 모두 잊겠소. 장군은 마땅히 그만 칼을 내려놓으시고 새롭게 건설되는 삼한의 주역이 되시오."

그러나 굳게 다문 계백의 굳은 표정은 이미 생과 사를 초월해 윤회에 가까이 빠져드는 것까지 각오한 듯했다. 한동안 계속되던 싸움에 종지부를 찍은 것은 천존이었다. 그가 비스듬히 쓸어간 칼날에 계백의 옆구리가 찔리고, 다시 품일이 크게 휘두른 칼에 이내 목이 떨어지고 말았다. 백제의 명장 계백의 최후는 이처럼 허무했다.

백제 군사들 역시 거의 전멸한 상태였다. 더구나 좌평(佐平) 벼슬에 있던 충상(忠常)과 상영(常永) 등 20여 명의 장수들은 신라 군사들에게 사로잡힌 나머지 이미 오라에 묶여 있었다.

법민은 포로들을 돌아보며 비로소 흠순의 아들 반굴과 품일의 아들 관창의 죽음을 격하게 슬퍼하기 시작했다. 비록 싸움에서는 이겼지만 목숨을 담보로 한 그들의 장렬하고 충정어린 죽음이 없었다면, 어찌 이번 싸움에서 이길 수 있었을까? 생각하자, 새삼 두 사람의 죽음에 고개가 깊이 숙여졌다.

"두 장군의 아들들이 스스로 삼군의 모범이 돼 적진에 뛰어들어 전 신라군에게 이루 말할 수 없는 격한 울분과 격동을 주었기에 우리가 이처럼 이길 수 있었습니다. 삼가 그들의 영전에 애도의 뜻을 바치는 바입니다."

법민은 흠순과 품일 두 장군에게 자신의 안타까운 마음을 조금이나마 전하기 위해 노력을 아끼지 않았다. 아울러 나라와 백성을 위해 자신의 목숨을 초개처럼 버린 그들의 고귀한 충절을 널리 알리는데 인색하지 말아야겠다고 다짐했다.

한편, 유신은 군사들에게 명해 계백의 시신을 수

습하도록 했다. 갈 길이 바쁜 나머지 촌각을 다투는 상황이었지만 같은 장수로서 끝까지 예의를 지키고 싶었던 것이다.

"대방의 왕정이 아무리 어지러웠다 해도 천년 사직이 그 종말을 고하는 마당인데 어찌 계백과 같은 충신을 만나지 않겠는가! 그가 어린 관창의 목을 스스로 베었을 때 이미 나는 그의 숭고하고 드높은 뜻을 간파했음이다. 내 친히 삼한의 충신인 그의 시신에 마땅히 애도를 표할 것이니, 그대들은 감히 나를 말리지 말라!"

그리고는 황산벌 양지 바른 곳을 골라 계백의 가묘를 만들어 주었다.

이미 해가 기울었는지라 군사들은 싸움터를 정리한 뒤 가까운 곳에 야영지를 마련했다. 때문에 소정방과 약조한 군사 기일은 하루 지연될 수밖에 없었다.

다음 날, 신라와 당나라 양군은 백제의 도성인 사비성을 에워쌌다. 실로 그 위세가 당당하기만 해서 하늘을 찌를 듯했다. 척후를 띄워놓아 전방의 경계를 튼튼히 한 채 유신을 필두로 법민과 흠순 등의 신라군과 정방, 인문 등의 당군이 맨 앞에서 길을 열어 나아갔는데, 소정방은 뱃길을 따라 계속 사비성을 향해 나아가고자 했다. 그러나 그의 속셈을 눈치챈 유신이 굳이 그럴 필요 없다며 그를 설득했다.

소정방은 사비성까지 이르는데 뱃길보다는 육로에서 백제군의 저항이 한층 치열하고 실질적인 위험에 직면할 것이라는 점을 간과한 것이다. 이는 그만큼 수월한 수로를 택해 당나라 군사들의 희생을 적게 하려는 잔꾀에 다름 아니었다.

"대장군께선 어인 일로 이처럼 자꾸 지체하시오?"

소정방에게 유신이 물었다.

"적의 동향을 미리 짐작할 수 없을 뿐 아니라 우리 군사들이 이미 지쳐 있기 때문이오."

하루 전에 당에서 도착해 백제군과 가벼운 전투를 벌였다는 사실을 알고 있는 유신이 웃으며 말했다.

"하하하, 우리 신라 군사들 역시 목숨을 걸고 적을 맞아 며칠 동안 쉬지 않고 싸웠소. 백제 군사들은 어제 우리와의 싸움으로 이미 예봉(銳鋒)이 꺾여 있을 뿐 아니라, 우리 군사들의 사기가 보시는 바와 같이 하늘에 닿는데, 장군께서는 무슨 염려가 그리도 많으시오?"

"실은……."

유신의 말에도 소정방의 표정은 끝내 밝아지지 않았다. 뭔가 찜찜한 구석이 있는 듯 지체하기를 여러 번 되풀이했다.

"말씀해보시오, 장군."

유신은 어제 일 따위는 이미 까맣게 잊었다는 듯 스스럼없이 대했다.

"실은 조금 전에 까마귀 한 마리가 병영 위를 날아갔소. 그 탓에 사람을 시켜 점을 치게 했더니……."

"그래, 그 점괘가 과연 어찌 나왔소?"

유신이 물었다.

"우리 당나라 군사의 원수(元帥)가 적에게 해침을 당할 것이라는 불길한 점괘가 나왔소이다. 당의 원수라면 나 말고 누가 또 있겠소?"

말을 마친 그는 유신의 시선을 피해버렸다. 유신으로부터 옹졸하다는 핀잔이라도 받게 될까봐 걱정하는 빛이 역력했다.

"어찌 하찮은 날짐승 한 마리의 괴이한 행동으로 인해 천시(天時)를 어기고 대업을 망치려 하시오? 천명(天命)을 따르고, 인심(人心)의 부름에 응해 지극히 어질지 못한 자를 치는 마당에 어찌 상서롭지 못한 일이 생길 수 있겠소?"

유신은 그를 이해시키기 위해 안간힘을 썼다. 그를 이해시키지 못한다면 일이 얼마나 복잡해질지 상상하는 것만으로도 두려움이 앞섰다.

"하오나……."

"장군께서는 크게 심려하지 마시오. 이처럼 많은 군사를 거느리고 적을 두려워한다면 어찌 대장부라 하겠소?"

유신은 그의 자존심까지 들먹이는 걸 마다하지 않았다. 그것이 효과를 봤는지 그는 한동안 머뭇거리며 생각을 거듭했다. 그러더니 자신의 위엄(威嚴)에도 문제가 생길 것이라는 걸 깨달은 듯 말했다.

"알겠소."

"자, 진격을 서두르도록 합시다."

이윽고 유신과 법민, 소정방과 인문 등이 나란히 앞에 선 채 수많은 군사들을 거느리고 초목이 무성한 소부리주 벌판으로 나아갔다. 그 기세가 마치 하늘을 찌를 듯했다.

나당 양군은 사비성을 두텁게 포위했다. 그야말로

개미 한 마리도 빠져나갈 수 없을 만큼 철저하게 에워쌌다. 그때 백제 왕자가 상좌평(上佐平)으로 하여금 제사에 쓸 수 있는 가축과 수많은 음식을 보내왔다. 그리고 소정방 앞에 엎드려 말했다.

"신은 백제의 상좌평으로서 원로에 수고가 많으신 장군께 소찬이나마 준비해 대접해 드리려고 이처럼 나왔습니다. 장군께서는 마땅히 저희 왕자의 갸륵한 뜻을 물리치지 마시고 성의를 가납하여 주십시오."

"너는, 과연 누구의 뜻으로 이처럼 나왔단 말이냐?"

소정방이 물었다.

"신은 백제 왕자 부여융(夫餘隆)의 뜻을 받들어 왔나이다."

"의자왕의 뜻이 아니라 일개 왕자의 뜻이라는 말이렸다?"

정방이 다시 물었다.

"이는 백제 왕실과 조정 모두의 뜻에 다름 아닙니다. 부디 거두어 주십시오."

백제의 사자는 극구 머리를 조아렸다.

"이따위 음식이나 먹기 위해 만 리가 넘는 뱃길을 힘들여 온 것이 아니다. 사죄를 하려거든 의자가 직접 나와야 할 것인즉, 어찌 네가 나왔단 말이냐? 당장 사비성의 군사들을 물리고 궐문을 활짝 열어 우리를 맞아들이도록 하라. 의자가 마땅히 목숨을 구하는 길이란 그뿐이다!"

소정방은 호통을 쳐서 그를 쫓아 버렸다.

법민은 이를 바라보며 모든 일에는 힘이 앞선다는 사실을 다시 한번 뼈저리게 느꼈다. 강약(强弱)이 부동(不動)이라. 우리에게 이처럼 많은 군사와 그에 따르는 무력이 없다면 과연 저들이 저처럼 설설 기며 저자세를 취할 이유가 없을 것이라는 생각이 들었다.

소정방은 백제 왕자 부여융이 보냈다는 음식들을 물리쳤다. 뒤를 이어 의자왕의 여러 아들들이 좌평 여섯 사람과 함께 꿇어 엎드려 죄를 빌었지만 그것 역시 물리쳤다. 의자왕이 직접 나와 죄를 빌어도 시원치 않는 상황이었으니 이는 지극히 당연한 일이었다.

날이 밝자 사비성 성루에는 백제군의 기치(旗幟)들이 보였다. 성안의 군사들을 격려하기 위해서인 듯 북소리까지 요란하게 들렸다.

"어제는 저들이 항복하겠다며 무리를 지어 나오더니, 오늘은 또 저처럼 북소리가 성하게 들리니 영문을 알 수 없습니다."

법민이 유신에게 물었다.

"저들의 의견이 일치하지 못한 듯합니다. 저들이 매우 놀라고 당황한 듯 보이지만 아직 쉽게 항복할 것 같진 않습니다."

그리고 유신은 즉각 성을 에워싼 군사들에게 명을 내렸다.

"공격하라!"

나당 연합군은 도성 안으로 석포(石砲)와 불화살을 날려대며 맹렬한 공격을 개시했다. 성 밖에서 날리는 돌덩이가 우박처럼 분분히 성안으로 날아갔으며, 강노(强弩)에서 쏜 화살이 빗줄기처럼 쏟아졌다. 이에 성안은 검은 연기가 솟아오르고 화광(火光)이 충천했으며, 누각이 돌에 맞아 부서지는 소리가 밖에서도 들렸고, 집들이 불에 타기 시작했다.

순식간에 생지옥의 난장판으로 변했다. 백성들의 울부짖는 소리가 포 소리와 뒤섞여 아수라장이 됐다. 향읍(鄕邑)과는 달리 도성은 성곽과 대문으로 막혀 있었으므로 마땅히 도망갈 수도 없었다. 백성들은 크게 놀란 나머지 우왕좌왕하기에 급급했으며, 서로 부모 형제를 찾느라 아우성 소리가 그치지 않았다. 아비규환이 따로 없었다. 그러나 당군과 신라군은 공세의 고삐를 늦추지 않았다. 결국 사비성은 제대로 된 저항 한 번 해보지 못한 채 속절없이 무너지고 말았다.

성벽을 타고 오르던 신라 군사들이 이윽고 성문을 열었다. 700년 사직을 자랑하던 백제의 종말이 가까워진 순간이었다.

이윽고 의자왕의 아들 부여융이 대좌평(大佐平)과 함께 나란히 나와 유신과 법민 앞에 엎드려 항복했다. 사정이 워낙 급하게 변하니 자신이 직접 나설 수밖에 없을 터였다.

"소신은 지금까지 백제의 왕자 신분이었습니다. 하오나 위급한 지경에 처해 마땅한 방법이 없기에 장군들 앞에 나와 이처럼 죄를 비옵니다."

"백제의 왕자라 했느냐? 이름이 무엇이더냐?"

유신이 나서며 물었다.

"소신의 이름은 부여융이라 하옵니다."

이번에는 법민이 나서서 물었다.

"부여융이라 했느냐?"

"그러하옵니다."

"네 이놈! 마침 잘 만났느니라."

법민은 즉시 그를 말 앞에 꿇어 앉혔다. 어찌 그

모든 수모와 깊이 맺힌 원한을 쉽게 잊을 수 있겠는가? 화가 끓어올라 참을 수 없었다. 법민은 그의 머리를 향해 침을 뱉었다. 그동안 겪었던 숱한 마음고생과 괴로움의 순간들이 주마등처럼 스치며 참을 수 없는 원한이 돼 가슴을 헤집어 놓았다.

"예전에 네 아비가 내 누이 내외를 억울하게 죽여 옥중에 묻은 적이 있다. 그 일이 20년 동안 골머리를 앓게 했는데, 오늘 비로소 네 목숨이 내 손안에 있구나. 내 어찌 기쁘지 않을 수 있겠느냐?"

생각 같아서는 당장 놈의 목을 치고 싶었지만 김유신, 소정방 등 기라성(綺羅星) 같은 나당 장수들이 함께 있었고, 스스로 항복하는 자를 참하지 않는 것이 전장의 도리였으므로 참을 수밖에 없었다. 그러나 법민은 머리에서 김이 피어오를 정도로 격분한 상태였다.

"아버지를 대신해 제가 이처럼 백배사죄를 드립니다. 태자께서는 부디 노여움을 거두소서."

부여융은 땅에 엎드려 더욱 머리를 조아렸다. 그로서도 마땅한 방법이 없을 것은 뻔한 일이었다.

"네 아비는 과연 어디에 있느냐?"

법민이 융을 내려다보며 추상같은 목소리로 물었다. 정작 백제 왕의 행방을 알 수 없었기 때문에 소재를 파악하는 일이 시급했다. 비록 백제 군사들을 물리쳤다고는 하지만 의자왕의 행방을 모르고서는 진정으로 저들을 이겼다고 볼 수 없었기 때문이다.

"소신의 아비가 지금 어디에 계시는지 소신으로서도 정확히 알 수 없습니다."

부여융이 머리를 조아리며 대답했다.

"네 이놈!"

벼락이 치는 듯 가차없는 법민의 호령에 부여융이 기겁을 한 나머지 더욱 머리를 낮추었다.

"어찌 거짓을 아뢰겠나이까? 살려주십시오."

"허면, 네 아비를 마지막 본 것이 언제였단 말이냐?"

옆에 있던 유신이 물었다.

"열하룻날 밤에 태자 부여풍(夫餘豊) 등을 데리고 좌우의 여러 측근과 함께 웅진성으로 떠나신다고 말씀하셨습니다."

부여융이 대답을 했다. 열하루라면 바로 이틀 전을 말하는 것이었다.

"웅진성에?"

"그러하옵니다."

"그렇다면 지금도 웅진성에 있음이 분명하구나."

유신이 좌우를 돌아보며 말했다.

법민 역시 백제 왕이 웅진으로 피했다면 다시 움직여 어디론가 옮겨가지는 않았을 것이라고 생각했다. 나당 연합군이 백제 땅을 파도처럼 덮치는 상황에 어찌 감히 이리저리 움직일 수 있겠는가? 아울러 속히 웅진성을 쳐야겠다는 생각이 들었다.

'진정한 승리는 그 후에 얻어지는 것이리라.'

법민은 칼자루에 손을 얹은 채 다시 마음을 새롭게 다졌다.

소정방은 군사들을 이끌고 즉시 웅진성으로 쳐들어가자고 말했다. 그러나 유신은 당의 군사들이 웅진으로 진군하는 것을 께름칙하게 생각했다. 이는 그들이 백제를 멸한 뒤 신라까지 공격할 것에 대비해 한산(漢山)과 금돌성(今突城)에 배치한 아군의 존재가 발각될 것을 염려한 탓이었다. 아직 저들의 속셈이 명확히 드러나지 않은 마당인지라, 이쪽에서 군사들을 숨기고 있다는 사실을 저들이 눈치라도 챈다면 어렵게 맺은 우호관계가 깨질 것은 물론 양국의 신뢰에도 금이 갈 것이 뻔했다.

"의자왕이 웅진으로 달아났다 해도 독 안에 든 쥐

일 뿐이오. 왕가의 식솔들이 모두 이곳 사비에 있으니, 차라리 사자를 보내 의자를 부르면 다시 오지 않을 수 없을 것입니다."

유신이 말했다. 이에 소정방은 유신의 뜻에 따르기로 하고 서찰을 적어 웅진으로 보냈다. 그 내용은, 스스로 찾아와 항복하면 목숨과 안전을 책임질 것이지만, 만일 끝까지 저항한다면 사비성에 남아있는 왕족들을 모두 죽인 후에 웅진으로 쳐들어가겠다는 협박에 다름 아니었다.

며칠 후 7월 열여드레.

백제 왕이 태자와 웅진방령(熊津方領)에 함께 있던 군사들을 모두 거느리고 사비성에 이르렀다. 그는 사비궁의 대궐문 앞에 닿자 태자와 함께 걸어서 안으로 들어섰다. 자신이 사용하던 용상에는 소정방과 김유신이 나란히 앉아 있었으며, 나당 양국의 장수와 수백 명의 군사들이 전각을 빈틈없이 메우고 있었다.

왕은 눈물을 흘리고 있었다. 이를 지켜보는 백제 신하들과 군사들도 차오르는 슬픔으로 인해 흐느끼는 소리가 여기저기서 들렸다. 그는 비틀거리는 걸음을 간신히 옮겨 당하(堂下)에 꿇어앉은 후 입을 열었다.

"신, 백제국 대방군왕 부여의자(夫餘義慈)는 상국(당)에 큰 죄를 지어 이미 씻을 수 없나이다. 이에 황제 폐하의 대명을 받아 이르러 오신 대총관과 신라국의 왕께 머리 숙여 사죄하오니, 부디 너그럽게 용서하여 주십시오."

백제 700년 사직이 종지부를 찍는 순간이었다. 5부, 37군, 200여 개의 성과 76만 호로 구성돼 면면히 이어온 사직이 나당 연합군에 의해 무릎을 꿇게 된 것이다. 그동안 그가 누려왔던 영화와 신라를 병탄(倂呑)하려던 야욕이 한낱 헛된 꿈이었다는 것을 증명하듯 그 모습이 초라하고 허약해 보였다. 동시에 사비궁 도처에서 백제의 모든 신하들과 군사들이 숨죽여 울다 끝내는 오열을 터뜨렸으니, 대궐 전체가 울음바다가 되고 말았다.

법민은 즉시 사자를 띄워 이 소식을 춘추에게 알렸다. 아울러 군사들을 풀어 요소요소를 철통같이 지키도록 했으며, 춘추가 머무를 사비궁에 대한 방비 역시 한 치의 빈틈도 보이지 않도록 만전을 기했다.

며칠 후 춘추가 금돌성으로부터 소부리성(所夫里

城)에 이르렀다. 출발하기 전에 서찰을 써서 제감(弟監) 천복(天福)을 당나라에 보내 백제와의 싸움에서 이겼음을 알렸다.

"신, 부여의자는 삼가 신라의 대왕께 한꺼번에 씻을 수 없는 크나큰 죄를 지었나이다. 부디, 너그러운 마음으로 신의 사죄를 가납하시고 용서해 주시옵소서."

의자는 춘추왕이 앉은 당하에 엎드려 다시 죄를 빌어 용서받는 절차를 행했다.

춘추는 의자로부터 정식으로 항복과 사죄의 절차를 받은 뒤에야 승리를 이끌어낸 장수들과 군사들에게 크게 잔치를 열어 위로해주었다. 사실 그는 백제가 망하고 의자가 항복했다는 법민의 서찰을 받은 날부터 밤잠을 설치면서 기뻐하기를 마다하지 않았다. 마치 꿈인 듯 그 사실이 믿어지지 않아 공연히 매사에 너그러워졌을 뿐 아니라 어깨춤이 저절로 나와 혼자 들썩거리기를 마다하지 않았다.

"백제가 항복했다니! 오~오, 백제의 의자가 마침내 무릎을 꿇다니……."

믿을 수 없었다. 얼마나 오매불망 저들을 멸하지 못해 안달했었던가?

"마침내 백제를 멸하였구나. 그동안 백제와 쌓인 원한이 과연 얼마나 많았음이냐? 오랜 숙원을 이제야 풀게 됐음이다."

춘추는 기쁜 나머지 밥을 먹지 않아도 배고픈 줄 미처 깨닫지 못했다.

8월 초이틀.

의자가 편전으로 쓰던 정청에서 승전 축하 연회가 펼쳐졌다. 풍악이 울리며 점차 분위기가 무르익자, 춘추는 양국의 모든 장수들에게 술잔을 돌리며 그들을 위로했다. 춘추가 중앙에 자리 잡고, 좌우로 유신과 소정방이 호위하듯 앉았으며, 모든 장수들이 나와 좌정했다. 그 앞으로 의자와 부여융이 당하에 엎드려 있었다. 망국(亡國)의 대신들이 도열해 지켜보는 앞에서 춘추가 입을 열었다.

"죄인 의자는 들으라!"

"예."

"이처럼 흥겨운 자리인데 마땅히 그대의 술 한 잔이 없어서야 되겠는가?"

춘추의 말이 끝나기 무섭게 내관이 술병을 들어 의자 옆에 놓았다. 머리는 풀어 헝클어지고 고개를 떨어뜨린 채 앉아있던 의자가 눈을 들어 술병을 잠시 응시했다. 후회와 회한의 감정이 사무친 나머지 그의 눈빛이 잠시 흔들렸다. 어찌 스스로 몸을 일으켜 선뜻 술을 따르고 싶겠는가. 의자가 머뭇거리자 소정방이 소리쳤다.

"의자는 뭘 하는가? 어서 대왕께 사죄의 술을 따르지 못하겠는가?"

의자의 뒤에 시립해 있던 망국의 신하들 사이에서 흐느끼는 소리가 들려왔다. 이럴 줄 알았더라면 차라리 자결하는 편이 나았으리라고 생각하고 있는지도 모를 일이었다.

그때 부여융이 말했다.

"신의 아비는 늙고 병든 나머지 손이 떨려 술을 제대로 잔에 따르지 염려되옵니다. 아비를 대신해 신으로 하여금 잔을 채울 수 있도록 허락해주십시오."

자식 된 도리로 아비의 치욕스런 수모를 눈뜨고 지켜볼 수 없었음이 분명했다. 그러나 이를 허락할 춘추가 아니었다.

"아무리 늙고 병이 들었다고 하지만 어찌 술병 하나 제대로 들지 못하겠는가? 넘치든 흐르든 모두 이해할 것이니 관여치 말고 어서 따르도록 하라."

법민은 아버지 춘추의 뜻을 이해할 수 있었다.

당신께서는 백제로부터 만대에 걸쳐오면서 쌓인 원한을 훌훌 털어 버리고, 저들의 손에 죽어간 수많은 백성과 충신, 벗, 그리고 숱한 군사들의 원혼을 달래줌과 동시에 불쌍하게 죽은 고타 소의 혼령에게 맺혔던 한까지, 의자가 따르는 한 잔의 술에 말끔하게 털어 버리고자 저렇게 고집을 부리는 것이었다. 어찌 그것을 과욕이라 탓하며, 어느 누가 아버님을 원망할 수 있단 말인가.

"과인에게 사무쳤던 한을 그대가 따르는 한 잔의 술로 씻으려 함이다. 의자는 머뭇거리지 말고 술을 따르되, 대방의 임금으로서 스스로 지녔던 허물을 말끔하게 씻어 그 대범함을 보이도록 하라."

춘추가 다시 재촉하자, 그 뜻이 확고함을 눈치챈 의자가 비로소 몸을 일으켜 술병을 들고 당상으로 올라 술을 따랐다. 손을 부들부들 떨며 술을 엎지르는지라 망국의 대신들이 모두 흐느끼기를 멈추지 않았으며 소리 내어 우는 자도 여럿 있었다. 그 뒤로 소정방과 유신 등 양국 장수들의 잔에 의자가 일일이 잔을 채워 주었으니, 비록 망국의 신하가 아니라 해도 그 광경에 눈물을 흘리지 않을 자가 없었다.

그렇게 해서 700년 영화롭던 백제의 사직이 종말을 고했으며, 의자가 술병을 들어 춘추에게 두 손으로 술잔을 채우는 순간, 면면히 이어져 내리던 백제국 대방군왕이라는 이름도 영원히 사라졌다. 휘황차고 찬란했던 백제의 태양과 달이 다시 떠오를 리 없었고, 해가 중천에 머물러 있었으되 백제의 광명이 아니었으며, 산천이 유구하되 이미 백제의 산하가 아니었다.

편전에서 흥겨운 잔치가 무르익는 동안 다른 전각 아래에서는 다른 일이 벌어지고 있었다. 모척(毛尺)과 검일(黔日)에 대한 법민의 단죄였다.

두 사람은 신라를 배반해 고타소 내외를 죽게 만들었으며, 대야성을 백제에 넘겨준 배신자였다. 그때 공을 세우고 백제로 귀순해 의자왕으로부터 상급(賞給)을 받아 처를 얻고 자식을 낳아 제법 떵떵거리며 살고 있었는지라, 법민은 사비성에 입성한 날부터 휘하의 군사를 풀어 두 사람을 붙잡아 두었는데, 비로소 그들을 죽여 오랫동안 가슴속에 묻어뒀던 원한을 풀었다.

춘추의 죽음

신유(辛酉)년(서기 661년).

정초를 지나면서 백제를 다시 일으켜 세우려는 부흥군(復興軍) 세력이 급격히 불어나 골치를 썩이고 있었다. 그들은 당이 설치한 웅진도독부 주변을 중심으로 웅진성과 사비성 인근에까지 출현해 약탈을 일삼으며 백성들을 불안에 떨게 했다. 특히 당나라 군사들에 대한 적대행위가 날로 늘어났다. 이로 인해 웅진에 주둔 중인 당장 유인원이 이끄는 당군 1만여 명과 법민의 동생 인태(仁泰)가 이끌고 있는 신라군 7천여 명이 수시로 서라벌에 급보를 보내 구원병의 출동을 요구했으며, 그때마다 그들을 구원해 사태를 수습하는 일이 빈번하게 일어났다.

“대왕 전하, 백제 잔당들의 준동(蠢動)을 더 이상

지켜볼 수만은 없는 일이옵니다."

법민이 춘추에게 주청(奏請)을 넣었다. 나라의 병부령으로서 사직과 백성들의 안위를 위해 저들이 함부로 날뛰는 걸 막아야 한다고 생각했다.

"하찮은 무리들의 행패를 좌시(坐視)해서는 아니되는 법, 내 기필코 마땅한 조치를 취할 것이니라."

이에 춘추는 백제 잔당들을 멸하기 위한 구체적인 방법을 모색하기에 이르렀다.

춘추는 이찬 품일(品日)에게 군사를 주며 웅진 일대를 소란스럽게 하는 백제 잔당들을 진무(鎭撫)하라 명했다. 품일은 이에 두릉산성(豆陵山城: 지금의 충남 청양군 정산면 백곡리의 계봉산) 남쪽으로 나아갔다.

품일의 군사들이 두릉산성의 남쪽 어름에 닿아 군진을 세우려고 할 때였다. 백제부흥군의 갑작스런 공격이 가해졌다. 진영을 설치하기도 전이었으므로 싸움 한 번 벌여보지 못한 채 패하고 말았다.

"저런 고약한 무리들이 있을까?"

법민은 품일의 군사들이 백제 잔당들에게 패했다는 소식을 듣고 분한 나머지 이를 갈았다.

3월 열이틀, 법민은 동생인 문왕(文王)과 대아찬 양도(良圖)를 장군으로 삼아 후속부대를 급파(急派)했다. 그리고 한 달이 넘도록 두릉산성을 공격했지만 성공하지 못한 채 결국 철군해야 했다. 성이 견고한데다 지형 또한 험한 곳에 위치한 까닭에 손을 제대로 쓸 수가 없었을 뿐만 아니라 무모하게 적을 치려고 했다가는 아군의 불가피한 손실이 염려됐기 때문이다. 그러나 병참부대가 보유하고 있던 많은 양의 군수품들을 잔당들에게 탈취당하고 말았다.

"비록 망국 백제의 살아남은 잔당들이라 하나 나라를 다시 일으켜 세우겠다는 저들의 의지가 매우 굳셀 뿐만 아니라 군세(軍勢)가 결코 미미(微微)하지 않으니, 삼가 대대적인 토벌을 계획하심이 지극히 마땅하신 줄 아뢰나이다."

법민은 춘추에게 그동안의 상황을 알리며 자신의 견해를 밝혔다.

4월 열아흐레에 이르러 군사를 철수하면서 대당(大幢)과 서당(誓幢)을 먼저 보내고 하주(下州)의 군사들은 맨 뒤에 따르며 가도록 했는데, 빈골양(賓骨壤: 전북 부안으로 추정)에 이르러 백제부흥군을 다시 만나 싸웠으나 또 패하고 말았다. 비록 죽은 사람은 적었으나 많은 병기와 짐수레에 싣고 갔던 군량을 모두 잃고 말았다.

며칠 후 문충이 이끄는 상주(上州) 부대와 의광(義光)이 이끄는 낭당(郎幢)부대가 각산(角山) 어름에 들어섰을 때였다. 돌연 한 무리의 군마(軍馬)들이 길을 막아섰다.

"저들이 과연 어느 무리인 것이오?"

"한눈에 파악하기가 난감할 뿐이오."

문충의 물음에 의광 역시 알 수 없다는 듯 갑자기 나타난 군마들을 유심히 살폈다. 우연히 길 가운데서 서로의 군사들이 마주쳤으니 황당하고 놀란 것은 피아(彼我)가 마찬가지였다.

"아니, 저놈들은 바로 백제부흥군 무리들이 아니오?"

그제서야 문충이 비로소 적을 알아보고는 깜짝 놀라 말했다.

"네 이놈들! 보아하니 백제의 잔적 무리들이 분명하구나."

문충은 백주 대낮에 저처럼 떼를 지어 몰려다니는 백제부흥군을 보고는 화를 참을 수 없었다.

"함부로 주둥이를 놀리지 마라. 적과 적이 서로

만났다면 한차례 혈전이 있을 뿐, 사사로이 언사(言辭)를 주고받을 일이 무엇이겠느냐?"

우두머리인 듯 보이는 자가 말에 올라 대거리하는 모양이 제법 한 무리의 장수로 모자람이 없어 보였다.

"즉시 진을 만들어라!"

문충은 뒤를 돌아보며 휘하의 군졸들에게 명을 내렸다. 그리고는 즉시 말을 걷어차고 앞으로 내달으며 고함을 쳤다.

"자, 이처럼 서로 만났으니, 과연 어느 놈이 나와 겨뤄보겠느냐?"

문충이 뛰쳐나가자, 자연 적진에서도 조금 전 대꾸를 하던 우두머리 뒤에 서 있던 장수가 유성추(流星鎚: 철퇴의 일종)를 휘두르며 뛰어나와 불 맞은 짐승처럼 소리를 질렀다.

"좋다! 이 몸이 너와 겨뤄보겠다. 어제가 바로 네 놈의 제삿날이었느니라."

양군의 진을 사이에 두고 두 마리의 말이 이내 부딪쳤다. 그러나 말들이 서로 엇갈리기를 서너 번인가 했을 뿐인데 결과는 너무 쉽게 드러나고 말았다.

"앗!"

적의 우두머리가 외마디 고함을 지르면서 유성추를 맹렬하게 휘두르며 공격을 가하자 문충이 급히 놀라서 이를 막았다. 그러자 적장이 말고삐를 당겨 몸을 돌렸다. 처음부터 문충의 상대가 되지 못한다는 걸 스스로 깨닫고, 어리석은 술수를 보인 후 도망친 것이다. 그러나 그것도 여의치 않아 문충이 침착하게 내지른 검광에 갇힌 신세가 되고 말았다. 그리고, 이내 칼날에 목이 말 아래로 굴러 떨어졌다. 호기롭게 큰소리를 치던 것과는 달리 너무나 어이없는 결과였다.

"뭣들하고 있느냐? 놈들을 들이쳐라!"

그때를 놓치지 않고 싸움을 지켜보던 의광이 군사들을 향해 외쳤다. 군사들이 우렛소리처럼 분분한 함성과 함께 앞으로 치고 나갔다. 그러나 자신들의 우두머리가 목이 떨어진 채 말 위에서 구르는 모습을 본 백제의 잔당들은 이미 싸우기를 포기한 채 도망가기에 바쁠 뿐이었다. 도망가다 밟히고, 칼날에 베이고, 창에 찔려 죽으니 광풍에 갈잎 쓰러지듯 쓰러져갔다. 그렇게 삽시간에 2천여 명을 목 베었다. 싸움이 끝난 뒤, 문충이 들은 바로는 자신들의 앞길을 막았던 무리들은 백제부흥군의 달솔 정무라는 자의 휘하 군사들이었다. 그러나 아깝게도 싸우는 와중에 적장이 도망을 가버려 적장을 죽이지는 못했다. 모처럼 들리는 낭보에 신라 진영은 잠시 활기를 되찾았다.

춘추는 문충과 의광의 군사들이 다소의 전과를 올렸다는 소식에 크게 기뻐했다. 하지만 그것도 잠시, 다른 군사들이 패배했다는 소리에 크게 놀라며 장군 금순(金純), 진흠(眞欽), 천존, 죽지 등을 보내고 급기야 직접 나아갔다. 그러나 일행이 가시혜진(加尸兮津: 경남 합천)에 이르렀을 때 적들이 겁을 먹은 나머지 스스로 물러나 가소천(加召川: 경남 거창)까지 도망가 버렸다는 말을 듣고 이내 군사들을 물려 돌아오고 말았다.

6월 초순에 접어들 무렵이었다.

고구려 연개소문은 김춘추를 제거하기 위해 나름대로 원대한 계획에 착수했다. 우선, 장수 뇌음신(惱音信)과 말갈의 장수 생해(生偕)를 함께 보내 2천여 명의 군사로 하여금 술천성(述川城: 경기도 여주)을 공격하도록 했다. 그러나 신라 군사들의 격렬한 저항에 물러날 수밖에 없었다. 뇌음신 일행은 물러가려던 발길을 돌려 갑자기 북한산성(北漢山城)을 공격했다. 성루 위에서 보초를 서고 있던 군졸들은 고구려 군사들이 쳐들어오는 것을 보고는 즉시 성주인 동타천에게 보고했다.

"성주님! 큰일 났습니다!"

"무슨 일이냐?"

"고구려 원수들이 쳐들어와 산성 밖을 겹겹이 에워싸고 있습니다."

"무엇이?"

동타천이 깜짝 놀라서 밖으로 뛰어나갔다. 성에 올라 밖을 내려다보니, 과연 고구려 군사와 말갈 군사들이 촘촘히 성을 에워싸고 있었을 뿐만 아니라 포차(拋車)를 벌여놓고 커다란 돌을 무수히 날리니, 그것에 맞은 성루와 민가들이 그대로 부서지기 시작했다.

"꽝!"

돌멩이가 날아와 성곽을 때리는 요란한 소리를 냈다.

"적들이 포차를 벌여놓고 돌을 날리고 있습니다."

군사들은 어쩔 줄 모른 채 동타천의 얼굴만 바라볼 뿐이었다. 그러나 동타천인들 마땅한 방법이 있을 리 없었다. 적들이 포차로 날려 보낸 돌멩이들만이 분분히 날아와 성과 집들을 부수고 있었다. 성안은 순식간에 아비규환으로 변한 나머지 먼지가 뿌옇게 피어올랐으며, 아녀자의 울부짖는 소리와 비명소리가 낭자했다.

"꽝! 뚝!"

돌이 날아와 부딪칠 때마다 마치 벼락이 떨어진 듯 민가는 물론이고 백성들까지 돌에 맞아 외마디 비명과 함께 나뒹굴었다.

"큰일이로다!"

사색이 다된 동타천은 묘책을 찾지 못한 채 안절부절 못할 뿐이었다. 적들이 포차까지 동원해 많은 군사와 함께 쳐들어올 정도라면, 저들을 막는다는 것은 이미 어려운 일이라는 걸 깨달았던 것이다. 그는 겨우 정신을 가다듬고 급히 병졸들을 데리고 창고로 뛰어갔다. 창고 안에 유사시에 대비해 능철(菱鐵: 마름쇠 인마(人馬)의 접근을 차단하기 위해 땅에 뿌려 놓은 마름쇠)를 마련해 두었던 것이다.

"즉시 이것을 가져다 성 주위에 골고루 뿌려 적들의 접근을 차단하라! 즉시 실행하도록 해라!"

동타천은 서둘러 마름쇠를 있는 대로 꺼내주며 군사들에게 일렀다. 군사들은 재빨리 성 위에 올라가 마름쇠를 던져놓아 사람과 말이 접근하지 못하도록 조치를 취했다. 그 후에 다시 명령을 내렸다.

"지금 즉시 안양사(安養寺) 창고를 헐어 그 목재를 모조리 가져오너라."

"창고를 헐라는 말입니까?"

"위급한 상황인 줄 모르느냐? 즉시 시키는 대로 움직여라."

"알겠습니다."

군졸들이 모두 달려들어 안양사 창고를 뜯어내 기둥을 있는 대로 옮겨왔다. 그동안에도 여전히 수많은 돌멩이들이 날아들어 미처 정신을 차릴 여유가 없었다.

"꽝"

성루에 부딪친 돌이 분분히 먼지를 피워 올리며 요란한 소리를 냈다.

동타천은 당황하지 않은 채 차분히 조치를 취해나갔다.

"마름쇠를 뿌려놓았기 때문에 성 쪽으로 접근할 수는 없을 것이다. 만일 다가오는 적이 있다면 활로 쏘아 죽여라."

성 위에 활을 든 병사들을 배치한 후 우선 뜯어온 목재를 성루가 부서진 자리에 세우고 다시 성안의 무너진 자리마다 망루를 만들었다. 아울러 망루를 서로 연결해 굵은 밧줄로 그물을 엮은 후 마소의 가죽과 솜옷, 그리고 이불 등을 걸어 매고 그 안쪽에 노포(弩砲)를 설치해 포차의 공격을 막아 성을 지켰다.

성안에는 남녀 모두 합해 2천 8백여 명이 있었다. 동타천은 어린이와 힘을 못 쓰는 늙은이까지 격려하며 무려 20여 일 동안 적과 대치를 계속했다. 그러나 결국 포위된 채 성 밖으로 한 발짝도 나갈 수가 없었다. 설상가상으로 식량이 떨어지고 힘이 다했다.

"하늘도 무심하시구나! 결국 우리를 버리시겠다는 뜻인가?"

동타천은 탄식해 마지 않았다. 그러나 그는 마지막까지도 희망을 버리지 않았다. 희망을 버리는 순간 곧 죽음을 맞을 수밖에 없다는 것을 잘 알고 있었기 때문이다. 기진맥진한 그는 정신을 맑게 한 후 성루에 올라가 꿇어앉았다. 그리고 조심스럽게 두 손을 모은 후 정성을 다해 천지신명께 기도를 올렸다.

"천지신명이시여, 부디 저희 불쌍한 백성들을 굽어 살피소서. 선량하고 불쌍한 백성들이 이대로 앉아 죽을 수는 없는 일이옵니다. 저희에게 힘을 주시고, 고구려 적들을 물리칠 수 있는 용기를 주시옵소서!"

기구(祈求)를 올리는 동타천의 손목은 그 간절함으로 인해 굵은 힘줄이 드러났으며, 표정은 절박하다 못해 처절하기 그지없었다.

"제발 저희의 목숨을 부지할 수 있도록 해주시고, 적들에게 무거운 벌을 내린 나머지 스스로 물러가도록 도와주시기 바랍니다."

동타천은 그렇게 움직이지 않은 채 마음을 다해 기도를 했다.

그때였다.

돌연 하늘에서 큰 별이 떨어지고 천둥소리와 함께 벼락이 치더니 갑자기 비가 쏟아지기 시작했다. 그리고 천지가 울부짖듯 땅이 흔들리며 진동을 하기 시작했다. 그러자 이에 놀란 뇌음신과 생해는 두려움에 떨며 포위를 풀고 군사들을 이끌고 도망가기 바빴다. 동타천은 마지막까지 희망을 버리지 않은 채 하늘에 매달려 기구(祈求)를 올린 효험이 나타났다며 기뻐해 마지 않았다.

춘추는 천존을 대장군으로 삼고 고순(高純)과 진복

(眞福)을 부장(副將)으로 삼아 북쪽으로 보냈다. 북쪽의 백성군(百城郡: 경기도 안성), 매소홀(買召忽: 인천), 그리고 한성주(漢城州: 서울) 부근의 백제 잔당들을 토벌하기 위해서였다. 사비성 북쪽에 백제부흥군이 준동(蠢動)하는 것을 미리 다스리기 위한 조치였다. 아울러 다른 장수들에게도 다음과 같은 명을 내렸다.

"진주를 대장군으로 삼고 진흠(眞欽)과 중신(重臣) 등을 부장(副將)으로 해 사비성 남쪽 지방을 도모하도록 하시오. 아울러 난진아현(難珍阿縣: 전북 진안)과 거물성(居勿城: 남원), 정촌(정읍), 도실군 돌평현(임실) 등의 지역을 평정하고, 구 백제의 여러 성들 안에서 웅거하는 적들을 토벌해 그들이 서로 연통하며 협조하는 것을 차단해 주시길 바라오."

"삼가 대왕 전하의 명을 받들겠나이다."

진주와 진흠 형제가 머리를 숙여 대답하고는 즉시 출발했다.

"태자는 여기에 남아 이 아비를 대신해 정무(政務)를 살펴보되, 결코 허술함이 없도록 꼼꼼히 잘 챙기도록 하라."

"알겠나이다. 아버님께서는 부디 옥체를 강녕히

보존하시기 바라옵니다."

그리고 춘추는 죽지, 흠순 등의 장수들을 거느리고 군사를 이끌어 옹산성(甕山城: 회덕)을 향해 출발했다. 옹산성에 은거한 백제 부흥군이 불시에 나타나 서라벌과 웅진 사이의 보급로를 가로막고 군량과 보급품을 빼앗는 등의 행패를 저지르고 있었기 때문에, 언젠가는 저들을 평정해야 한다고 생각했던 것이다.

그러나 군사들의 행군 속도는 더디었다. 임금이 직접 친정(親征)을 행하고 있었기 때문에 여러 가지 번잡한 물건들까지 동시에 움직여야 했을 뿐만 아니라, 거듭되는 출정으로 인해 무리를 했음인지 춘추의 건강이 시원치 않았기 때문이다. 춘추는 초조하기 그지없었다.

"군사들의 행군 속도가 어찌 이리 더디단 말이냐?"

"대왕 전하의 옥체에 혹시 해를 미치게 될까봐, 흠순 장군의 각별한 명에 따른 것으로 알고 있사옵니다."

죽지의 말에 춘추는 깜짝 놀라며 다시 명을 내렸다.

"과인은 염려치 말고 어서 길을 재촉하도록 하라."

비로소 행군의 속도가 붙기 시작했다.

그렇게 한나절쯤 왔을 때였다.

남쪽으로 내려간 진주의 사자가 당도해 춘추에게 아뢰었다.

"대왕 전하, 거물성과 난진아현, 그리고 도실군 돌평현을 무사히 평정했기에 낭보를 전해 드리는 바이옵니다."

남쪽으로 내려간 진주와 진흠이 자신들이 승리했음을 알려왔던 것이다.

"그것참, 반가운 소식이구나!"

춘추는 크게 기뻐하기를 마다하지 않았다. 북쪽으로 출발한 군사들이 패하거나 싸움을 벌였으되 겨우 이기고 진 것이 없는 것에 비해 그나마 모처럼 듣는 낭보였기에 큰 다행이라 생각한 것이다.

"흠순 장군께서는 이쯤에서 군사들을 잠시 쉬도록 하심이 어떻겠소?"

춘추는 모처럼 들려온 승전 소식에 마음이 홀가분해진 나머지 굳이 서두르지 말도록 명을 내렸다. 흠순 역시 반대할 이유가 없었다.

"그리하시지요."

그리고는 즉시 행차를 멈추도록 했다. 모처럼 듣

게 된 진주의 승전보에 크게 고무된 탓이었을까? 춘추는 갑자기 마음이 느긋해졌다.

큰 연못가의 잔디 위에 어가가 멈추었다. 춘추는 밖으로 나와 시원하게 펼쳐진 연못의 풍경과 마주했다. 바야흐로 한여름인지라 노독에 절었던 마음이 일시에 시원해지며 한동안 주변 경치를 찬찬히 살펴보았다. 잔잔한 연못의 수면에 건너편 숲 속에 웅장한 모습으로 솟아있는 절의 처마와 위용을 갖춘 탑 그림자가 어려 비치었다. 자못 그 경치가 아름다울 뿐만 아니라 또한 자신이 멸해 사라진 백제의 옛 땅에 왔다는 감회에 빠져들었다.

"여기가 과연 어디쯤인지 아느냐?"

춘추는 고개를 돌려 옆에 서 있던 내관에게 물었다. 예전에 백제 땅에 발을 디딘 적이 있었으나 아무리 둘러봐도 눈에 익지 않았기에 궁금했던 것이다.

"금마군(金馬郡: 전북 익산) 땅의 용화산(龍華山) 어름으로 알고 있사옵니다."

백제 출신 내관의 말에 춘추는 새삼 그윽한 눈으로 주변의 경관을 다시 둘러보았다. 시원하고 부드러운 지평선이 까마득한 느낌으로 넓게 펼쳐져 풍성함을 자랑하고 있었다. 또한 연못 건너 숲에 가려진 야산은 비록 높지는 않았으나 제법 수려해 보였다. 녹음이 우거진 건너편 숲 속에 화려한 단청으로 치장한 절의 모습이 신비스럽기까지 했다.

"허면 저기 보이는 절 이름이 과연 무엇인지 알고 있느냐?"

"미륵사(彌勒寺)라고 알고 있사옵니다."

백제 출신 내관이 머리를 조아리며 말했다.

"미륵사라 하였느냐?"

"그러하옵니다."

"허면 저 절이 백제 무왕이 명을 내려 지으라고 했다는 바로 그 절이 분명하구나."

"백제 무왕(武王: 600~641년)의 치세(治世) 때 나라의 왕비이셨던 사택(沙宅) 왕후의 간청을 받들어 왕명으로 지으라고 명을 내린 절이 틀림없사옵니다."

내관은 무왕이 왕비와 함께 불공을 드리기 위해 사자사(獅子寺)로 행차하던 중, 이곳에 이르러 쉬고 있을 때 연못에서 미륵(彌勒) 삼존불(三尊佛)이 현신(現身)하여 미륵 세상이 이르러 올 것임을 예언하자, 이를 받들기 위해서 왕비가 임금께 간곡히 부탁을 넣어 웅장한 불법도량을 짓도록 했다는 얘기를 구구

절절 늘어놓았다. 아울러 내관은 무왕이 총애하던 왕비의 출신 내력에 대해서도 잠시 얘기했다.

왕비는 백제 귀족 출신으로서 좌평 벼슬을 지내고 있던 사택적덕(沙宅積德)의 딸이라고 했다. 당시 신라 조정에서는 백제가 큰 사찰을 지으려 한다는 것을 알고 서둘러 나서서 신라의 이름난 백공(百工: 대목수)들에게 이르기를, 결코 백제의 속임수에 걸려들지 않도록 단속을 한 적이 있었다. 춘추 역시 그 소문을 들은 바 있었다. 이는 백제가 모종의 군사적인 역사(役事)에 신라의 백공들을 데려다 쓴 나머지 국가적으로 치명적인 손해를 입어 자충수를 쓰게 되는 일을 미리 예방한 것이었다.

내관의 이르는 얘기를 모두 듣고 난 춘추는 새삼 감회에 젖을 수밖에 없었다. 무왕이라면 자다가도 벌떡 일어날 정도로 원한의 뿌리가 깊었기 때문이다.

"허면 기왕에 있던 연못은 메워 절터로 사용하고, 지금 보이는 이 연못은 새로 조성된 것이란 말이더냐?"

"그러하옵니다. 예전에는 저쪽으로 연못이 있었사옵니다."

내관이 숲에 쌓인 절 쪽을 가리켰다. 이에 춘추는

호기심이 들어 자세히 둘러보기를 마다하지 않았다. 절의 규모가 제법 크고 웅장했으며 단청 또한 호화롭고, 숲 속에 들어앉은 모습이 청량하고 아름답기 그지없었다. 즉시 흠순, 죽지 장군 등과 내관들을 거느리고 절을 둘러보기 위해 대관사로 향했다.

신라의 대왕이 연통도 없이 갑자기 왔다는 소식에 승방(僧房)에 앉아 있던 주지가 뒤늦은 전갈을 받고 깜짝 놀라 뛰어나왔다. 조용하던 절간이 갑자기 소란스러워진 것은 당연했다. 절에 머물던 사람들로서는 백제가 망한 지 일 년도 지나지 않아 전혀 생각지도 못했던 신라의 왕이 갑자기 찾아들었으니, 주지뿐만 아니라 다른 승려는 물론이고 불공을 드리기 위해서 찾았던 백성들 역시 놀라지 않은 사람이 없었다. 더구나 금빛 투구에 역시 금빛이 화려한 갑옷을 걸친 신라왕이 많은 시종을 거느린 채 상호가 무섭게 생긴 장수들의 호위를 받으며 경내로 들어섰으니, 모두가 기겁을 한 채 입이 떡 벌어지고도 남음이 있었다.

"백제 의자왕은 천리(天理)를 거스르고 백성들을 돌보지 않아 멸하게 됐다. 그의 선왕이었던 전대의 임금 무왕은 과히 천하를 움켜쥐고도 남을 영걸(英

傑)이었느니라. 돌이켜 살펴보건대, 백제도 그가 나라를 맡아 다스렸던 시기가 가장 성기(盛期)였음을 알 수 있구나."

주지로부터 미륵사에 얽힌 유래를 듣고 난 춘추는 자못 감회에 젖은 듯 말했다.

그때 춘추의 목숨을 노리고 오래전부터 은밀히 그 뒤를 따르는 자가 있었다. 고구려의 연개소문이 신라 땅 깊숙이 침투시킨 용척(龍尺)이라는 자였다. 그는 자신의 임무가 성공하느냐에 따라서 고구려의 흥망과 길흉이 걸려 있다는 것을 잘 알고 있었다. 더구나 은밀히 접근해 신라 왕을 살해하라는 밀명이 얼마나 지난하고 중요한 일인지를 잘 알고 있었기 때문에 한결 조심스러울 수밖에 없었다. 그는 이미 춘추가 웅산성을 출발했을 때부터 비밀리에 뒤를 따르고 있었다. 때문에 낮에 미륵사 대웅전 내에서 있었던 사단의 내막까지도 모두 알고 있었다.

그날 밤, 삼경이 지났을 때였다.

용척은 이미 자신의 목숨을 내던질 각오를 끝냈기 때문에 날카로운 비수 한 자루만을 뽑은 채 춘추의 신변 가까이까지 접근해 갔다. 춘추가 머무르는 막사는 일부러 찾을 필요도 없을 만큼 횃불이 훤히 밝혀져 있었으며, 군사들이 돌아가면서 번을 서며 철통 같은 경계에 임하고 있었다. 그들의 눈을 피해 은밀히 다가가기에는 무리가 있었다. 그래서 비교적 어두운 뒤쪽을 향해 다가갔다. 그리고 입에 비수를 물고 북북 기어서 춘추의 막사까지 접근할 수 있었다. 용척은 몸을 눕힌 채 조심스럽게 비수를 이용해 막사에 구멍을 내고 몸이 빠져나갈 수 있는 틈을 만들었다. 가슴이 세차게 뛰고 긴장으로 인해 침이 온통 마른 나머지 입안이 버석거릴 정도다. 그러나 자신이 치르는 대가는 하찮은 목숨만 버릴 각오면 충분했으니 별것 아니라고 생각했다.

마음을 다져먹은 용척은 조용히 막사 안으로 들어섰다. 다행히 막사 안에는 보초를 서는 군사가 없었다. 왕의 침실이라는 걸 말해주듯 여러 곳에 누런 촛불이 은은히 빛을 발하고 있었으며, 춘추가 잠들어 있는 주변엔 호화롭고 부드러워 보이는 장막으로 치장돼 있었다.

용척은 조심스럽게 춘추의 곁으로 다가갔다. 춘추는 세상 모른 채 잠에 취해 있었다. 용척의 표정은 오히려 담담하기 그지없었다. 그는 칼을 손에 옮겨 쥐었다. 그리고 비단 장막을 헤친 후 성큼 춘추에게 다가섰다.

그는 자신이 스스로 살아서 도망갈 방법이 없다는 걸 알고 있었다. 이에 자신의 명이 여기에서 끝난다고 생각하자 처연한 심정과 함께 착잡함이 밀려왔다. 그러나 비록 여기서 죽더라도 연개소문이 자신에게 약속한 대가는 올곧게 지켜질 것이라고 믿어 의심치 않았다. 말하자면 자신의 가족에 대해서 끝까지 안락한 삶을 보장해주겠다는 그의 언질만큼은 흐트러지는 일 없이 지켜질 것이라 굳게 믿은 것이다.

용척은 숨을 몰아 거칠게 쉰 뒤 춘추의 가슴을 향해 침착하게 비수를 내려 찍었다.

순간,

춘추가 눈을 부릅뜨며 깜짝 놀란 표정을 지었다. 그러나 곧 자신에게 닥친 상황을 판단한 듯 조용히 물었다.

"윽……. 네…… 놈은 누구냐?"

침착하기 짝이 없었다. 신라 임금에까지 오른 대범한 자질과 어떤 어려움도 능히 헤쳐갈 수 있는 비범함을 지닌 당대의 영웅호걸인지라, 마지막 순간에 이르기까지 떳떳함과 어엿한 풍모를 잃지 않았던 것이다. 낮에 그런 불미스런 일이 있었기에 자신의 운명을 미리 짐작하고 있었는지도 모를 일이었다.

"굳이 서로 이름을 알려고 할 필요가 뭐 있겠소. 당신이나 나나 질긴 업보로 얽혀 이런 일이 일어났을 뿐이며, 나 또한 살아 돌아갈 생각은 아예 없는 몸이오."

"하긴 네 말에도 일리가 있구나."

춘추 역시 칼이 가슴 깊숙이 박혀있는 상황임에도 끝까지 의연함을 잃지 않았다.

용척은 확실하게 자신의 임무를 끝낼 생각에 칼을 빼내 다시 춘추의 가슴을 찌르려 들었다. 그때 이상한 낌새를 눈치챈 군졸 하나가 장막을 헤치며 소리를 내질렀다.

"웬 놈이냐?"

깜짝 놀란 그가 소리를 지름과 동시에 급히 신호를 보냈다.

맨 먼저 경계 군사의 외침과 신호를 받고 뛰어든 사람은 옆 천막에 있던 흠순이었다. 그 역시 전장에서 적과의 싸움에는 이골이 나 있었는지라 즉시 상황을 알아차리고는 용척에게 달려들면서 우레와 같은 소리로 외쳤다.

"네 이놈!"

그제서야 비로소 용척은 왕의 몸에 박혀있던 비수를 뽑아 돌아섰다. 그러나 흠순의 칼에 맞아 즉사하고 말았다. 흠순은 서둘러 춘추의 상태를 살폈다. 다행히 아직 숨이 붙어 있었지만 심장 가까운 곳에 워낙 깊은 자상을 두 군데나 입었기 때문에 살아날 가망은 없어 보였다.

> 유월 대관사의 우물물이 피로 변했으며 또한 금마군의 땅에서는 피가 흘러 너비 5보나 되더니 왕이 붕하였다. 시호를 무열(武烈)이라 정했으며 영경사(永敬寺) 북쪽에 장사지내고 호를 태종이라 지어 올렸다.
>
> —『삼국사기』 신라본기, 태종무열왕 8년 6월.

비보는 서라벌에 있던 법민에게 즉시 전해졌다.

"대왕 전하께서 옛 백제의 금마저 땅에서 정체를 알 수 없는 자객으로부터 자상(刺傷)을 입으신 나머지 중환(重患)에 처하셨다고 하옵니다."

"무엇이라 하였느냐?"

사자의 급보를 전해 들은 법민은 자리에서 벌떡 일어나 눈을 부릅뜬 채 한동안 그를 노려보았다.

"황공하옵니다, 태자 저하!"

"그것이…… 참, 참이란 말이냐?"

"그러하옵니다."

"지금 대왕 전하의 어가는 어디에 머물고 있더냐?"

법민은 창망한 중에도 우선 아버님이 계신 곳부터 물었다.

"중도에서 어가를 급히 돌려 환궁하고 있사옵니다. 소인이 먼저 앞질러 달려와 위급한 상황을 우선 전해 드리는 길이옵니다."

"아, 이 일을 과연 어찌하면 좋단 말이냐?"

이 말을 끝으로 법민은 그대로 혼절해 버리고 말았다. 머리털이 곤두설 정도로 놀랐기 때문이다. 급히 사람들이 달려와 법민을 부축해 일으키고 물을 떠다 먹이는 등 한바탕 소동이 벌어졌다. 잠시 후 가까스로 정신을 차렸지만 여전히 맥을 추스르지 못한 채 멍해 있었다. 실감이 나지 않았던 것이다. 사자의 말이 믿어지지 않았다. 아버님께서 불시에 뛰어든 자객의 칼에 중상 을 입고 운신마저 자유롭지 못하다는 소식을 도저히 믿을 수 없었다. 하루에 쌀 서 말과 꿩 세 마리를 동시에 드시는 분이 아니시던가? 그처럼 기운이 펄펄하시던 분이셨기에 더욱 그런 황당한 소식을 믿을 수 없었던 것이다. 소식을 전해 들은 어머니 문명왕후는 물론 여러 동생들과 공주들 역시 마찬가지였다. 삽시간에 통곡소리와 슬픔을 이기지 못한 울부짖음이 왕궁 안에 가득 찼다.

이윽고 어가가 서라벌에 당도했다. 황망 중에도 법민이 엎어지듯 다가가 자세히 살펴보니 춘추는 거동을 못할 뿐 아니라 정신마저 혼미한 나머지 거의 돌아가신 것이나 다름없었다.

법민과 문명왕후를 비롯한 여러 왕자와 공주들은 식음을 전폐한 채 눈물을 흘리며 마냥 슬퍼했다. 사실, 법민은 춘추가 백제 잔당들에 대한 1차 원정을 끝내고 잠시 왕궁으로 돌아와 계셨을 때부터 건강이 좋지 않다는 걸 짐작하고 있었다. 그 때문에 또 다시 친정을 나가 무리하시려는 것을 극구 말렸었던 것이다. 몸을 던져서라도 다시 나가시지 못하도록 막지 않았던 자신이 원망스러울 뿐이었다. 삼국을 통일해 하나의 나라로 만드시겠다며 동분서주하며 애쓰시고, 자신의 안위를 돌보지 않던 일들이 안타깝게 생각된 나머지, 법민의 마음이 찢어질 것만 같았다. 춘추의 상처는 나라의 온갖 이름난 어의들의 치료와 가족들의 기원에도 불구하고 차도를 보이지 않았다. 오히려 더욱 악화된 나머지 삶과 죽음 사이를 헤매고 있을 뿐이었다.

이틀 뒤 가까스로 정신을 차린 춘추가 조용히 법민을 불렀다.

"법…… 민아……."

깜짝 놀란 법민이 춘추의 머리맡에 무릎을 꿇고 앉아 물었다.

"아버님, 이제야 정신이 드시는지요?"

법민은 아버지 춘추가 비로소 정신을 차렸다는 사실이 반가워 기쁨을 감출 수 없었다.

"태자……는 듣……거라."

"예, 아버님. 기운을 차리시고 어서 분부를 내려주시옵소서."

춘추의 죽음을 예상하고 있었던 법민으로서는 극히 조심스러울 수밖에 없었다. 그러나 아무리 어려운 분부를 내리더라도 기필코 분부하심을 받들어 모실 것을 마음속으로 다짐했다.

"내 비로소…… 오랜 숙원인 백제를 멸하고…… 이제 겨우…… 나라의 기틀을…… 바로 잡으려는 중이었으나…… 불시에 이런 일을……."

춘추는 손을 내밀어 법민의 손을 잡으려고 했다. 법민은 그런 춘추의 두 손을 맞잡으며 마음속에 온갖 격정이 솟아 눈물을 흘릴 뿐이었다.

"너는…… 결코 삼한일통을 이루는데…… 흐트러지지 말 것이니라."

그리고는 조용히 눈을 감았다. 그러자 방안에 있던 모든 사람들이 한꺼번에 울음을 터뜨렸다.

영휘(永徽) 5년 갑인(甲寅: 654년)에 왕위에 올라 재위 8년 후인 용삭(龍朔: 당 이치의 두 번째 연호) 원년(元年) 신유(辛酉: 661년)에 돌아가시니 쉰아홉이었다. 그때 태자 법민의 나이는 서른여섯이었다.

춘추의 장례가 치러지는 동안 서라벌 전체 집집마다 통곡소리가 끊이지 않았다. 경향 각지의 크고 작은 명찰(名刹)에서도 돌아가신 임금을 애도하는 행사가 줄을 이었다. 성덕을 기리는 제사와 독경 역시 그치지 않았다. 자장(慈藏)법사와 명랑(明朗)법사, 원효(元曉)대사 등 이름난 고승들이 대궐까지 찾아와 밤을 새우며 명복을 빌고 극락왕생을 위한 축원(祝

願)을 멈추지 않았으며, 조야(朝野)의 모든 사람들이 슬퍼하기를 마다하지 않았다.

법민은 문무백관들을 정청에 모아 의견을 나눈 후 아버지 춘추에게 무열(武烈)이라는 시호(諡號)를 지어 올려바치고, 아울러 태종(太宗)이라는 묘호(廟號)를 따로 올려 신라 역사상 가장 거룩한 임금이었음을 공포했다. 또한 영경사 북쪽 양지바른 곳에 묘를 만들고 좋은 돌을 구해 비석을 만들어 세우는 등 엄숙하고 장엄하게 장례를 치렀다. 아버지 춘추의 업적이 이제 유공(遺功)으로 남겨져 후대까지 길이길이 이어질 것이라 생각하니, 오히려 자신이 올린 시호가 누가 되지 않을 않을까 죄스럽기만 했다. 그러나 국상(國喪)을 치르는데 있어서 사치를 피하고 모든 일을 검소하게 행하라 하시던 평소의 유지를 받들어 호화롭고 불필요한 절차는 과감하게 생략했다.

국상을 치르고 난 뒤 법민은 밤마다 잠을 이룰 수 없었다. 생각할수록 엄두가 나지 않았으며 시름과 걱정만 쌓여갔다. 도처에 널려 있는 적들로 인해 미처 정신을 차릴 수조차 없었다. 그리고 다시 며칠이 흘렀다.

고구려 원정

"태자 저하, 당나라에 들어가 있던 인문왕자와 유돈이 돌아왔나이다."

장사를 치르고 삼일째 되는 날 법민은 내관의 아뢰는 소리를 듣고 반가워 반문했다.

"인문 아우가 돌아왔단 말이오?"

"그러하옵니다."

'아버님께서 돌아가셨다는 기별이 미처 당에 이르러 닿지도 않았을 텐데, 이 무슨 조화인가?'

법민은 의아함을 감출 수 없었다. 그러나 참람한 중에도 동생이 돌아왔다는 소식은 반갑기 그지없었다.

"지금 어디에 있소? 내가 즉시 인문을 맞이하겠소."

법민은 반가운 나머지 서둘러 대답하고는 몸을 벌

떡 일으켜 달려나갔다. 아버지 춘추를 졸지에 잃고 한껏 의기소침해 있던 차에 인문이 돌아왔다는 소식을 듣자 반갑기 그지없었던 것이다.

법민은 마침 들어서는 인문을 부둥켜안았다.

"형님!"

"인문아!"

두 사람은 서로 끌어안은 채 슬픔에 젖어 서럽게 울었다.

"어찌 그런 믿지 못할 일이 생겼단 말입니까?"

"나 역시 아버님께서 워낙 갑자기 돌아가시니 졸지에 참람함을 이기지 못해 아직도 황망함을 다스릴 길이 없구나."

법민은 동생의 얼굴을 들여다보며 형제의 깊은 우애와 자책을 동시에 보였다. 지근거리에서 마땅히 지켜야 할 자식 된 도리를 다하지 못한 채 불효막심함을 겪었으니 하늘을 우러러 심한 자책과 통탄함을 면할 수 없었던 것이다.

"저 역시 아버님께 자식 된 도리를 다하지 못했습니다."

인문이 눈물을 흘리며 대답했다.

"형님께서는 저의 불효에 대해 아버님을 대신해

마땅히 꾸짖어 주십시오."

"아니다. 불효로 말한다면 가까이서 모시고 있던 내가 더욱 불효를 저지른 셈이니, 어찌 너만을 꾸짖을 수 있겠느냐."

"우선, 아버님께 네가 돌아왔음을 고하도록 하자."

"알겠습니다, 형님."

인문은 형에 대한 예의를 깍듯이 차려 법민을 대했다. 더구나 이제 나라의 사직과 왕위를 이어받아야 할 형이었다. 두 사람은 유돈을 뒤따르게 한 뒤 함께 사당으로 나아갔다. 향을 피워 올리고 깨끗한 잔에 맑은 술을 올려 예를 갖추었다. 그리고 아버지 춘추 영전에 깊이 고개를 숙인 채 인문이 당에서 돌아왔음을 고(告)했다.

다음날 아침, 법민과 인문 두 형제는 다른 형제들을 뒤따르게 한 뒤 나란히 춘추의 무덤 앞에 엎드려 눈물을 흘렸다. 법민으로서는 자신이 앞으로 떠안아야 할 어려운 국사를 생각하자 슬픔이 복받쳐 울음을 쉽게 그칠 수 없었으며, 인문 또한 불충한 자식으로서 임종을 지키지 못한 죄를 스스로 느낀 나머지 서러움이 북받쳐 올랐다. 한동안 엎드려 통곡을 하던 인문이 몸을 추슬러 일어서며 말했다.

"형님, 제가 보자 하니, 아버님 재위 중 이루신 치적을 널리 알려 백성들에게 만대에 걸쳐 그 지표로 삼아 본받도록 해야 할 것인즉, 능에 세울 비석은 준비하였는지요?"

"지금 석공들을 시켜 돌을 다듬어 비문을 쓰려는 중이다."

"하오면 제가 비록 재주는 짧으나 돌아가신 아버님의 높으신 뜻을 기리기 위해 비문을 직접 쓰고 싶습니다. 형님께서는 이를 허락하여 주십시오."

"참으로 좋은 생각이다. 네 글 솜씨라면 누대에 걸쳐 만천하에 전해질 아버님의 치적을 아로새기는 일에 결코 부족함이 없을 것이다. 지하에 계신 아버님께서도 필시 반가워하실 게 틀림없다."

법민은 크게 기뻐하며 찬성하기를 마다하지 않았다. 인문의 글 솜씨를 익히 알고 있었기 때문이다.

법민이 지난 일을 되새겨보듯 처연한 얼굴로 되물었다.

"당나라를 떠나면서 이미 아버님의 유고(有故) 소식을 듣고 있었더냐?"

“아니옵니다, 형님. 신라 땅에 들어온 뒤에야 겨우 하늘이 무너지는 슬픈 소식을 들었을 뿐이옵니다.”

“그랬었구나.”

법민이 고개를 끄덕였다. 당나라에서 이곳까지 도착하려면 수월찮은 시일이 필요했기 때문이다.

“형님, 제가 긴히 드릴 말씀이 있습니다.”

인문이 초조한 기색으로 말했다.

“말해보거라.”

“실은 당나라 황제께서 이미 소정방을 보내 육군(陸軍)과 수군(水軍)으로 하여금 고구려를 치도록 했습니다. 또한 신라의 대왕께도 명을 내리기를, 군사를 일으켜 서로 응원하라고 했습니다.”

“신라에서도 군사를 일으켜야 한단 말이냐?”

법민이 인문에게 되물었다. 하필이면 이런 중요한 시기에 당에서 군사를 일으켰다는 것이 결코 달갑지 않았던 것이다.

“그러하옵니다. 하늘이 무너지는 슬픈 일을 당해 비록 상복을 입고 있는 중이지만 황제의 칙명을 어기기 또한 어려운 일이지 않습니까?”

“허, 큰일이로구나. 이처럼 경황이 없는 관계로

마땅히 보위에 오르는 일조차 처리하지 못한 태자의 몸일 뿐인데, 어찌 함부로 군사를 일으키는 큰일을 능히 처리할 수 있단 말이냐?"

법민은 몹시 난감한 표정을 지어 보였다. 아버님께서 살아 계셨다면 과연 이 일을 어찌 처리하셨을 것인지 궁금해졌을 뿐만 아니라 중요하고 번거로운 일이 연이여 닥친다 생각하니 힘이 저절로 빠졌다.

"하오나, 형님께서 왕위에 오르는 일은 태자로서 지극히 마땅한 일이며, 또한 이미 정해져 있는 일이옵니다. 그러니 형님께서는 다른 생각은 접으시고 서둘러 왕위를 물려받으십시오. 하루라도 지체할 수 없는 일이옵니다."

인문은 법민에게 서둘러 왕위에 오르도록 재촉했다.

"겨우 장례를 끝낸 형편인데, 어찌 보위에 오르는 일을 서두를 수 있겠느냐?"

법민은 그동안 있었던 어려운 사정을 얘기할 수밖에 없었다. 사실 치밀어 오르는 슬픔과 황망함을 가누기에도 미처 모자란 상황이었는지라 보위를 물려받을 생각을 가질 겨를조차 없었다.

"하오나 잠시도 비워둘 수 없는 막중한 자리이옵니다."

"……."

법민은 여전히 침묵을 지킬 뿐이었다. 조야의 모든 신하와 백성들이 선왕의 예고되지 않았던 죽음으로 인해 슬픔 속에서 헤어나지 못하고 있는 상황을 참작할 수밖에 없었다.

"형님께서는 왕위에 오르시는 절차를 먼저 서두르도록 하십시오. 나라의 사직과 존망이 걸린 중요한 때에 성상(聖上)의 자리를 한순간이라도 비워둬서는 결코 안 되는 일이옵니다."

법민은 인문의 말을 들으며 한동안 생각에 빠졌다. 인문의 말이 이치에 맞는 말이었으되, 어찌 기다렸다는 듯 선뜻 왕위에 오를 수 있단 말인가. 평소 세상에 대한 그의 지론과 삶에 대한 겸허한 태도로 봐도 결코 쉽지 않은 일이었다.

"형님, 즉시 서두르도록 하십시오. 그리고 연후에 군사를 일으키는 일을 즉시 도모하셔야 할 것입니다."

법민은 자못 심각한 표정으로 정색을 한 채 인문에게 말했다.

"인문은 듣거라."

"말씀하십시오, 형님."

"네가 당에 가 있는지도 적지 않은 세월이 흘렀으므로, 이제는 당주의 심중을 어느 정도 파악할 수 있지 않느냐?"

법민의 눈이 불이 붙은 듯 활활 타고 있었다.

"제가 드리고 싶은 말씀 속에도 이미 그러한 뜻이 포함돼 있었습니다."

인문 역시 법민의 눈길을 맞받으며 힘 있게 대답했다.

"당에서 고구려를 멸한다 해서 우리가 무작정 좋아질 것이라고 어찌 장담할 수 있겠느냐? 저들이 고구려를 차지하고 나면 그 마수를 결국 우리에게 뻗칠 것이 분명한 일이다. 그리된다면 삼한을 한집안으로 아우르겠다는 선왕의 뜻을 어찌 성취시킬 수 있겠느냐?"

"형님, 저도 당의 태도가 그렇게 바뀔 경우를 가장 걱정스럽게 생각하고 있습니다. 제가 비록 지금은 당 황제의 호의를 입은 나머지 당의 관작(官爵)을 받아 머물러 있지만, 당주의 인간 됨됨이를 자세히 살펴보건대, 저들이 우리 신라까지 넘보지 않으리란 것은 어디서도 찾을 수 없습니다. 형님께서는 마땅히 이에 대한 대비책도 마련해 두셔야 할 것입니다."

"그 때문에 당을 도와 고구려를 치는 일에도 자연 심사숙고할 수밖에 없는 일이다. 허면, 우리 측에서는 과연 군사를 얼마나 일으켜야 한다고 생각하느냐?"

법민이 물었다.

"그것이야 우리의 형편에 따라 결정할 일이옵니다."

"과연 얼마나 군사들을 일으켜 대처해야 할 것인지 나로서는 참으로 판단하기가 수월한 일이 아니다. 또한 군사를 낸다 해도 당이 요구하는 바대로 순순히 따라야 될 것인지 판단하기도 난감할 뿐이니, 도무지 엄두가 나지 않는구나."

"형님의 어지러운 심기를 잘 알고 있사옵니다."

인문이 말하고 나서 잠시 생각에 잠겼다. 그로서도 형이 가진 고민을 시원하게 풀만 한 묘안이 떠오르지 않았던 것이다. 한동안 숙고(熟考)를 거듭하던 인문이 다시 입을 열었다.

"우리가 비록 백제 땅을 차지했다고는 하지만 아직 백제의 강역에 부흥군들이 일어나 발호하고 있으니, 5만 정도만 일으키는 것이 좋을 듯싶습니다."

"5만이라 했느냐?"

법민이 확인하듯 물었다.

"그러하옵니다."

"알겠느니라."

이윽고 법민이 결심한 듯 말했다. 어차피 당의 고구려 원정을 도울 것이라면 확실하게 도울 필요가 있다고 법민은 생각했다. 그러나 두 형제가 군사를 일으키기로 마음을 정했지만 그것으로 모든 일이 결정된 것은 아니었다. 조정의 여러 신하들과 의논을 해야 하는 절차가 남아 있었다.

왕위에 오르다

7월 초 이레.

마침내 법민은 왕위에 올랐다.

신라 제30대 임금이었으며, 선왕이 못다 이룬 유업을 이어 받아 마땅히 성취시켜야 할 막중한 과제를 동시에 물려받은 셈이었다. 그러나 안팎의 여러 가지 상황은 결코 좋은 편이 아니었다.

백제 땅에서는 여전히 나라를 되살리려는 부흥군 무리가 속속 들고 일어나 끊임없이 준동(蠢動)하고 있었다. 잔당들의 기세 역시 나날이 불어나고 있었다. 오죽하면 아버지 춘추가 저들의 발호를 잠재우기 위해 출정하셨다가 끝내 변을 당하지 않았던가? 또한 당의 고구려 공략전을 남의 일처럼 구경만 하고 있을 수도 없었다. 이에 법민은 문무백관을 한 자리에 모아 놓고 다음과 같은 명을 내렸다.

"제신(諸臣)들은 들으시오. 당의 황제께서 천하에 조칙을 내려 크게 군사를 일으키고 고구려를 향해 진발(進發)했다는 소식이 당도해 있소. 이에 우리 신라에서도 마땅히 당의 뜻에 부응해 널리 군사를 모아 조련하고 창검의 날을 새로이 닦을 것이니, 마땅히 과인의 뜻에 따르도록 하시오."

"대왕 전하의 성지를 기꺼이 받들겠나이다!"

여러 신하들이 법민의 뜻을 받들어 모시겠다는 점을 분명히 했다.

이에 법민은 7월 열이레에 이르러 군신들을 점검하고 당의 고구려 공략전에 참가할 장수들을 일일이 정했으며, 아울러 백제의 강역에서 발호하는 부흥군을 진무할 수 있는 장열(將列)을 정했다.

우선, 유신을 전군의 대장군으로 삼고, 인문(仁問), 진주(眞珠), 흠돌(欽突)을 대당(大幢) 장군으로, 천존(天尊), 죽지(竹旨), 천품(天品)을 귀당(貴幢) 총관으로, 품일, 충상, 의복(義服)을 상주(上州) 총관으로, 진흠(眞欽), 중신(衆臣), 자간(自干)을 하주(下州) 총관으로, 군관(軍官), 수세(數世), 고순(高純)을 남천주(南川州: 경기도 이천) 총관으로, 술실(述實), 달관(達官), 문영(文

潁)을 수약주(首若州: 춘천) 총관으로, 문훈(文訓), 진순(眞純)을 하서주(河西州) 총관으로, 진복(眞福)을 서당(誓幢) 총관으로, 의광을 낭당(郎幢) 총관으로, 위지(慰知)를 계금(罽衿) 대감으로 삼아 당의 고구려 공략을 대비했다. 그러나 여러 장수들에게 출전을 대비해 직책을 미리 부여했을 뿐, 군사들을 움직이지는 않았다. 사전에 준비를 함으로써 차후에 고구려로 진군했을 때의 혼란을 방지하기 위한 조치였던 셈이다.

8월이 됐다.

당나라에서 사신이 들어왔다는 전언을 받은 법민은 명을 내려 군신들을 모이도록 조치를 취한 후 정청(政廳)으로 나갔다. 신하들이 두루 모인 자리에서 당의 사신을 불러들여 접견하고 저간의 사정을 알아보기 위해서였다.

"황제의 칙명을 받아 이르러 온 사신 이개영(李凱瑛)이 대왕 전하를 뵙겠나이다."

사신이 엎드려 아뢰었다.

"이 더위에 먼 길을 오시느라 수고가 많았소."

법민이 그를 지긋이 내려다보며 말했다. 8월이라

고는 하지만 날씨가 아직은 무더웠다. 얼마나 허겁지겁 바쁘게 달려왔는지 행색이 초라해진 사신의 모습을 보노라니 측은한 느낌이 들기도 했다.

"신라 땅에 들어온 뒤부터는 오히려 지내기가 훨씬 수월했나이다."

사신은 법민의 배려에 고마워했다.

"그렇다면 크게 다행스런 일이오."

"우리 황제께서 소신에게 대왕께 전해 드리라는 글을 주셨나이다."

사신은 소중하게 들고 온 붉은색 함(函)에서 서찰 한 통을 꺼내 법민에게 올렸다.

중시가 서찰을 받아 법민에게 전했다. 서찰을 받아 읽어보니, 당에서 고구려를 멸하기 위해 대군을 일으켜 평양성으로 진발했다는 얘기로 새로운 내용은 없었다. 다만, 신라에서도 마땅히 병력과 물자를 동원해 역사적 거사를 도와 부응해 달라는 내용이었다.

'우리가 어떻게든 스스로 도모해야 할 일을 당나라가 먼저 움직였구나.'

그러나 당이 고구려를 멸한다는 것은 신라의 오랜 숙원이었으되, 결코 기뻐하거나 고무돼야 할 일은 아니었다. 법민은 다시 한 번 힘의 한계와 역학관계를 뼈저리게 느꼈다.

'결국 당의 이치가 먼저 고구려를 친단 말인가?'

신라의 힘만으로 고구려를 능히 칠 수 있다면 그보다 더 좋은 일은 없을 것이나, 결국 당의 힘을 빌려야 한다는 사실이 안타까울 뿐이었다. 더구나 백제를 멸하고 난 뒤 당의 태도에서 나타났듯이, 이치가 과연 어떤 복안을 가지고 어떤 술수를 쓸 것인지 염려됐다. 만일 고구려를 멸한 뒤 다시 신라를 향해 저들이 칼을 뽑아든다면 삼한을 지키고 그 엄청난 사단을 무사히 치르기 위해 또 얼마나 많은 공력(功力)과 인명의 손상을 입어야 할지 가늠할 수조차 없었다. 더불어 백성들에게 끼치게 될 소란과 고초를 과연 무슨 수로 다 당해낼 수 있겠는가?

"황제께서 고구려를 향해 진발(進發)한 것이 언제쯤이오?"

법민은 우선 당의 대군이 고구려를 향해 출발한 정확한 시기를 물었다.

"지난 6월 중순의 일이옵니다. 우리 황제께서는 고구려 정벌에 필요한 군사들을 무려 서른다섯 개 도(道)에서 두루 차출한 나머지 수륙(水陸) 양군을 편성했는데, 그 수가 무려 50만에 이를 정도입니다."

당의 사신은 대륙의 35도 각처에서 끌어모은 군사들이라는 점에 특히 힘을 주어 말했다. 마치 당나라의 어마어마한 국세(國勢)를 얘기할 수 있는 기회가 주어진 것에 감사하는 듯했다. 그러나 법민은 다른 생각에 빠져 있었다. 사신의 말대로 6월 중순 이라면 선왕께서 승하(昇遐)하신 큰 국난을 맞아 정신이 없었던 때였다. 때문에 자신의 계산이 크게 틀리지 않았다면 지금쯤 당의 황제가 거느린 대군은 이미 요동 가까이 도착했을 것이다.

잠시 후 당 사신이 다시 덧붙였다.

"황제께서는 신라에서도 마땅히 군사와 필요한 물자를 지체 없이 동원해 당군에 부응하도록 해달라는 칙명을 내리셨사옵니다."

그의 말은 한마디로 남과 북에서 동시에 고구려를 압박할 수 있도록 즉시 군사를 일으켜 달라는 요청에 다름 아니었다. 황제의 서찰에 이미 밝혀져 있다는 걸 그 역시 모를 리 없겠지만, 그가 재차 강조한 것은 시일이 급박하니 서둘러 달라는 재촉이나 마찬가지였다.

"신하들과 의논해서 마땅히 조치를 취하도록 하겠소."

법민은 일단 당의 사신을 객관에 머물도록 이른 후 다음날 조회를 통해 군신들에게 의견을 물었다.

"어제 당의 사신이 이르러온 것은 모두들 알고 계실 것이오. 당의 황제가 고구려를 치기 위해 많은 군사를 일으켜 이미 출발했으니, 우리 신라도 군사와 물자를 동원해 당을 도와달라는 뜻을 가지고 왔소."

장군 천존(天尊)이 나서서 아뢰었다.

"당나라가 고구려를 정벌하려고 군사를 일으킨 것은 우리에게 이로운 일임에 분명하옵니다. 북적(北敵)으로 말한다면, 우리의 오랜 후환으로 남아 있으므로 언젠가는 우리의 손으로 저들을 쳐야 할 것이나, 우리 형편으로는 그 시기에 있어서 마땅치 않았는데 차제에 잘된 일이지 않겠습니까?"

이어서 장군 죽지가 아뢰었다.

"당의 힘을 빌려 고구려를 칠 수 있다면 그보다 좋은 일은 없다고 사료되옵니다."

"허나 우리는 당이 움직인 것만을 두고 기뻐할 수만은 없는 일이오. 당의 숨은 속뜻을 간과해서는 결코 안 될 것이오."

법민은 신중할 수밖에 없었다. 신라가 군사를 크

게 일으켜 고구려를 정벌할 수만 있다면 그보다 좋은 일은 없을 것이다. 그러나 형편이 아직 그에 이르지 못했다. 또한 한편으로 생각해 보건대, 당의 거사에 힘을 보탠다 해도 그에 따르는 위험도 감수해야 할 뿐만 아니라 과연 어떤 결과가 기다리고 있을지도 걱정스럽기 짝이 없었다.

"하오나 당 황제의 무거운 칙명을 거역해서는 안 될 것이옵니다."

인문도 거들고 나섰다.

"자칫하다가는 저들의 술수에 우리가 말려들 수도 있는 일이오."

"후일에 비록 당이 불순한 저의를 드러낸다 하더라도 일단 지금으로서는 저들의 뜻을 따르는 것이 좋을 것입니다. 더구나 당의 고구려 원정은 기실 우리의 요구에 의한 것이기도 하옵니다."

"당이 고구려를 친 후에 그 여세를 몰아 자신의 땅으로 물러가지 않고 딴소리를 한다면, 그때는 더 큰 문제가 생길 수 있을 것이오. 차라리 나라의 국경에 대한 경계를 더욱 튼튼히 하고 북쪽의 상황에 유연하게 대비하는 것이 옳지 않겠소?"

천존의 말에도 법민은 여전히 신중하기만 했다.

자칫 저들과 피할 수 없는 전쟁이라도 벌어진다면 오히려 도끼에 자기 발등을 찍는 결과가 될 뿐만 아니라, 또한 그로 인해 겪게 될 백성들 의 신고(辛苦)는 과연 무슨 수로 감당한단 말인가. 더구나 저들이 고구려를 멸한 뒤 그 강역을 신라에게 확실히 넘겨주리라는 어떤 확신도 없었기에 더욱 망설여졌다.

"대왕 전하, 만일 그런 일이 생긴다면 그건 그때에 당해서 다시 생각하는 것이 좋을 듯싶습니다. 생각해보건대, 고구려의 무리들로 인해 그동안 당해온 환난을 생각해보십시오. 지금은 우선 당이 고구려를 치는 것을 마땅히 돕는 것이 좋은 방책일 듯하옵니다."

가만히 듣고 있던 유신이 이윽고 입을 열어 말했다.

"상신께서는 참으로 그렇게 생각하십니까?"

법민이 그의 뜻을 확인하기라도 하듯 다시 물었다.

"우리가 이번 기회를 놓치고 있다가, 당이 스스로의 힘으로 고구려 정벌을 끝내버린다면 그 또한 우리의 처지가 난감해질 것입니다."

"상신의 말씀은 잘 알아듣겠습니다. 우리 신라만

의 힘으로 앓던 이빨을 뽑아버리듯 시원스럽게 저들을 멸할 수 있다면 그보다 더욱 좋은 일은 없을 것입니다. 허나 우리는 아직 북적과 싸움을 일으킬만한 준비가 돼 있지 않습니다. 지금까지 미루고 있었던 것도 기실 그 때문일 뿐 다른 이유가 무엇이겠습니까? 마침 당에서 먼저 선수를 쳤으니 우리로서는 실로 환영할만한 일이긴 하오만…….”

법민은 여전히 나라의 처지와 처해진 형편을 두루 생각하지 않을 수 없었으며, 과연 군사들을 일으킬 수 있는지의 여부를 꼼꼼히 따져보지 않을 수 없었다.

그때 인문이 다시 입을 열었다.

“비록 선왕께서 붕어(崩御)하시어 상중에 있다하나 마땅한 방법을 찾는 것이 순리가 아닌가 하옵니다. 만일 우리가 움직이지 않고 있다가 당이 고구려 정벌을 끝내 버리면 저들에게 우리의 체면이 서지 않을 뿐 아니라 고구려 땅이 모조리 저들의 차지가 될 것이옵니다. 대왕께서는 마땅히 결단을 내리소서.”

“당과 고구려가 서로 맞붙어 싸운다면 과연 어느 쪽에 승산이 있다고 여러 경들은 보시오?”

법민은 두 나라의 싸움이 과연 어떤 결과로 나타날 것인지 궁금했다. 만일 당나라가 불리한 싸움이라면 끼어들 경우 오히려 운신(運身)의 폭만 좁아질 것이라는 판단 때문이었다.

"두 나라 사이의 싸움은 우리로서는 우열을 가리기 힘든 일이 될 것이옵니다."

상대등 유신이 나서서 말했다.

"고구려가 당을 맞아 능히 싸울 수 있단 말씀이십니까?"

"고구려는 원래 북방 민족의 기질이 농후해서 기마(騎馬)에 능할 뿐 아니라 병사들이 용감하고 기민해 두려움을 모르옵니다. 제아무리 당이라 하지만 결코 그들을 쉽게 꺾을 수는 없는 일이라 사료되옵니다."

유신의 견해는 주변 나라들에 대한 탁월하고 세심한 인식을 밑바탕으로 하고 있다는 점에서 그의 능력을 다시 되새기게 하기에 충분했다.

"그렇다면 우리 신라가 도와줌으로써 당이 비로소 승리할 수 있다는 말씀입니까?"

"신의 좁은 소견으로는 우리 신라로 인해 싸움에 임하는 당의 형편과 처지가 훨씬 수월해질 것은 분명한 일이옵니다."

"유신공께서 그렇게 보셨다면, 과연 그런 것으로 믿겠습니다."

‘과연 어떤 결정을 내려야 후세에 마땅히 뒷말이 없을 것인가?’

법민은 깊이 생각하다가 문득 고개를 들어 물었다.

“만일 군사를 일으킨다 해도 과인의 생각으로는 정예병(精銳兵)으로 5만 정도의 군사를 일으켜 보낼까 생각하고 있습니다. 과연 옳은 판단입니까?”

이는 인문이 처음에 법민에게 요구한 군사들의 숫자였다.

“참으로 적절하신 선택이라 생각되옵니다.”

“참으로 훌륭하신 복안이옵니다.”

여러 신하들이 이구동성으로 찬성했다.

“대왕 전하, 신이 드릴 말씀이 있사옵니다.”

유신이 법민을 바라보며 입을 열었다.

“마땅히 가르침을 주십시오.”

법민이 자세를 바로잡으며 유신에게 부탁했다.

“지난번에 이미 장수와 군사들의 편제를 마무리해 두었으니, 대군의 출발은 전하의 명만 있으시면 언제든 가능하옵니다. 신의 생각으로는 이번 평양성 공략에는 전하께서 직접 친정에 나서지 않으셨으면 하는 바람이옵니다.”

“그게 무슨 말씀이십니까?”

"전하께서 친히 거동하여 수고로움을 자처할 필요가 없다는 말씀입니다. 당을 도와 고구려를 치는 일은 소신이 알아서 차질없이 가름할 것이오니, 전하께서는 이곳에 남아 국사를 돌보심이 옳을 듯싶사옵니다."

그제서야 법민은 비로소 유신의 뜻을 헤아릴 수 있었다.

"상신께서 손수 노구를 이끌고 적진으로 나아가는데 젊은 제가 어찌 그 모습을 지켜보고만 있을 수 있겠습니까?"

"하오나……."

"대장군께서는 심려치 마십시오."

법민은 친정(親征)할 뜻을 굽히지 않았다. 늙은 외숙께서 두 분이나 친히 군사를 이끌고 싸움터에 나가 수고로움을 마다하지 않는데 가만히 앉아있을 수 없었기 때문이다.

다음날 아침.

궁성 앞의 드넓은 벌판에 대군이 늘어서서 사열(査閱)받은 대형을 갖추고 있었다. 법민이 말에 올라 기치창검을 세운 군중(軍中)을 돌아보니 믿음직스럽기 짝이 없었다. 기병 2만에 보병 3만으로 구성된 군사가 도열해 있는 모습은 끝을 가늠할 수 없을 정도로 울울창창했으며, 그 막강함이 눈에 보이는 듯 보기만 해도 소름이 돋을 정도로 사기가 충천해 보였다. 법민은 대장군 유신과 나란히 선 채 대군의 앞길을 열어가도록 명을 내렸다.

"출발하시오!"

유신이 대왕의 명을 받아 수하의 문영에게 다시 명령을 내렸다.

"출발하라! 문영은 첨병 장수로서 수고를 아끼지 말라."

"소장, 명을 받들겠습니다."

문영이 대답하고 난 뒤 말을 돌려 우렁찬 목소리로 군사들을 인도하기 시작했다.

위세 등등한 신라의 대군 행렬은 순조롭게 북쪽을 향해 진군해 나아갔다. 시이곡정(始飴谷亭)에서 하룻밤을 야숙(野宿)을 하고 떠날 때였다. 전봉(前鋒)을 맡아 앞서서 길을 열어가던 문영이 말을 타고 되돌아와 아뢰었다.

"대왕 전하, 백제의 잔적(殘敵)들이 앞을 가로막고 있사옵니다."

"무엇이라?"

법민과 유신은 문영의 말에 깜짝 놀라서 되물었다. 감히 이 많은 대군을 가로막는 자가 과연 누구일까? 라는 생각에 어안이 벙벙해졌다. 참으로 겁도 없는 놈들이라는 생각에 좀체 믿어지지 않았다.

"좀 더 자세히 일러보라."

유신의 명에 문영이 설명을 했다.

"앞에 옹산성(甕山城)이라는 작은 성이 하나 있사옵니다. 하온데 백제의 살아남은 잔적들이 성을 점거한 채 길을 막고 대군의 진로를 방해하고 있사옵니다."

"허, 저런 무엄한 것들이 있나? 감히 누구의 행차를 가로막을 수 있단 말이냐?"

"참으로 어리석은 놈들이 아닌가?"

법민과 유신의 입에서 자신도 모르게 탄식이 흘러나왔다. 저들의 눈에는 신라 5만 대군의 위풍당당한 모습도 보이지 않는 모양이라 생각하니 당돌하기도 했고, 한편으로는 그들의 무모함이 안타깝기까지 했다.

"진군을 멈추도록 하라!"

유신이 뒤를 따르는 장수들에게 이르고는 법민을 향해 말했다.

"대왕 전하, 제가 나아가서 전후 사정을 알아보겠습니다."

"그리하시되, 잘 타일러 쉬이 물러가도록 하십시오. 한시가 급하니 빨리 진군을 계속해야 할 것입니다."

법민의 허락에 유신이 문영과 함께 말을 달려 앞으로 나갔다. 진군을 멈추게 된 군사들은 그 자리에 앉아 휴식을 취하며 더위를 식혔다.

얼마나 지났을까? 한참 후 유신이 급하게 말을 달려 돌아왔다.

"대왕 전하, 평양성으로 진군하기에 앞서 우선 옹산성의 무리들을 토벌해야 할 것 같나이다."

법민이 깜짝 놀라 되물었다.

"저들이 우리 대군의 진군을 끝내 방해하고 있습니까?"

"그리하옵니다."

유신이 대답했다.

"허, 이런 낭패가 어디 있겠소?"

법민은 기가 막혔다.

“하오나 심려치 마십시오.”

“어찌하려 하십니까?”

“좋은 말로 타일러도 듣지 않으니, 평양성에 도착하는 것이 조금 늦어지더라도 먼저 저들을 멸해야 하겠습니다.”

“상신께서 다시 저들을 구슬려 보는 것이 좋을 듯 싶습니다.”

법민이 유신에게 말했다. 좋은 말로 적들을 다시 타일러보라는 뜻에 다름 아니었다. 적들이 다행히 이쪽의 뜻을 헤아려 순순히 투항한다면 그보다 더욱 다행스런 일이 없을 것이며, 서로 피를 흘리지 않고 원하는 바를 얻을 수 있을 것이기 때문이었다.

“소신 이미 세 번에 걸쳐 왕명을 받들어 저들의 의사를 타진해 보았나이다. 하오나…….”

잠시 후 유신이 다시 입을 열었다.

“소신이 성 밑에 이르러 사자(使者)를 보내 저들의 수괴에게 “백제는 공손치 않은 점이 있었기 때문에 마침내 토벌을 받게 됐다. 나라는 이미 망해 없어졌는데 너희들이 홀로 고립된 성을 지켜 무엇을 얻겠느냐? 결국 비참한 죽음뿐이라는 건 피차가 확연히 알 수 있는 일이다. 마땅히 항복하느니만 못할 것이니,

내 명에 따르는 자는 상을 받을 것이요, 명에 따르지 않고 저항하는 자는 죽음을 면치 못할 것이다. 명에 따르기만 한다면 목숨을 보존할 수 있을 뿐만 아니라 부귀도 기약할 수 있으니, 마땅히 성문을 열고 나와 항복을 하는 것이 너희들에게 훨씬 이로울 것이다." 라고 말했습니다."

"그랬더니 뭐라 했습니까?"

"저들 수괴의 말인즉 "비록 하찮고 볼 것 없는 작은 성이지만 병기와 식량이 충분할 뿐만 아니라 병사들이 의롭고 용감하니 차라리 싸워 죽을지언정 맹세코 산목숨으로 항복하지는 않겠다. 싸움에 져서 비록 나라의 형체는 없어졌지만 우리는 대백제의 싸울아비들이니 신명을 다해 적을 맞을 것이다."라고 대답했나이다."

"백제 난적들의 수괴의 뜻이 그처럼 비장하더란 말씀이오?"

법민은 백제의 잔당들이라 하지만 그 기개와 용감함이 자못 대견한지라 자연 되새겨 보는 마음이 들었다.

"그러하옵니다."

유신이 다시 웃으며 말했다.

"쫓기는 새나 짐승도 궁지에 몰린 나머지 막다른

곳에 이르게 되면 되려 사람을 향해 덤벼든다는 것은 이를 두고 하는 말인 듯싶습니다. 저들이 비록 백제의 살아남은 잔당이라 하지만 기개와 나라를 향한 충절만은 기리고 싶습니다. 허나 저들의 운명 또한 거슬릴 수 없는 일이니, 어찌 대군의 발길을 붙잡을 수 있겠습니까?"

법민은 성의를 다해 회유하고 달래봐도 듣지 않고 굳이 죽음을 택한다면 어쩔 수 없는 일이라고 생각했다. 그때 먼 곳에서 북소리와 함께 군사들의 함성소리가 들렸다. 신라 군사들과 백제 잔당 사이에 전투가 시작된 것이다.

"제가 이미 기세를 돋워 싸움을 시작하라는 명을 내렸습니다. 대왕께서는 너무 심려치 마십시오."

유신이 북소리를 듣고 싸움이 시작된 모양이라며 설명을 해 주었다.

"비록 볼품없는 백제의 잔적(殘敵)이라 하지만 그 비장함과 충절만은 가히 가상(嘉尙)하다 할만합니다. 다만 걱정스러운 것은 시일을 너무 오래 끌어 대군의 일정에 차질이 생기지 않을까 걱정입니다."

법민은 소소한 무리로 인해 발목을 잡혔다고 생각하니 초조해 졌다.

"지당하신 분부이옵니다. 하오나 대왕께서는 잠시 지체되더라도 심려치 마십시오."

"성안의 적들은 그 수가 얼마나 됩니까?"

법민이 다시 물었다.

"저들의 수괴가 이미 말했듯이 작고 볼품없는 성이옵니다. 신이 생각건대 약 5천 정도의 군사들이 있는 것으로 보입니다. 즉시 적들을 포위하고 성을 진무토록 하겠습니다."

"상신께서 잘 처리하시길 바랍니다. 저는 상신만 믿고 기다리겠습니다. 허나, 결코 만만하게 대해서는 안 될 것이므로 옥석을 구분해 무고한 양민들을 해치는 일이 없도록 선처하시기 바랍니다."

법민은 유신에게 일임하면서도 비록 백제의 백성들이라 할지라도 인명을 중시하라며 간곡히 부탁하기를 마다하지 않았다.

"대왕 전하, 이쪽으로 오셔서 잠시 쉬고 계십시오."

유신이 싸움터로 달려가고 난 뒤 광길이 옆으로 다가오더니 법민을 나무 그늘 쪽으로 안내했다. 아직 더위가 남아 있는 계절이었기 때문에 한낮에는 햇빛이 부담스러웠다.

"목이 타는구나. 물이나 한 그릇 가져오너라."

"그리하겠습니다."

광길은 급히 근처의 숲 속으로 내달아 물을 떠다 법민에게 공손히 바쳤다.

"물맛이 참으로 시원하구나."

법민은 물을 마시고 나서 새삼 광길을 쳐다보았다. 광길은 이미 자신의 뜻을 파악하는데 있어서 누구보다도 눈치가 엽렵(獵獵)했으며 행동에도 무게가 있었다. 언제나 옆에 있었고, 부르면 나타나는 것이 흡사 법민의 분신과도 같았다. 더구나 지금은 친정 중에 있었으므로 왕실에서와는 달리 수족처럼 그의 뜻에 부응할 수 있는 사람이 필요했다. 광길의 관등은 이미 나마(奈麻)에 올라 있었다. 법민이 왕위에 오르며 그의 관등도 올려 주었기 때문이다. 이제 그는 법민의 가장 가까운 곳에서 움직이는 측근의 한 사람으로 손색이 없었다. 기민하고 눈치 또한 빠를 뿐 아니라 미리 알아서 척척 움직여 주었으며, 밤이면 가장 가까운 곳에 머물며 만약의 상황에 대비했다.

"대왕 전하, 아직 날씨가 덥사옵니다."

광길이 법민의 이마에 난 땀을 조심스럽게 닦아주

며 말했다. 비록 나무그늘 아래 앉아 있다고는 하지만 땡볕이 내리쬐는 한낮인지라 자연 땀이 솟을 수밖에 없었다.

"과연 날씨가 덥구나."

법민은 다른 사람과는 하기 어려운 말도 광길과는 스스럼없이 나누곤 했다.

"성이 쉽게 떨어지지 않으면 시일을 끌어 평양성 싸움에 늦지 않을지 염려되옵니다."

광길이 지금의 상황이 염려되는 듯 걱정스럽게 물었다.

"허면 너는 어서 평양성으로 진군했으면 좋겠느냐?"

"그건 아니옵니다. 소인의 생각으로는 될 수 있다면 당의 싸움에 우리가 끼어들지 않기를 바랄 뿐이옵니다."

"그건 어찌 그렇다는 말이냐?"

법민이 궁금하다는 듯 물었다.

"이번 싸움에 당이 이긴다는 보장도 없을 뿐 아니라 또한 이긴다 해도 우리로서는 득이 될 것이 없다고 사료되옵니다. 소인이 알기로는 당이 이번 싸움에 우리를 불러들이기에만 급급할 뿐 사후(事後)에 그 어떤 약조도 없는 것으로 알고 있사옵니다. 그렇다면 굳이 당을 도와 고구려를 멸해야 할 이유가 없다고 보옵니다. 소인은 다만 대군의 일정에 차질이 생길까 두려운 마음뿐이옵니다."

"나도 실은 가고 싶지 않은 길이다. 그러나 당에서 재촉이 불 같으니, 어찌 움직이는 시늉이나마 하지 않을 수 있겠느냐. 더구나 이처럼 가까운 곳에 적들을 버려둔 채 어찌 먼 곳에 있는 적을 찾아 길을 재촉할 수 있겠느냐."

법민은 백제 잔적들과의 싸움이 과연 어찌 되는지 궁금하기 짝이 없었지만 기다릴 수밖에 없었다. 해질 무렵이 되어서야 싸움터에 나갔던 유신이 돌아왔다.

"어찌 됐습니까?"

법민이 급히 물었다.

"오늘은 결판이 나지 않았사옵니다."

유신이 말에서 내린 후 머리를 조아리며 말했다.

"백제 잔당의 위세가 우리 군사의 공격을 능히 당해낼 만큼 성성하더란 말입니까?"

법민이 놀라며 되물었다.

"작고 초라한 성이지만 우리 군사가 상하는 것을 피하려다 보니 조심스러웠습니다."

"그것참, 낭패 아니오?"

"대왕께서는 너무 심려치 마십시오."

유신은 대수롭지 않다는 듯 법민을 안심시켰다.

그날 밤은 웅현정에 숙소를 정하고 지새울 수밖에 없었다. 그리고 날이 밝자 다시 군사들을 보내 옹산성을 에워쌌다. 그러나 이틀이 지나도록 뚜렷한 결과를 얻을 수 없었다. 아군의 피해를 의식해 공격의 강도를 조절한 탓도 있지만 지형적으로 성이 견고할 뿐만 아니라 군사들 역시 제법 용맹스러웠기 때문이다.

속이 탄 나머지 법민은 웅현정에서 나와 직접 싸우는 광경을 지켜보았다. 성벽이 높고 적들이 성을 지키려는 의기 또한 강한지라 쉽게 이길 수 없어 보였다. 이에 투구와 갑옷을 갖춰 입고 직접 군사들을 격려하며 싸움을 지휘하게 됐다. 임금이 직접 나서서 목숨을 돌보지 않은 채 군사들을 독려하자 아군은 불시에 사기가 뻗쳐올랐다. 일시에 용기백배해진 군사들은 낭자한 고함과 함께 성벽을 타고 오르기 시작했다. 성벽을 타고 오르는 커다란 꼬챙이를 줄에 엮어 던지고 그것에 매달리는 한편 미리 준비했던 운제와 급조한 사다리를 받쳐 기어오르기를 마다하지 않았다.

"둥 둥 둥"

삽시간에 옹산성 주위에는 요란한 북소리와 함께 서로 찌르고 죽이는 살육전이 벌어졌다. 죽는 자의 낭자한 비명소리가 끊이지 않았으며 시석이 빗줄기처럼 쏟아져 내렸다. 성은 과히 크지 않았지만 결의에 찬 적들의 모습을 보니 쉽게 떨어질 것 같지 않았다. 더구나 아군의 피해를 최소화하기 위해 대군을 투입하지 않고 최소한의 병력만으로 공격을 감행하다 보니 자연 시간을 끌 수밖에 없었다.

법민은 흠돌(欽突)을 가만히 불렀다. 어차피 평양성으로 향하던 대군의 발길이 늦어진 마당에 평양성의 상황이 어찌 돼가고 있는지 알아보려는 뜻에서였다.

"장군께서는 휘하의 발 빠른 병사 두 명을 찾아서 데려오시오."

"삼가 분부를 받들겠나이다."

대왕의 명을 받은 흠돌이 즉시 물러났다. 그리고 잠시 후 두 명의 병사를 데리고 돌아왔다.

"저 두 사람에게 빨리 말을 달리게 해 북쪽으로 가도록 하시오."

"북쪽으로 말씀입니까?"

깜짝 놀란 병사들을 대신해서 흠돌이 물었다.

"그렇소. 지금 평양성 주변의 상황이 어찌 돼 가는

지, 또 당나라 군사들은 과연 어디에 이르러 있는지 자세히 살피고 돌아오도록 하시오."

법민이 병사들을 바라보며 흠돌에게 말했다.

"삼가 분부를 받들겠나이다."

흠돌이 대답하고는 즉시 병사 두 사람을 출발시켰다.

이틀이 지났다. 하지만 싸움은 쉽게 끝나지 않았다. 성안의 백제 잔당들의 저항이 생각보다 훨씬 강했기 때문이다.

법민은 옹산성을 바라보며 어찌해야 인명을 다치지 않고 쉽게 성을 진무할 수 있을지 생각했다. 성에 대한 공격이 한창 진행 중이었으며, 성을 기어오르는 신라군과 이를 저지하는 백제 잔당들이 서로 어우러져 지르는 비명들이 분분했다. 불을 붙인 화살이 성을 향해 날아가고 천지를 뒤흔드는 함성이 북소리와 어울려 신라군의 공격이 사뭇 기세를 올리고 있었다. 그러나 여전히 백제 잔당들의 저항이 끈질긴 나머지 쉽게 결말이 날 것 같지 않았다.

"상신, 성을 깨뜨리기 위해 군사의 투입을 더 늘려야 하지 않겠습니까?"

법민이 유신을 돌아보며 물었다.

"아니옵니다. 저 정도면 충분할 듯하옵니다."

유신은 걱정 말라는 듯 여유만만하기만 했다.

법민이 바라보고 있는 사이에도 성을 지키던 자가 화살을 맞고 떨어져 내리는 모습과 적의 칼에 맞은 신라 군사의 비명소리가 처참하게 들려왔다. 더구나 불붙인 화살이 날아가 성루(城樓)와 어지럽게 쌓아놓은 목책에 불이 붙기 시작했다. 그와 때를 같이해 더욱 많은 군사들이 성을 타고 오르며 공세를 강화하고 있었다.

내지른 창과 춤추는 듯 난무하는 칼에 도륙(屠戮) 당하는 자의 비명은 듣는 것만으로도 소름이 끼쳤다. 큰 목책과 성루를 불사르고 성안으로 들어간 신라 병사들에 의해 겨우 성문이 열렸다. 성 밖에서 기다리던 군사들이 성안으로 일시에 몰려 들어갔다. 그러자 백제 잔당들의 사기는 급격히 떨어졌고 칼과 창을 내던지며 항복하는 자 또한 부지기수였다. 승기(勝機)를 잡은 신라군은 즉시 저항하는 백제 잔당들의 목을 베어 죽이고 살아남은 자들에게서 항복을 받아낼 수 있었다.

그리고 마침내 옹산성이 함락되자 성안으로 들어

간 법민은 장수들을 불러모았다.

"절대 무고한 백성들을 해치는 일은 없도록 하시오."

무릇 적장 한 사람의 무릎을 꿇리면 족할 것이라 생각할 뿐, 항복하는 적과 우매한 백성들까지 해칠 필요가 없다는 뜻이었다. 또한 선량한 백성들이 무슨 죄가 있겠는가를 생각한 나머지 함부로 살생을 저질러 천리에 거슬리는 일이 없도록 각별히 당부했던 것이다. 그러자 장수들이 거세게 반발하고 나섰다.

"성안에 있던 무리들은 모두 적에게 동조한 자들입니다. 또한 지금껏 싸우다가 무기를 던지고 양민 행세를 하면 우리로서는 그대로 믿을 수밖에 없습니다. 어떻게 옥석을 제대로 가릴 수 있겠습니까?"

"당과 서로 약조한 군기가 있나이다. 그러잖아도 시일이 지체된 나머지 갈 길이 바쁠 뿐인데 어찌 생포한 자들과 일일이 얘기를 나눠 그 진위를 가릴 수 있겠나이까?"

그들은 선왕을 모시던 장수들로 백제 무리들에게 원수를 갚겠다며 분분히 외치고 나섰다. 특히 병부령 진주의 반발이 가장 격렬하고 매몰찼다. 그러나 법민은 침착하게 그들에게 일렀다.

"며칠이 걸려 시일이 지체된다 해도 하등 염려하지 마시오. 굳이 당과의 군기를 지키기 위해 애쓰며 연연할 필요도 없소. 눈앞의 백성도 거두지 못하는데 고구려를 멸한들 어찌 삼한을 모조리 다스릴 수 있겠소? 선왕의 일을 생각한다면 백제의 무리 모두 씨를 말린들 마음속 여한이 풀리지 않겠지만, 그러나 백제의 백성들을 모조리 쳐죽인들 선왕께서 다시 살아 돌아오실 수 있겠소?"

법민은 뜻을 꺾지 않았다. 그 소식은 즉시 포로가 된 백제부흥 군들 사이에 빠르게 퍼져 나가 근처 우술성(雨述城: 대덕)까지 알려지게 됐다. 그곳 백제군 수괴는 달솔 벼슬을 지냈던 조복(助服)과 은솔 벼슬을 지낸 파가(波伽)였다. 그러나 조복과 파가는 옹산성이 신라군의 공격을 받았을 당시만 해도 죽기 살기로 싸울 것을 결심한 나머지 품일의 군사들과 맹렬히 접전을 벌였으나, 성이 함락되고 사람을 함부로 죽이지 않는다는 소문이 전해지자 성문을 열고 나와 따르던 수하들과 함께 항복해왔다. 결국 싸움은 신라의 대승으로 막을 내렸고, 아울러 주변의 성들마저도 함께 아우를 수 있는 결과를 낳았다. 5천여 명에 이르던 백제부흥군의 절반가량인 2천 5백여 명의 목을 베었으며 나머지 군사들은 모조리 항복하거나 사로잡았다.

다음날 싸움에 공이 많은 장졸들에게 상을 내렸다.

"이번 싸움에 전공이 많은 장수와 군사들에게 상을 내리노라."

법민이 여러 장수와 군사들이 도열한 가운데 입을 열었다.

"각간(角干)과 이찬(伊湌)으로서 총관인 사람에게는 검을 내리노라."

법민은 중시에게 준비시킨 검을 하사했다.

"잡찬, 파진찬, 대아찬으로서 총관인 사람에게는 창을 내리노라."

법민은 역시 창 한 자루씩을 해당되는 장수들에게 내렸다.

"그 외에 이번 싸움에서 공이 있는 자들에게는 각각 관등 한 등급씩을 올려주노라."

"대왕 전하, 황공하옵니다."

"우리가 이번 싸움으로 옹산성을 얻고 백제의 남은 잔당들을 무찌른 것은 여러 장수들과 군사들이 힘써 싸움에 임해준 덕택이오. 모두들 참으로 수고가 많으셨소."

법민은 그들의 노고를 다시 한 번 치하했다.

"아울러 백제의 달솔 벼슬에 있던 조복과 은솔 벼슬에 있던 파가는 무리와 더불어 항복해왔으므로, 조복에게는 신라의 급찬 관등을 내려 고타야군(古陁耶郡) 태수로 삼으며, 파가에게는 급찬의 벼슬과 토지와 살 수 있는 집, 의복 등을 내려주노라."

법민은 백제의 벼슬에 있던 자들에게도 신라 땅에서 마음 놓고 살 수 있도록 배려하는 것을 잊지 않았다.

"전하, 백제의 무리들에게 관등과 후한 상급을 내려주는 일은 당치 않는 일이옵니다. 통촉하여 주십시오."

병부령 진주가 반대하고 나섰다.

"선왕을 참혹하게 여읜 경의 심사는 과인이 충분히 헤아릴 수 있으나, 이는 나라의 백년대계를 위함일 뿐이니 두 번 다시 부언(附言)치 않도록 하시오."

법민은 자신의 뜻을 꺾지 않은 채 두 번 다시 입을 열지 못하도록 단호하게 말했다. 그때 장군 흠돌이 아뢰었다.

"대왕 전하, 일전에 북쪽으로 밀파한 첩자들이 돌아왔나이다."

"즉시 그들을 들라 하시오."

그들이 현장에 닿아 보고들은 바를 직접 듣고 싶었던 것이다. 이윽고 두 명의 첩자들이 앞에 나와 무릎을 꿇었다.

"그래, 북쪽의 사정을 알아보았느냐?"

"그러하옵니다."

"자세히 일러보아라."

그 중 하나가 입을 열었다.

"소정방이 거느린 당의 군사는 평양 서남쪽 마읍산(馬邑山)을 한 달이 넘도록 포위하고 있었사옵니다. 양측 군사들이 여러 차례 접전이 있었으나 양측 모두 승세를 잡지 못했다 하옵니다."

"당의 군사들이 역시 고전을 거듭하고 있다는 말이렸다?"

법민이 다시 물었다.

"평양성이 원체 견고할 뿐만 아니라 당군 자체의 물자 지원이 원활하지 않은 나머지 싸움에 어려움을 겪고 있사옵니다."

"그건 또 무슨 이유인고?"

"당나라에서부터 병참선(兵站線)이 너무 길게 늘어진 나머지 제때 보급이 되지 않아 굶주리고 있었으며, 당군의 사기 또한 매우 떨어져 있었사옵니다."

법민은 당나라 군사들이 처한 어려운 형편을 짐작할 수 있었다. 당의 수도인 장안과 고구려의 평양성은 거의 만 리 정도 떨어진 먼 거리였다. 따라서 이는 당이 자신들의 병참 문제를 해결하지 않은 채 무리한 진군을 했다는 얘기에 다름 아니었다.

"알겠느니라. 수고가 많았으니 흠돌 장군께서는 이들을 쉬도록 조치하시오."

"분부 받들겠나이다."

흠돌이 첩자들을 데리고 물러나자 법민은 유신을 돌아보며 말했다.

"당의 군사들이 고구려를 꺾지 못하고 있다니, 대장군께선 어찌 생각하십니까?"

"저들의 힘이 비록 강하다고는 하나 고구려 또한 만만치 않은 상대이옵니다. 결코 쉽게 저들을 꺾지는 못할 것이옵니다."

"허면, 우리 신라는 과연 어찌해야 하겠습니까?"

"소신의 생각으로는 여기서 머물며 조금 더 사태의 추이를 지켜보는 것이 좋을 듯싶습니다."

유신의 대답을 듣는 순간 법민은 반가운 마음이 앞섰다. 그의 생각과 자신의 마음이 같다는 걸 느꼈기 때문이다.

당의 소정방이 신라군의 호응이 늦어짐으로써 얼마나 불안할 것인지는 능히 상상할 수 있었다. 허나 그의 입장만을 생각해 신라의 막강한 정예 군사들을 먼 곳까지 이끌고 갈 생각은 추호도 없었다. 그보다는 처음에 생각했던 대로 사태의 추이를 면밀히 주시하며 나라의 경계를 튼튼히 하고 내부를 다져놓은 것이 훨씬 유리할 것이라 생각됐다. 더구나 법민으로서는 백제부흥군의 수가 점차 불어나고 있는 상황에 더욱 신경이 쓰였다. 저들의 무리들이 계속 불어나 많은 힘이 축적된다면 그것 또한 하나의 걱정거리로 충분했던 것이다.

또 며칠이 흘렀다.

"대왕 전하!"

중시가 급히 찾는 목소리가 들렸다.

"어인 일이오?"

법민이 고개를 들어 중시를 쳐다보았다.

"백제 잔당 무리들의 움직임이 심상치 않사옵니다."

"무슨 일인지 말해보시오."

"그동안 왜에 피신해 있던 백제 의자왕의 아들 부여

풍(夫餘豊)이란 자가 돌아올 것이라 하옵니다."

"부여풍이?"

"그러하옵니다. 백제 잔당 무리 중 복신(福信)이라는 자가 있사옵니다. 헌데 그자의 요청에 부응하기 위해 부여풍이 왜에서 돌아올 것이라는 소문이 떠돌고 있사옵니다."

"복신이라면 도침이라는 승려와 함께 백제 잔당들을 이끌고 있는 저들의 수괴가 아니오?"

법민도 그 이름을 이미 들은 적이 있던 터라 기억하고 물었다. 백제 잔당들의 일이라면 수차례나 골머리를 앓았기 때문에 자연 상황을 파악할 수 있었던 것이다. 또한 부여풍은 의자왕의 아들 부여융과 동복형제로 백제가 망할 당시 왜로 건너가 몸을 숨기고 있었는데, 이때에 이르러 다시 기회를 얻기 위해 움직이기 시작한 모양이었다.

"그러하옵니다. 지금 백제의 옛 유민들은 너도나도 할 것 없이 부여풍을 자신들의 왕으로 모시겠다며 기다리고 있다 하오며, 더구나 왜의 왕인 천지(天知:텐지)가 부여풍에게 딸려 보낼 군사들까지 준비하는 중이라 하옵니다."

"무엇이라?"

법민은 깜짝 놀라 되묻지 않을 수 없었다. 부여풍이 되돌아온다는 것도 그렇지만 그를 도와 군사들까지 딸려 보낸다는 왜왕의 처사에 더욱 신경이 쓰이지 않을 수 없었다.

"세작이 알려준 내용에 의하면, 왜왕인 덴지는 사이노 무라지(狹井連)와 에치노 다쿠츠(朴市田內律)라는 두 명의 장수에게 군사 5천 명을 주어 부여풍을 호위하도록 준비하고 있을 뿐 아니라, 화살 십만 개, 실 오백 근, 피륙 천 단, 각종 짐승의 가죽 천 장, 벼 삼천 섬 등을 지원하려 한다고 하옵니다."

왜의 후원에 힘을 얻은 부여풍은 국내로 들어온 뒤 주류성(周留城: 충남 홍성)을 본거지로 삼아 복신과 왜의 두 장수 등과 함께 신라에 대한 항전 의지를 불태우고 있다는 것이었다. 더구나 과거 백제의 유민들은 부여풍을 이미 자신들의 왕이라 부르며 지도자로 추대한 뒤 그가 귀국하기만을 손꼽아 기다리는 중이라고 했다. 이는 당의 군사들이 철수하며 옛 백제 땅에 세운 웅진 도독부가 버젓이 존재해 있으나, 실은 사비성 주변의 일부분만 당의 영향권에 들어 있을 뿐 백제의 옛 땅 거의 모든 강역이 여전히 부흥군들의 영향력 아래에 들어 있다는 얘기와 다름없었다.

법민은 곰곰 생각해 보았다.

"허면, 그 부여풍이라는 자가 지금 어디에 있소?"

"아직은 왜국에서 들어오지 않고 있사오나, 부여풍과 그 일행들이 만일 돌아온다면 주류성에 모여 본거지로 삼고 있는 복신, 도침 등과 함께 커다란 세력을 형성할 것으로 사료되옵니다. 서둘러 주류성을 쳐서 장래의 후환을 제거하고 그들의 음모를 사전에 분쇄해 버리는 것이 상책일 듯하옵니다."

법민은 중시의 말을 듣고 주먹을 불끈 쥐었다. 그들의 존재가 자꾸만 그처럼 불어나 언젠가는 감당할 수 없을 정도로 많아진다면 군사를 다시 일으켜야 할지도 모르는 일이었다. 그러나 지금 당장 그들에게 손을 쓸 만큼 한가하지 않았다. 과연 어떤 결단을 내리는 것이 좋을지 깊이 생각하지 않을 수 없었다.

"그렇지 않아도 요즘 들어 백제 무리들의 움직임이 수상하다는 것을 이미 눈치채고 있었다."

법민은 혼자 가만히 중얼거렸다. 이미 망해버린 백제 잔당들이 모여 점차 세력이 커진다 해도 과연 얼마나 커지겠느냐며 마음을 다잡았던 것이다. 아울러 저들이 차지하고 있는 크고 작은 성이 200여 개에 이르지만 크게 걱정할 이유가 없다고 생각했다. 지금이라도 당장 군사를 이끌고 쳐들어가 저들을 쓸어버릴 수도 있었으나 군사를 움직이는 일이나 국사를 돌보는 일이 감정적으로 흘러서는 안 되는 것이었다.

그러던 어느 날이었다.

밤이 되어 휘영청 밝은 달이 뜨자 홀연히 마음이 착잡해졌고 쉽게 잠을 이룰 수 없었다. 가을밤 중천에 떠오른 보름달이 산야의 온갖 자연과 사물 위에 마치 비단을 덮어씌운 듯 은빛으로 가득 물들였다. 국사에 지치고 헝클어진 스스로의 마음에 온갖 상념과 감회가 떠오른 나머지 인간 본연의 가치와 근본적인 의문이 떠올랐다. 선대께서 결단을 내리실 때마다 노심초사하시던 모습이 새삼 떠올랐다. 임금이라는 자리가 얼마나 치밀한 판단력과 신속한 결단성을 필요로 하며, 또한 매순간마다 끊임없이 닥치는 어지러운 국사는 매번 어려운 선택을 강요한다는 것을 비로소 깨달았다. 당 이치의 조칙에 의해서 고구려 정벌에 참가해 찬이슬을 맞는 순간에도 오직 백성들의 안위를 걱정해야 했으며, 삼한을 일통하고 명예로운 사직을 굳건히 지켜 만대에 길이 남은 성군으로

서의 위치를 잊지 않으려고 노력해야 했다.

법민은 광길을 조용히 불렀다.

"대왕 전하, 하명하시옵소서."

광길이 즉시 달려와 고개를 숙였다.

"오늘은 너와 함께 술이나 한잔하고 싶구나."

"대왕 전하, 밤 공기가 차갑사옵니다."

광길은 법민의 신변이 염려되는 모양이었다.

"아니다. 아직 9월인데, 너는 벌써 과인의 고뿔타령을 걱정하는 것이더냐?"

"그것이 아니오라……. 전하의 옥체는 전하의 것이 아니옵고, 이제 만천하 신라 백성의 소중함이 깃들어 있사옵니다. 어찌 소인이 가볍게 모실 수 있겠습니까?"

"과인이 네 진심을 알겠으나, 어인 일인지 도무지 잠이 오지 않는구나."

"하오면 조촐하게나마 즉시 주안상을 올리겠사옵니다."

광길은 즉시 고개를 숙여 보이고 나서 시양처(厮養處: 임금의 식사를 짓기 위한 주방)로 나갔다. 그리고는 그곳을 책임지고 있는 도석(圖石)이라는 자를 불러 주안상을 마련하라고 일렀다. 군사들의 식사를 책임지는 시양졸(厮養卒: 나무를 하거나 군졸들의 밥을 짓는 취사장)들이 따로 있었지만, 야전(野戰)에 나온 대왕의 음식을 주관하는 곳은 도석이 따로 관리를 하고 있었다.

"즉시 전하께서 드실 주안상을 마련토록 하게."

잠시 후 도석은 서둘러 마련한 주안상을 든 군사를 뒤따르게 하고 술이 담긴 병을 들고 어소(御所)에 닿았다.

"대왕 전하께서 왕궁에 계실 때처럼 모든 것이 여유롭지 못한 나머지 주안상이 초라하고 부실하옵니다."

군막에서 생활하기 시작한 후 처음 주안상을 올리게 된 광길은 신경이 쓰이지 않을 수 없었다. 조심스럽게 잔에 술을 따라 법민에게 올렸다.

"이처럼 달이 밝으니 마음이 착잡하고 흐트러짐을 금할 수 없구나."

술잔을 들어 훌쩍 비운 법민은 광길에게 술잔을 내밀었다.

"자, 너도 한잔 마시도록 하여라."

"대왕 전하, 소인은 전하의 명에 감히 따를 수 없사옵니다."

광길이 깜짝 놀라며 고개를 숙였다.

"개의치 말거라. 그동안 네게 큰 신세를 졌는데도 불구하고 오늘에 이르도록 이러한 자리를 마련치 못했구나. 모처럼 야숙하는 중에 이런 기회가 닿았음이니 마땅히 어서 이 잔을 받거라."

"하오나……."

"어허! 내 오늘은 너와 군신간의 관계를 떨쳐버리고 사람과 사람으로서 술 한 잔을 나누고 싶을 뿐이니라. 어서 받으라."

법민은 한사코 광길과의 사이에 있었던 과거와 현재의 소중한 관계를 강조하며 대작하기를 권했다. 이에 할 수 없이 광길이 조심스럽게 술잔을 받자 손수 술을 따라주며 마시기를 권했다. 그리고 물었다.

"오늘로 서라벌을 떠난 지 과연 며칠이 됐는지 알고 있느냐?"

법민은 굳이 광길에게 묻지 않아도 날짜가 흐른 정황을 알고 있었다. 그러나 새삼 묻고 있는 이유는 마음을 어지럽히는 착잡하고 가라앉은 듯 무거운 심사를 훨훨 떨쳐버리고 싶었기 때문이었다.

"두 달이 가까워지고 있사옵니다."

"하하하, 벌써 그렇게 흘렀느냐?"

법민이 호탕하게 웃음을 터뜨렸다.

"대왕 전하, 적적하시옵니까?"

법민의 웃음소리에 용기를 얻은 듯 광길이 물었다.

"적적할 것이야 뭐 있겠느냐. 다만 저처럼 밝은 달빛 아래 너와 앉아 술잔을 기울이고 보니 여러 가지 감회와 온갖 스산함만이 스쳐갈 뿐이다."

"하오면 제가 손을 써보겠나이다."

광길은 법민의 어지러운 마음을 달래주기 위해서 무슨 짓이든 할 것이라 다짐했다. 보령(寶齡)이 아직 젊은 대왕께서 왕실을 떠난 지 두 달이 가까워지고 있음에 자연 잠자리가 허전해지셨을 것이라 미루어 짐작한 것이다. 따라서 제아무리 구하기 힘든 물건은 물론, 월궁(月宮)의 항아(姮娥)라 해도 구해 올리고픈 심정이었다.

법민이 조용히 입을 열었다.

"내 너의 충정을 깊이 헤아리고도 남으니, 너는 과인의 일에 마음을 빼앗기지 말도록 하여라."

비록 목소리는 작고 조용했지만 자신의 의지를 분명하게 밝히고 있었다.

"황공하옵니다."

"그보다는 광길아."

법민이 은근한 목소리로 광길을 불렀다. 마치 아우

를 부르듯 듣는 사람으로 하여금 정을 느끼게 했다.

"분부 내리시옵소서."

"모처럼 편안한 마음으로 함께 흉금을 털어놓고 시속의 얘기나 나누도록 하자. 그래, 어머님께서는 편안하시더냐?"

법민은 그들 모자를 처음 만났을 때의 광경이 떠오른 듯 과거를 더듬었다. 눈 덮인 산야의 모습과 어린 시절 광길의 영롱한 눈동자가 생각났다. 오랜 세월이 흐른 뒤 이처럼 훌쩍 장성한 광길과 서로 마주앉아 있으려니 감회가 새로울 수밖에 없었다.

"소인의 어미는 잘 있사옵니다."

광길이 다시 고개를 조아리며 말했다. 이에 법민이 한동안 생각에 잠기더니 이내 다시 입을 열었다.

"네가 이루고자 하는 바를 말해보아라. 내 오늘에 이르러 네게 은혜를 입었으니 소원을 들어주겠노라."

"은혜라니, 천부당만부당하옵니다. 이미 대왕 전하의 은총에 힘입어 가까운 자리에서 모시는 것만으로도 복에 겨워 분에 넘치고 있사옵니다. 소인에게 소원이 무엇이 더 있겠사옵니까?"

광길이 몸 둘 바를 몰라 쩔쩔맸다.

“아니다. 어찌 사람에게 각자 원하는 바가 없을 수 있겠느냐? 너 역시 틀림없이 원하고 소망하는 바가 따로 있음이 분명하다. 말해보아라.”

이에 광길이 조심스럽게 입을 열었다.

“하오면, 전하! 소인은 오직 나라에 충성할 마음을 가지고 있으나 아직 마땅한 기회를 얻지 못하고 있사옵니다. 전하께오서 마땅히 제게 공을 세울 수 있는 기회를 내려 주시기 바라옵니다.”

광길의 말인즉, 자신이 직접 나아가 적과 싸워 나라를 위해 공을 세울 수 있도록 해달라는 것이었다.

“네 뜻은 능히 헤아릴 수 있다. 허나 공이라는 것은 이루려 한다고 해서 꼭 이루어지는 것이 아니다.”

법민은 광길을 너무 아끼는 나머지 혹시 잘못되지 않을까 걱정하는 빛이 역력했다.

“아니옵니다. 대왕 전하의 신변을 무사히 지키는 일이 어떤 공보다 높은 것이라는 것을 모르는 바 아니옵니다. 하오나 직접 고구려의 적들을 물리치고 적장의 목을 베어 신라군이 승리를 하는데 일조할 수 있다면 그 또한 작은 공이라 할 수 없습니다. 소인은 나라에 공을 세워 사직을 튼튼히 하고 백성들이 베개를 높이 하고 잠들 수 있기를 바라고 있사옵니다.”

"이제 보니 내 곁을 떠나고 싶은 마음이 있었더냐?"

법민은 사뭇 굳은 목소리로 물었다.

"소인에게 어찌 전하 곁을 떠날 마음이 있겠사옵니까? 하늘처럼 받들어 모시고 싶을 뿐이옵니다. 하오나 나라와 대왕께 아무런 공도 세우지 못하고 전하께서 내려주신 은덕을 입는다면, 제 자신이 스스로 떳떳지 못할 것이며, 남들이 저를 가리켜 웃을 것이옵니다. 대왕 전하의 곁을 지키는 일이야 소인이 마땅한 공을 세운 연후에 다시 돌아와 해도 결코 늦지 않을 것이옵니다. 부디, 소인의 청을 퇴하지 마십시오."

광길은 간곡하기 짝이 없었다. 가만히 생각해보니 그의 말 또한 일리가 있었다.

"네 뜻이 정히 그러하다면 과인이 마땅히 방법을 찾아보겠느니라."

"부디 통촉하여 주시옵소서."

법민의 대답을 듣고 나서야 광길은 비로소 안심하는 표정이 되었다.

당나라 황제의 사신이 온다는 기별을 받은 법민은 서라벌로 돌아왔다. 그렇지 않아도 평양으로 진군하지 않을 핑곗거리를 찾으려던 그로서는 잘된 일이다 싶었다.

당나라 사신은 뒤늦은 조문을 하고 아울러 무열왕께 제사를 지낸 뒤 채색비단 500단을 조의(弔意)로 전했다. 이처럼 당이 조위사(弔慰使)를 파견하며 선심을 쓰는 이유는 나당 양국의 동맹관계를 더욱 결속시키려는 얄팍한 술책에 다름 아니었다. 그러나 법민으로서는 북쪽으로의 진군을 잠시 멈추고 상황을 예의 주시 할 수 있는 빌미를 얻게 됐다. 이에 당의 고구려 정벌전(征伐戰)에 군사들을 출병시키려던 법민은 잠시 숨을 고를 수 있었다. 당의 함자도(含資道) 총관 유덕민(劉德敏)이 새삼 황제의 명이라며 다음과 같이 전했다.

“저의 황제께서 평양성에 진군해 있는 우리 군사들의 양식을 신라 조정으로 하여금 급히 마련해 보내라 하였사옵니다.”

“고구려와의 싸움에 나가면서 스스로 먹을 양식도 준비하지 않았다는 말씀이오?”

“마땅히 군사들의 양식을 준비했으나 당과 평양성이 원체 멀리 떨어진 관계로 원활한 수송이 어려워 제때 군량을 조달하기가 어렵사옵니다.”

유덕민이 상황을 설명했다.

법민은 사신의 칙명을 받고 생각에 잠겼다. 그리고 이내 고개를 저었다. 일이 말대로 쉽지 않다는 것을 느꼈기 때문이다. 고구려 국경을 깊숙이 가로질러 침투한 후 막대한 양의 식량을 전해 준다는 일이 난감하기 그지없었다. 우마차에 실어 나른다 해도 수많은 소와 말을 동원해야 했으며, 인력과 경비 병력 또한 얼마나 동원시켜야 할지 쉽게 판단이 서지 않았다. 더구나 군량이 남아도는 처지도 아니었다. 선왕께서 백제를 칠 때도 당이 13만 대군의 군량을 따로 준비하지 않아 그들의 양식을 대느라 백성들이 제때 먹지 못한 일이 있었다. 또 아직까지 남아있는 1만의 군사들의 식량도 계속 신라에서 부담하고 있었다.

법민은 쉽게 결정을 내리지 못하고 차일피일 미루며 다른 상황이 생기기만을 바랐다. 백제를 멸하고 나서 그 땅을 차지하기에 바쁠 뿐 정작 군사들이 먹고 입어야 하는 형편은 외면한 채, 의식(衣食)을 신라에게 마련하라니, 법민으로서는 이해할 수도 없었으며, 이치의 저의가 염려스러워 선뜻 따르고 싶은 마음이 생기지 않았다.

며칠 후 다시 소열(蘇烈: 소정방(蘇定方)의 본명, 정방은 그의 자(子)이다.)이 보낸 사자(使者)가 급보를 가지고 찾아왔다.

> 소신이 황제의 지엄한 명을 받아 만 여리 밖에서 창해를 건너 적을 토벌하러 왔나이다. 해안에 배를 대고 고구려를 공격하기 시작한지 한 달이 넘었으나 대왕의 군사는 오지 않고 군량도 떨어져 심히 위태로울 지경에 처한 나머지 불안하고 초조하기 짝이 없습니다. 대왕께서 마땅히 대책을 세워주소서.

서찰의 내용은 군사를 속히 일으켜 참전해달라는 것이었다. 물론 이쪽에서 기별이 없으니 자꾸 재촉을 하는 것이겠지만 혼자서는 마땅히 국가 대사를 결정할 수 없는 일이었기에 법민은 즉시 신하들을 불러 모았다.

"당의 평양 원정군에게 식량을 보내달라는 황제의 전갈을 가지고 사신이 왔을 뿐만 아니라, 평양에 진발해 있는 소정방에게서도 역시 같은 내용의 서찰을 받았소. 이 일을 어찌하면 좋겠소?"

법민이 신하들을 둘러보며 물었다.

"삼가 소신이 짐작하기에는 날씨는 점차 추워지고, 우리의 지원군은 도착하지 않으니, 평양성에 나가 있는 소장군의 심사가 매우 갑갑한 것으로 사료되옵니다."

인문이 나서서 아뢰었다.

"과인이 보기에도 그렇긴 하지만……."

법민은 인문의 말에 동감을 표했지만 그것으로 해결될 일이 아니었다.

"하오나 당 황제의 무거운 칙명까지 있었고 거듭 재촉까지 하오니 명을 거역하기는 어려운 일이옵니다."

인문이 다시 말했다.

"그렇다면 군사를 일으키는 것을 뒤로 미루고 우선 군량을 전해줘야 한단 말이오?"

수심이 가득한 얼굴로 법민이 물었다. 군사를 일으키려면 신라의 군사들이 먹고 소비해야 할 식량도 적지 않을 것인즉, 당의 대군이 먹어야 할 군량까지 마련해야 한다는 사실에 걱정이 앞선 것이다.

"그 많은 군사들을 먹여야 할 군량을 수송한다는 일이 현실적으로 쉬운 일은 아닐 것이옵니다."

"그러니 걱정 아니겠소."

법민의 거듭된 염려스러움에 주위가 조용해졌다.

선뜻 입을 열어 의견을 말하는 신하마저 없었다. 그때 천품이 입을 열어 말했다.

"적지(敵地) 깊숙이 식량을 나른다는 건 지금의 형세로는 심히 불가합니다."

그는 어려운 일이라는 점을 다시 강조했다.

"평양은 여기에서 거리가 너무 멀고 더구나 많은 양의 식량을 가지고 적진을 관통해 갈 수는 없는 일이옵니다. 동원해야 할 군사만도 몇만 명이나 일으켜야 할지 지금으로서는 종잡을 수 없는 일이옵니다."

그의 말에 신하들은 침묵을 지키며 마땅한 묘안을 찾지 못했다.

"이미 겨울에 접어들어 날씨도 추워지고 심히 난감한 일이옵니다."

"자국(自國) 군사들의 병참(兵站) 문제도 고려하지 않은 채 무조건 군사를 일으켰으니, 어찌 난감하지 않겠습니까?"

죽지가 천품을 거들고 나섰다.

"당의 속셈이 처음부터 우리 신라가 군량을 대어줄 것을 염두에 두고 거사를 일으킨 것으로 보일 뿐이니, 더욱 허황된 일이 아니겠소?"

법민이 여러 신하들을 돌아보며 다시 뜻을 물었다.

"그렇다면 더욱 그들을 도와줄 수 없는 일이옵니다. 이는 처음부터 우리와 의논을 맞춰 군사를 일으키지도 않았을뿐더러 따지고 보면 우리와는 아무 상관이 없는 일입니다. 어찌 자국 군사들이 먹을 식량을 우리에게 마련하라고 하는지, 당의 처사가 이해하기 어렵습니다."

죽지가 다시 말했다. 마치 당이 큰일을 처리하면서도 적절한 사후 대비책을 강구하지 않았음을 탓하는 것 같았다.

"허나 당 황제의 칙명이 이미 내려와 있고, 원정군 쪽에서도 소정방의 재촉이 빗발같이 오고 있소. 생각건대, 고구려를 멸하는 것은 우리로서도 반가운 일이니 마땅한 대책을 강구하도록 하시오."

법민이 말했다.

"지금에 이르러 우리의 형편을 생각해보면 군사도 내고 당군의 군량까지 함께 대기는 어려운 점이 있습니다. 차라리 군사를 북쪽으로 내는 일은 접어두고 그들의 군량만을 마련해 보내는 것이 옳은 일입니다. 하오나 그 또한 어려울 뿐만 아니라 마련한다 해도, 과연 누가 있어 그것을 저들에게 전해줄 수 있겠사옵니까?"

천존이 입을 열어 일의 불가함을 알렸다. 그러자 유신이 앞으로 나서며 허리를 굽힌 채 아뢰었다.

"신이 과분한 은총을 받아 외람스럽게 중책을 맡고 있사온데, 국가 대사를 당해 만일 죽는 한이 있더라도 어찌 사양할 수 있겠습니까? 지금이야말로 늙은 몸이 충성을 다할 때이오니, 신이 적국으로 들어가 군량을 나르고 소장군의 뜻에 부응하도록 하겠습니다. 부디 윤허(允許)하여 주십시오."

법민은 깜짝 놀라서 유신의 얼굴을 쳐다보았다. 가장 나이가 많은 장수로 상신의 위치에 있는 외숙이 젊은 장수들도 기피하는 일을 선뜻 맡고 나서겠다는 점도 그렇거니와 고구려 원정군의 대장군으로 지명돼 있는 그가 직접 나서겠다는 데 깜짝 놀란 것이다. 법민은 친히 어좌(御座)에서 내려와 유신의 손을 덥석 잡았다. 비록 인척관계에 있다고는 하지만, 유신이 이처럼 어려운 일에 직접 나서리라고는 생각지도 못했다.

"상신께서……."

유신의 손을 잡은 법민의 눈에 어느덧 눈물이 흥건히 고였다. 어려운 시기를 당해 몸을 던져 막중한 임무를 자처하는 유신이 고마워 말을 이을 수 없었다.

"상신께서는 이미 노구(老軀)의 몸이신데 어찌 그

어려운 일을 능히 감당할 수 있겠습니까?"

그의 충성스런 의지에 반해 나이를 걱정하지 않을 수 없었다. 사사로운 인연으로 살펴봐도 큰 외숙이 이처럼 어려운 일을 자청함에 고마움이 앞섬과 동시에 안타까움 또한 금할 수 없었다. "소신이 비록 나이가 들어 몸이 늙었다 하나 신명을 다해 일을 마무리 짓겠나이다."

"상신과 같은 신하를 얻었으니 과인에게 무슨 걱정이 있겠습니까?"

법민은 진솔한 심정으로 유신에게 고마움을 표했다.

"과분한 말씀이옵니다."

"상신께서 수고를 마다하지 않는다 하시니, 즉시 준비를 서두르도록 하십시오."

이는 어려운 일을 추진하는데 있어 되도록 거추장스럽고 번거로운 절차를 생략하겠다는 뜻이었다.

"명을 알아 모시겠습니다."

"상신께서는 매우 위험한 적지에서 거동함에 있어서 군기(軍紀)가 바로 서야 할 것인즉, 국경을 넘어서는 즉시 휘하의 장졸들에게 상벌(賞罰)을 마음대로 결할 수 있는 권한을 드리겠습니다. 임무를 완수하는데 있어서 방해되는 일이 있다면 단호히 대처해 원활히 처리할 수 있기를 바라마지 않겠습니다."

법민은 유신에게 편의종사(便宜從事)의 권한을 부여했다.

"대왕 전하께오서 그처럼 신하를 아끼는 마음과 넓은 아량을 베풀어 주시니 하해와 같은 높은 은총에 망극할 뿐이옵니다."

유신은 더없이 고마워했다. 이에 법민은 중시에게 명을 내려 치중(輜重)부대와 호위(護衛)부대에 필요한 군사를 선발하고 관련 장비와 식량을 모으도록 지시했다. 어차피 당의 북쪽 정벌에 참가하지 않으면서 그에 걸맞은 생색을 내는 방법은 저들에게 군량을 마련해 보내는 것이 국익에도 득이 될 터였다.

유신은 동짓달 열흘에 인문(仁問), 양도(良圖) 등의 장군을 부장으로 삼아 치중부대와 호위부대를 이끌고 고구려를 향해 출발했다. 소정방의 군사들에게 전해줄 곡식은 쌀 4천 섬과 벼 2만 2천 섬이었다.

유신, 국경을 넘다

법민 즉위 2년 임술(壬戌)년(서기 662년).

정월에 당나라 사신이 객관에 머물고 있다가 황제의 조칙을 내려주었다. 법민을 개부의동삼사(開府儀同三司) 상주국(上柱國) 낙랑군왕(樂浪郡王) 신라왕(新羅王)으로 책명(册名)한다는 내용이었다. 이치가 마음대로 정해 올리는 것이었기 때문에 별로 탐탁지는 않았지만 그렇다고 해서 받지 않을 수도 없는 일이었다.

당나라 군사들에게 전할 식량을 가지고 인문, 양도와 함께 고구려 땅으로 들어간 유신은 고생이 이루 말할 수 없었다. 서라벌을 출발했을 때만 해도 그런대로 식량을 운송해 갈 수 있었지만 점차 북쪽으로 갈수록 사정이 더욱 어려워지기 시작했다. 유신의 수송부대는 풍수촌(風樹村)까지 겨우 당도한 후 길이

미끄럽고 험해서 도저히 앞으로 나갈 수 없었다. 북쪽으로 올라갈수록 지형이 험해지고 일기가 사나워진 때문이었다. 갑자기 추워진 일기 탓으로 비와 진눈깨비가 그대로 얼어붙은 나머지 군사들의 고생이 이루 말할 수 없었다. 급기야 군사들의 입에서 불평이 쏟아져 나왔다.

"아이고! 나 죽겠네."

나 몰라라 하며 널브러져 버리는 자도 여럿 있었다.

"당나라 오랑캐 놈들을 위해서 우리가 이렇게 고생을 해야 한단 말인가?"

이빨을 덜덜 떨며 자신들이 하는 일에 회의를 느끼는 자들도 생겨났다.

"이러다가 고향땅으로 다시 돌아갈 수 있을지 걱정이네. 두고 온 처자식들을 다시 만날 수 있을까?"

군사들은 시퍼렇게 얼어버린 서로의 얼굴을 들여다보며 한탄을 늘어놓기 일쑤였다. 북쪽으로 올라갈수록 매섭게 차가운 날씨가 계속된 나머지 동상(凍傷)자가 속출했을 뿐만 아니라 얼어 죽는 병사까지 생겨났다. 집에서 나설 때야 옷도 따뜻하게 입고 발에 버선도 충분히 준비했었다. 따라서 미리 갈무리한 짚신에 마른 땅만 밟고 간다면 못할 것도 없는 일이었다. 그러나 질펀거리는 진흙 구덩이에 빠지고 추운 날씨에 발이 얼어붙어 버리니 갈수록 힘들고 고달파지기 마련이었다.

"대장군께 아룁니다."

유신이 진군 속도가 느림을 한탄하고 있을 때 양도가 다가와 말했다. 그의 얼굴을 온통 뒤덮고 있는 수염도 허옇게 얼어붙어 마치 얼음 조각들을 일부러 매달아 놓은 것처럼 흉측하게 보였다.

"무엇인가?"

"이대로는 더 이상 진군을 계속할 수 없습니다."

"허면 이 일을 어찌해야 한단 말인가?"

진군하는 속도가 마음에 들지 않아 고민 중이던 유신은 양도의 말을 들으며 한숨을 내쉬었다. 아무리 생각을 모아 봐도 뾰족한 묘책은 떠오르지 않은 채 탄식만 계속 쏟아졌다.

"차라리 수레를 버리고 소와 말의 등에 직접 짐을 옮겨 싣는다면 병사들의 불만도 줄어들고 신속히 움직일 수 있을 것이옵니다."

하지만 유신은 그의 말에 동의할 수 없었다. 수레를 버리고 마소의 등에 짐을 싣는다 해도 그 양이 얼마나 되는지 파악할 수 없었을 뿐 아니라, 유신에게는 나름대로 상황을 꿰뚫어보는 안목이 있었다. 수레 2천 대 분량의 군량을 천 리 밖으로 운송하는 데는 소와 말도 그만큼 필요했지만 치중부대를 호위할 병력을 유지하는 일 또한 필요했다. 때문에 현재의 상황을 어찌 타개하느냐에 따라 앞으로 전개될 고구려와의 싸움에서 유리한 경험을 쌓을 수 있다고 생각했다.

"힘들고 어려운 것은 모두 알고 있는 일이다. 아무쪼록 군사들을 격려하고 다독여 이 난관을 극복해야 할 것이다."

이 작전의 승패 여부에 따라서 다음에 벌어지게 될 고구려와의 싸움에서 기선을 제압하고 실리를 취할 수 있을 것이라고 판단하고 있는 것이었다. 적과 아군이 첨예하게 대립할 수밖에 없는 전쟁터에서 병참문제는 현지 조달을 통해 해결하는 것이 원칙이었다. 이에 고구려는 적이 현지에서 식량을 조달하는 것을 막기 위해 견벽청야(堅壁淸野)의 전술이라는 비상대책을 강구해 사용하곤 했다. 즉 성 밖으로는 곡식이나 풀 한 포기도 남겨놓지 않고 모두 불태워버림으로써 고구려를 정벌하기 위해 출동한 적들에게 군량은 물론 말의 먹이까지 모조리 없애버리는 것이었다. 성

밖의 논밭과 들은 물론 민가까지도 모조리 불태우고 성 밖에 사는 백성들을 모두 소개시켜 버림으로써, 적의 인마(人馬)를 굶주리게 한 후 전술적인 타격을 입히는 것이 고구려의 전술이었다.

수나라와 당나라의 고구려 정벌이 번번이 실패했던 원인도 따지고 보면 그 이유 때문이었다. 유신은 이미 그것을 간파하고 있었다. 평양성은 수나 당의 중원으로부터 만여 리 밖이나 떨어져 있었으므로 병참을 옮기기가 힘들었고, 이는 고구려 정벌이 실패로 돌아가게 된 원인이 됐다. 따라서 이번에 자신이 맡은 임무가 앞으로 전개될 것이 분명한 고구려와의 싸움에서 하나의 시금석이 될 것이라는 유신의 예상은 자연스런 것이었다.

"하오면 끝까지 수레를 버리지 말라는 말씀이십니까?"

양도가 물었다.

"짐승의 등에 군량을 실어서야 과연 얼마나 실을 수 있겠느냐? 짐승이 싣지 못한 나머지 군량은 모조리 버린다는 말이더냐?"

"하오나 수하 군사들의 고생이 너무 막심합니다."

양도는 장졸들의 어려운 형편을 말했다.

"알고 있다. 어차피 고생을 각오하고 출발한 것이 아니더냐. 군사들을 잘 타이르고 일에 차질이 생기지 않도록 만전을 기하거라."

유신은 양도를 타일러 겨우 돌려보냈다. 군사들을 다독여 길을 재촉했지만 칠중하(七重河: 임진강)가 앞을 가로막고 있었다. 장졸들은 두려운 나머지 누구 하나 먼저 강을 건너려 하지 않았다. 차라리 꽁꽁 얼어붙었다면 강을 건너기가 훨씬 수월했을 것이었다. 그러나 불행하게도 점차 날씨가 풀리면서 얼음의 두께가 얕아지고 있었다. 짐을 가득 실은 수레가 건널 수 있을 만큼 튼튼하지 못했던 것이다. 이에 유신이 앞으로 나서며 분연히 말했다.

"고생과 죽음이 두려워 머뭇거린다면 왜 이곳까지 왔는가?"

병사들의 형편을 일깨우는 소리였다.

"그렇다면 내가 먼저 저 강을 건널 것이니, 너희들은 내 뒤를 따르라!"

그러면서 가장 앞서 강을 건너 북안(北岸)에 닿았다. 대장군이 솔선하여 용감하게 강을 건너자 장졸들이 너나 할 것 없이 우르르 물속으로 뛰어들어 깨진 얼음을 치우고 사람과 수레가 간신히 도강할 수 있었다. 그러나 강을 간신히 건너고 나자 이번에는 추위가 군사들을 괴롭히기 시작했다. 물에 젖은 옷들이 모진 추위에 쩍쩍 얼어붙어 움직일 수조차 없는 형편이 된 것이다.

"움직여라!"

유신이 외쳤다.

"움직이는 자만이 살아남을 것이다."

유신은 몸소 나서서 앞뒤로 뛰며 장졸들을 격려하기 바빴다.

"땀이 흐를 때까지 움직여 길을 재촉하라!"

유신은 길게 늘어진 군사들의 앞과 뒤를 정신없이 오가며 고함을 질렀다. 정신이란, 목적을 이루기 위해 한곳으로 뭉쳐지지 않으면 작은 일도 결코 쉽게 이룰 수 없다는 평소의 지론을 군사들에게 전하기 위해 안간힘을 썼다.

스무사흘이 돼서야 겨우 칠중하(七重河)를 건너 산양(蒜壤)에 이르렀다. 그러나 엎친 데 덮친 격으로 고구려의 일지군(一枝軍)과 부딪치게 됐다. 날은 저물어 어둑어둑해졌고, 적군까지 맞닥뜨렸으니 더욱 난감하기 짝이 없었다.

'이것은 적지 깊숙이 들어온 우리 군사들에게 앞을

헤아려 살펴볼 수 없는 절체절명의 위기다.'

유신으로서는 마음이 태산처럼 무거울 수밖에 없었다. 장졸들 역시 두려운 나머지 사기가 급감하고 있었다. 이에 유신이 군사들을 다시 설득하기 시작했다.

"고구려, 백제 두 나라가 번갈아 우리의 강토를 침범하고 우리 백성들을 해친 것이 과연 몇 번이었느냐? 저들이 쳐들어와 참혹하게 죽은 백성들과 장졸들의 숫자는 미처 헤아리지도 못할 지경이다. 더러는 장정들을 포로로 데려가 죽이기도 했으며, 더러는 어린아이까지 사로잡아 가서 노비로 부리기를 수없이 했다. 이런 일이 오래도록 계속 됐으니, 어찌 통탄스럽고 분하지 않겠느냐? 내가 지금 죽음을 두려워하지 않고 어려운 일을 하려는 것은 나라의 오랜 원수를 갚기 위해서이다. 마음속에 맹세하고, 하늘에 고하여 조국의 영령에게 가호를 기대하는데, 이제 여러 장졸들의 심경이 어떠한가를 알 수 없을 지경에 이르렀기에 다짐해두는 것이다. 만약 적을 두려워해 그들을 치지 못한다면 죽거나 사로잡힘을 면할 수 없다. 마땅히 한마음으로 협력해 굳게 뭉친다면 모두가 능히 일당백(一當百)을 당해낼 능력이 있다. 모두 명줄을 내걸고 용기를 내기 바란다!"

유신의 격려를 들은 장졸들이 모두들 외쳤다.

"대장군의 명령을 받들어 구차하게 살아갈 마음을 먹지 않겠습니다."

유신은 눈물을 흘리며 장졸들과 한마음이 된 것을 고마워했다. 그리고 즉시 귀당제감(貴幢弟監) 성천(星川)과 군사(軍師) 술천(述川) 등에게 군사 5백을 주고 고구려군을 대적하도록 했다. 명을 받은 두 장수는 즉시 길을 열어 멀리 나아갔다. 이는 군량이 위치한 곳에서 적과 마주쳐 싸우는 것을 피하기 위해서였다.

유신은 남은 군사들과 함께 식량을 지켰다. 직접 나아가 고구려군과 싸우는 위험을 감수할 수 없는 처지였기 때문이다. 더구나 자신이 운송부대를 비워둔 틈을 이용해 고구려 군사들이 공격을 해온다면 더 큰 문제가 될 것이 틀림없었다.

늦겨울 해는 짧기만 해서 이윽고 날이 저물어 버렸다. 그러나 밤이 깊어도 고구려군을 맞아 싸우기 위해 떠난 성천 일행은 돌아오지 않았다. 초조한 나머지 온갖 불안함과 감회가 구름처럼 스쳐 지나갔다.

'과연 이번 임무를 무사히 마칠 수 있을 것인가?'

유신은 자신도 모르는 사이에 스스로 의심이 들었다.

'이제 겨우 백제를 멸하였는데, 앞으로 고구려와의 일은 과연 어찌 될 것인가.'

주변 대세에 관한 의문도 들었다.

'싸우러 나간 성천은 지금쯤 어떤 처지에 있음인가?'

생각들이 꼬리를 물고 이어졌지만 답답하기는 처음과 다를 바 없었다. 밤이 깊어질수록 사위는 무거운 적막이 천지를 뒤덮은 듯 내려앉았다. 그러나 적에게 위치를 노출시키지 않기 위해 불을 피울 수도 없을 뿐만 아니라 소리를 내거나 밥을 지을 수도 없었다. 성천이 돌아올 때까지는 군사들이 모두 굶주린 배를 움켜쥐고 떨어야 했다.

한편 유신의 명을 받아 호위 군사 일부를 데리고 떠난 성천과 술천 두 장수는 각각 250기의 기병을 이끌고 어둠 속에서 적을 쫓아 되도록 멀리 나아갔다. 적을 맞아 싸움이 벌어진다 해도 치중부대의 위치를 적에게 노출시키지 않기 위해서였다.

한참 말을 달려 제법 멀리 왔다는 생각이 들었을 때였다.

어둠 속에서 한 떼의 군마가 갑자기 나타나 길을

막았다.

"어떤 놈들이냐?"

돌연 상대편에서 고함치듯 묻는 소리가 들렸다. 어둠을 타고 울려 퍼진 적장의 목소리는 한층 무시무시하고 위협적으로 들렸다. 그러나 적들에게는 상대를 확인할 필요가 있었겠지만, 이쪽은 적진에 들어온 처지였기 때문에 묻고 자시고 할 이유가 없었다.

성천은 대답 대신 침묵을 지켰다.

"내가 적장을 꺾는 기회를 놓치지 말고 바로 들이쳐라!"

뒤따르는 군사들에게 은밀히 이른 성천은 바로 적진으로 말 배를 걷어차 돌진해 들어갔다. 그리고 그 즉시 맨 앞에서 말 위에 타고 있는 자를 향해 쏜살같이 칼을 내리쳤다. 어둠 속에서 피를 뿌리며 목이 떨어졌다. 적장인지 졸개인지 따질 여유도 없었다. 자신의 정체를 묻고 있는 자를 향해 무조건 돌진했던 것이다.

"어? 이놈들이!"

"적들이 분명하구나!"

미처 아군인지 적군인지 몰라 망설이던 적들은 장수가 말에서 떨어진 후에야 비로소 눈앞에 있는 자들이 적이라는 사실을 눈치채고 우왕좌왕했다. 더구나 신라 군사들이 칼을 뽑아들며 맹수처럼 한꺼번에 덤벼들자 혼비백산해 도망치기에 바빴다.

성천은 적과 아군이 어지럽게 얽혀 싸우는 중에도 또 다른 적장을 향해 다가서기를 멈추지 않았다. 적장 역시 간신히 정신을 수습하고 즉시 성천을 맞아 싸우기 시작했다. 서로의 칼끝에서 뿜어져 나온 한 줄기 섬뜩한 빛이 살기를 품은 채 번득였다. 어둠을 뚫고 두 사람의 장수는 십여 합을 겨뤘지만 결판이 나지 않았다. 고구려 장수가 칼을 옆으로 뉘인 채 무서운 기세로 다가오자 성천은 즉시 몸을 틀어 적장의 검광(劍光)에서 벗어났다. 그리고 즉시 칼을 내뻗어 역습을 가했다. 그러나 적장 역시 일지군의 장수답게 날렵하게 몸을 뒤틀며 성천의 칼에서 벗어났다.

'흥! 제법 빠른 놈이구나!'

성천은 재빨리 말의 고삐를 당겨 돌아서며 생각했다. 그리고 다시 말 배를 걷어차 적에게 다가들었다.

"네놈들은 신라의 무리들이 분명하구나."

적장이 다시 고함을 지르며 성천에게 육박해 들어왔다. 목소리가 마치 커다란 바위가 서로 부딪치듯 우렁차 상대로 하여금 충분히 주눅이 들게 하기에 충분했다. 그러나 결코 겁을 먹을 성 천이 아니었다.

"말을 씨부렁거리는 것은 죽은 다음 천당에 가서나 할 일이다!"

그러면서 칼을 들어 적장의 공격을 막아냈다. 두 마리의 말이 다시 엇갈렸다 싶은 순간, 성천과 적장의 칼이 서로 날카롭게 부딪치며 차가운 허공에서 어지럽게 돌아쳤다. 어둠 속에서 상대의 목숨을 노리는 치열한 접전이 한동안 계속됐다. 칼과 칼이 맞붙을 때마다 불꽃이 명멸할 뿐이었다.

성천은 눈을 부릅뜨고 적장을 노려보았다. 적장 역시 성천과 얼굴을 맞댄 채 씨근덕거리고 있었다. 적장의 허연 입김이 성천의 얼굴에 끼얹어졌으며 숨소리가 바로 코앞에서 들려왔다. 위기일발의 순간이 이어졌다. 이윽고 크게 기를 일으키며 성천이 적장을 밀쳐내는 순간이었다. 서로의 몸이 떨어지는 기회를 이용해 가차없이 옆으로 길게 검을 휘둘렀다.

"윽!"

적장이 입에서 짧은 비명소리를 내지르며 말 위에서 떨어졌다. 그러자 용기를 얻은 신라 군사들은 마치 가을 삭풍에 낙엽이 쓸리듯 적진을 유린해 갔다. 적들은 도망을 하려 해도 말에 탄 신라 기병들에게 쫓긴 나머지 싸움다운 싸움이 되질 않았다. 거의가 등에 칼날을 맞거나 창에 찔려 죽어 나자빠지는 형국이었다.

"한 놈도 살려 보내지 마라!"

성천은 분분히 고함을 지르며 군사들의 사기를 북돋았다.

"고구려의 일지군이 이처럼 변변치 못한 것들이란 말이냐."

제법 멀리 떨어진 곳에서 술천의 목소리가 들렸다.

싸움이 끝나고 헤아려보니 살아남은 고구려군은 거의 없었다. 다만 산 쪽으로 도망간 몇 명의 고구려 군사들만이 목숨을 건져 숨어버린 듯했다. 성천은 할 수 없이 군사들을 물릴 수밖에 없었다.

"모두 싸움을 중지하라."

그는 즉시 군사들을 수습했다.

"즉시 돌아가도록 한다."

유신은 마음을 졸이며 성천과 술천을 기다렸다. 그때 어둠 속에서 말발굽 소리가 어지럽게 들려왔다. 만일 그들이 적군이라면 사생결단을 해서라도 싸울 수밖에 없는 긴박한 상황이었다. 유신은 침을 삼키며 어둠 속을 노려보았다. 만일의 경우를 대비해서 이쪽에서 먼저 인기척을 낼 수도 없었다.

말발굽 소리가 더욱 가까워졌다.

"대장군, 안심하십시오."

성천이었다. 그러나 유신은 다시 확인하는 것을 잊지 않았다.

"정녕 성천인가?"

"그러하옵니다!"

유신은 재차 확인하고 나서야 횃불을 밝히도록 명을 내렸다. 불을 밝히자 불빛에 드러난 얼굴은 과연 성천과 술천 두 장수였다.

"어찌 되었소?"

"모조리 도륙(屠戮)을 내었사옵니다."

술천의 말이 끝나자, 군사들의 함성이 천지를 뒤흔들었다.

"하옵고, 얼마 되지 않는 살아남은 자들은 멀리 도망가고 말았사옵니다."

성천의 말에 다시 군사들의 환호가 터졌다.

“장하오! 정말 수고가 많았소.”

유신의 목소리는 떨렸다. 고구려 군사를 물리쳤다 생각하니 어깨에 힘이 저절로 솟았다.

그날 밤은 그 자리에서 새우고, 다음 날 아침 다시 행군이 시작됐다.

유신이 거느린 군사들은 장새(獐塞: 황해도 수안)까지 나아갔다. 장새라면 깊은 산맥이 동서로 길게 뻗어 있으며, 북쪽 산맥의 하천은 대동강 지류인 남강(南江)과 만나고, 남쪽으로 흐르는 하천은 예성강의 상류를 이루는 군사적 요충지였다. 그러나 날씨가 더욱 추워진 나머지 땅이 얼어붙고 사람이나 마소 역시 피로를 견디지 못하고 자꾸만 쓰러졌다. 도무지 어찌해 볼 방법이 없었다. 이에 유신은 수레에 실려 있던 군량을 모두 소와 말의 등에 옮겨 실었다. 평양성이 멀지 않았기에 양도가 말했던 방법을 썼던 것이다. 아울러 유신은 직접 팔을 걷어붙이고 어깨를 드러낸 채 말에 채찍을 가하면서 맨 앞에 서서 전군(全軍)을 이끌었다. 일흔이 가까운 유신이 손수 나서서 앞장서자 뭇 장졸들 역시 있는 힘을 다해 뒤를 따랐다. 어느 누구도 감히 춥고 힘들다는 말을 꺼내지 못했다.

"여기가 과연 어디쯤 되는지 알고 있는 사람이 있는가?"

유신이 장졸들을 돌아보며 물었다. 누군가 지형을 잘 알고 있는 사람의 도움을 받아야겠다고 생각한 것이다.

"대장군께 아뢰오."

군졸 하나가 앞으로 나섰다.

"네가 이곳의 지형을 알고 있느냐?"

"그러하옵니다."

유신의 질문에 군졸이 대답했다.

"허면, 여기에서 평양성까지 얼마나 남았는지도 알고 있느냐?"

"소인이 알기로 여기서 평양성까지는 약 3만 6천 보(약 50킬로미터)정도 떨어진 것으로 알고 있사옵니다."

"알겠느니라."

유신은 고개를 끄덕이며, 평양성 가까이 식량을 날랐다는 생각에 새삼 감회에 빠져들었다. 허나 이내 다시 표정이 어두워졌다. 고구려의 더욱 깊은 곳까지 들어온 마당에, 적의 눈을 피해 자신들이 이곳에 왔다는 걸 당의 소정방에게 알리는 것이 문제였기 때문이다. 그날 밤 유신은 군사들이 잠들고 난 뒤 군막에 홀로 앉아 있었다. 아무리 생각해도 묘책이 떠오르지 않았다. 그러기를 한참 후, 마음속으로 모종의 결정을 내린 유신은 밖에 있던 전령을 불렀다.

"너는 당장 열기(裂起)를 불러오너라."

"알겠나이다."

전령이 돌아서려고 할 때 유신이 그의 뒤에 대고 다시 말을 이었다.

"시끄럽게 하지 말고 은밀히 그를 부르도록 하라."

"알아 모시겠습니다."

잠시 후 열기가 군막 안으로 들어섰다.

"불러 계시옵니까?"

그는 성천 휘하의 보기감(步騎監)을 맡고 있었으며, 성격이 호방하고, 남을 속이는 것이 없어 정직할 뿐만 아니라 맡은 일을 충실하게 처리하는 인물이었다.

"앉게."

유신이 말하자 열기가 건너편에 다소곳이 앉았다.

"나는 젊어서부터 그대와 오래도록 교유(交遊)하였으므로 그대가 무릇 다른 사람과 달리 지조와 절개를 가지고 있다는 것을 이미 잘 알고 있네. 지금에 이르러 당의 소장군에게 우리가 힘들고 어려운 고난을 무릅쓰고 여기까지 왔음을 알리려고 하네. 그대가 그 임무를 맡아 수고로움을 자처할 수 있겠는가?"

열기가 자리에서 몸을 일으킨 후 엎드려 말했다.

"불초하오나 외람되이 중군직(中軍職)에 있사온데, 이제 와서 어찌 장군의 명을 욕되게 하겠나이까? 제가 비록 죽는다면 그날이 바로 새롭게 태어나는 날이 될 것입니다. 장군께서는 안심하십시오."

그의 말을 들은 유신은 몹시 기뻐하며 다시 말을 이었다.

"좋다. 그렇다면 힘이 좋은 군사 열다섯과 지형을 안내할 자를 선발해 구근(仇近)으로 하여금 너를 돕도록 하겠네. 허나 이 일은 적진 깊숙이 스스로 들어가야 한다는 점에서 목숨을 내놓지 않으면 실행하기 어려운 일일세. 그래도 자네가 책임지고 소장군을 만나 우리의 근황을 전해줄 수 있겠는가?"

"명을 기꺼이 받들겠나이다."

열기는 망설이지 않고 스스럼없이 답했다. 그리하여 서둘러 열다섯의 엽렵한 군사들을 뽑고 구근을 불러 적진으로 침투시킬 준비를 마쳤다. 구근이라는 자는 힘이 장사였을 뿐만 아니라 무예 또한 남다른 점이 있어 은밀히 임무를 수행하기에 모자람이 없었다.

"매서운 추위 속에서 적진을 관통하려면 각별히 조심을 해야 할 것이다. 지금 즉시 출발하도록 하라."

유신은 여명을 기해 떠나는 열기 일행에게 몇 가지 당부를 잊지 않았다. 불빛이 있는 장소는 당연히 민가가 있는 곳이기 때문에 피해야 할 것이고, 자연 인적이 없는 산속으로 방향을 잡아야 할 것이라는 것을 강조한 것이었다. 본대를 벗어난 열기는 구근과 나란히 말에 올라 앞으로 나아갔다.

유신은 그들을 떠나보내고 꼬박 이틀을 그 자리에서 기다렸다. 이번에도 역시 유신은 불안과 초조함을 면할 수 없었다. 만일 열기 일행이 잘못되기라도 한다면 큰일임에 틀림없었다. 또한 고구려군이 열기 일행을 사로잡아 우리 군사의 형편이나 기밀을 알아낸다면 그것을 이용해 공격을 감행할 가능성도 있었다. 긴장되고 초조한 시간이 흘렀다.

이틀 후.

석양 무렵이 돼 어둑어둑해졌을 무렵에야 열기가 돌아왔다. 유신은 그의 모습을 발견하고는 얼른 뒤따르는 일행의 숫자부터 헤아려 보았다. 다행히 열다섯 명 전원이 돌아왔다.

"수고 많았느니라."

유신은 반가움에 말에서 내리는 열기를 맞아 손을 덥석 잡았다. 그리고 그를 끌어 안으로 들어갔다.

"소장군을 만났나이다."

열기가 말했다.

"과연 어떠하던가?"

"당나라 군사들은 아사 일보 직전이었사옵니다. 폭설에 갇히고 심히 위태로운 지경에 처해 있었는데 우리의 도움으로 간신히 죽음을 면했다며 감사했사옵니다. 지금 우리가 가져온 양식을 옮겨갈 당의 군사들이 뒤따르고 있습니다."

"수고했다."

유신은 열기에게 고마움을 표했다.

"소장군께서 크게 기뻐하시며 장군께 감사의 서찰을 적어 보냈사옵니다."

열기가 품 안에서 서찰을 꺼냈다.

"정말 수고 많았다."

소장군의 편지를 읽어보니, 고난을 무릅쓰고 여기까지 운송부대를 끌고 온 것에 대해 감사한다는 내용이었다. 더불어 유신이 이르러 전해준 식량으로 인해 당군이 아사 직전에서 간신히 살아났다며 거듭 고마움을 표하고 있었다.

당의 수송부대가 도착했다. 그들에게 힘들여 옮겨온 군량을 무사히 전해주자 갑자기 기운이 쑥 빠지고 맥이 풀렸다. 그동안 신경을 곤두세우고 긴장했던 상황에서 벗어나게 되자 일어설 수도 없을 정도로 피로가 몰려든 것이다. 유신은 그 자리에서 열기와 구근에게 관등을 올려 급찬(級湌)의 벼슬을 내렸다. 편의종사의 권한을 사용한 것이다.

이튿날 유신은 대동강 어귀에 진을 치고 중국어에 능통한 인문과 양도에게 명해 당의 영채로 치중부대를 호송하도록 명했다.

"우리의 군량 지원을 받은 소장군이 서둘러 철수하겠다는 뜻을 대장군께 전해달라 하였나이다."

당군에게 군량을 전해주고 온 인문이 말했다.

"허면 고구려를 정벌하겠다던 당의 계획은 어찌 됐단 말씀이오?"

유신은 묻지 않을 수 없었다. 군사를 일으켜 고구려를 치겠다며 평양성까지 온 당의 처지와 정확한 속내를 알 수 없었기 때문이다.

"이미 황제로부터 군사를 철수시키라는 칙명을 받

았다 하옵니다."

"그렇다면 우리도 서둘러 돌아갈 수밖에 없겠소."

인문의 대답을 들은 유신은 즉시 판단을 내린 후 말했다. 폭설에 갇히고 추위에 얼어붙어 군사들의 사기가 자연 떨어졌을 터이니, 당의 군사들의 형편이 말이 아닐 것이라는 짐작이 갔다. 그러나 그들이 식량만 받은 후에 철수한다니 그만 맥이 풀리는 것도 어쩔 수 없었다. 만약 당의 군사가 돌아간다면 유신 역시 한시라도 고구려 땅에 머물러 있을 이유가 없었다.

"당연한 말씀이십니다."

인문이 동조하며 말을 이었다.

"고구려의 연개소문이 우리를 추격하기 위해 복병을 깔고 공격할 염려가 있사옵니다. 극히 조심해야 할 것입니다."

유신은 인문의 염려가 충분히 일리가 있다고 생각했다. 자국의 영토 안에 들어온 적을 누군들 쉽게 살려주려 하겠는가? 급히 서둘러야 했다.

"지금 즉시 군사들에게 출발 명령을 내려야겠소."

유신은 즉시 병력 철수를 명했다. 한시라도 빨리

고구려 영토에서 벗어나야 했다. 그러나 고구려의 땅에서 어서 빨리 벗어나야 한다는 마음과 달리 수레와 짐승들이 있었기 때문에 철군(撤軍) 속도는 느리기만 했다. 예상했던 대로 고구려군이 즉시 추격해 왔다. 이에 유신이 군사들에게 급히 일렀다.

"모두들 소와 말의 허리와 꼬리에 북과 북채를 매달아 짐승이 움직이면 소리가 요란스럽게 나도록 해라."

명을 받은 군사들이 모두 그의 명에 따라 소와 말의 꼬리와 허리에 북을 매달고 야음을 틈타 영채를 버리고 은밀히 빠져나왔다. 유신도 마찬가지였지만 그를 따르는 장졸들의 마음 또한 초조하고 두려운 것은 마찬가지였다.

텅 비어 버린 신라군의 영채를 뒤늦게 발견한 고구려군은 서둘러 추격에 나섰다. 그들의 추격은 집요한 나머지 군사들의 뒤를 따라 신라의 영토 안으로까지 밀고 들어올 기세가 농후했다. 유신은 서둘러 일단 칠중하를 건넌 뒤 부상병과 동상에 걸린 병사들을 제외하고 정예병을 뽑아 다시 강을 건너 북쪽으로 나아가 진을 쳤다.

고구려군과 맞닥트려 접전을 벌여도 어쩔 수 없는

일이라 각오했던 것이다. 유신은 적을 섬멸하기 위한 좋은 지형을 잡아 고구려군을 기다렸다.

"모두들 침착하게 대응하도록 하라!"

유신은 장졸들에게 일렀다. 그리고 많은 화살이 연발로 발사되는 강궁(强弓)인 만노(萬弩)를 배치하고 기다렸다.

"적이 사정거리 안으로 들어올 때까지 기다려라."

이윽고 고구려군이 가까이 왔을 때 불을 뿜듯 일제히 만노를 발사했다. 수많은 화살이 빗줄기처럼 고구려 군사를 향해 일시에 날아갔다. 적들이 고꾸라지면서 내지르는 비명소리가 귀를 찢는 듯했다. 놀란 고구려군이 혼비백산해 허겁지겁 도망치기 시작했다. 그리고 잠시 후 혼란에 빠진 나머지 우왕좌왕하더니 결국 맞서 싸울 의지를 잃고 퇴각하기 시작했다.

"적병들을 추격해 하나도 남기지 마라!"

유신의 호령과 함께 군사들은 적들을 베기에 바빴다. 아울러 그들을 추격해 비장(裨將) 아달혜(阿達兮)를 사로잡고 고구려 군사 1만여 명의 목을 베었다. 군사 2천으로 올린 전과치고는 대단한 것이었다.

유신이 임무를 무사히 마친 데다 더욱이 개선(凱

旋)까지 해서 돌아오자 법민은 기쁘기 짝이 없었다.

"상신께서는 참으로 나라에 큰 공을 세우셨습니다. 군량을 수송하는 임무를 무사히 마쳤을 뿐만 아니라 더불어 고구려 군사들을 크게 무찔러 저들의 발길에 우리 강역이 침탈당하지 않게 하였으니, 어찌 고맙지 않을 수 있겠습니까?"

법민은 지금까지 걱정해 마지않던 무거운 염려를 훌훌 털어 내고 얼굴 가득 밝은 빛을 지었다. 즉시 대장군 유신과 각간(角干) 인문에게 본피궁(本彼宮)의 재화와 논밭, 노비를 절반씩 나누어주었다. 아울러 공을 세운 장졸들에게도 푸짐하게 상을 내렸다.

그때 유신이 아뢰었다.

"대왕 전하, 이번 군량 수송에 공이 많은 보기감 열기(裂起)와 구근(仇近)의 관직을 한 단계 높여주시기 바랍니다."

"그들의 관등은 상신께서 이미 올려 주었는데 다시 올려 달라는 말씀입니까?"

유신을 바라보며 법민이 물었다.

"그러하옵니다."

"그들의 관등을 더욱 높인다면 사찬(沙湌)이 될 것인데 너무 과하지 않습니까?"

법민은 한 가지 사안으로 한꺼번에 두 단계의 관직을 올려줘 본 전례(前例)가 없다는 점을 들어 꺼림칙하게 생각했다. 허나 유신은 끝내 고집을 꺾지 않았다.

"작록(爵祿)은 공기(公器)로써 그가 세운 공로에 대한 보수로 주는 것인데, 어찌 과분하다고 하십니까? 더구나 그 두 사람이 이번 일에 세운 공은 누구도 따라 할 수 없는 훌륭한 것이옵니다. 그러니 배려하여 주심이 마땅하옵니다."

유신의 말에 법민은 한참 동안 생각을 거듭했다. 그러더니 이윽고 입을 열었다.

"상신께서 그리하시겠다면 과인이 양보하겠습니다."

법민은 결국 유신의 제안을 허락했다.

백제부흥군

오후의 햇살이 정청(政廳) 안으로 비켜 들어 찬란한 빛살을 만들고 있었다.

법민은 용상(龍床)에 앉아 여러 현안에 대해 신하들과 의견을 나누고 있었다. 그때 중시 문훈이 이르러 아뢰었다.

"지금 탐라국(耽羅國: 제주도)의 도주(島主) 도동음률(徒冬音律)이 대왕을 알현하기 위해 기다리고 있사옵니다."

"탐라국이라 하였소?"

법민이 물었다.

"그러하옵니다."

"들라 이르시오."

법민은 자신을 찾아온 탐라국의 도주가 과연 어떤

사람인지 궁금했다. 그래서 때문에 즉시 그를 만나보기를 원했다. 탐라국은 원래 백제가 다스리고 있던 저들의 속국(屬國)이었다. 따라서 지금까지 백제를 향해서 스스로 자세를 낮추어 아부하고 예속되기를 자처했으며, 매년 절기가 바뀔 때마다 토산품을 조공해 왔다. 그러나 이제 그들이 섬기던 백제가 망해 없어졌으니 당연히 신라의 그늘 밑으로 들어올 것이라는 건 미리 짐작하고 있던 터였다. 밖에 나갔던 중시가 건장하게 생긴 남자를 데리고 정청 안으로 들어섰다.

법민이 좌정해 앉은 곳에 이르자, 그가 넙죽 엎드려 큰절을 올렸다.

"소인은 탐라의 도주 도동음률이라 하옵니다."

법민이 자세히 살펴보니 엎드린 모양이며, 수염이 텁수룩하게 자란 모습 등이 험상 굳게 생겼을 뿐 아니라 행동조차 차분하지 못하고 거칠어 보였다. 그러나 신라의 편전에 들었기 때문인지 태도는 공손했으며, 행동거지가 능히 신하된 자의 예를 갖추려고 노력하는 빛이 역력했다.

"경이 탐라국의 도주란 말인가?"

법민이 물었다.

"그러하옵니다. 소인의 고을은 원래 작고 하찮은

섬이옵니다. 지금까지는 백제의 속국으로서 신하된 도리를 다해 절기가 바뀔 때마다 토산품을 올려 예의를 갖추어 왔습니다. 그러나 신라가 큰 뜻을 넓게 펼쳐 삼한일통의 일환으로 백제를 멸하였으니, 저희로서는 앞으로 신라를 섬기고 대왕 전하의 충복으로서 충성을 다하겠나이다."

그는 여전히 고개를 바로 들지 못했다.

"허면, 왜 이제야 겨우 과인을 찾은 것이오?"

법민이 물었다. 백제가 멸하게 된 지 벌써 두 해나 지났기 때문에 그의 물음에는 그를 책망하려는 뜻이 숨겨져 있었다.

"소신이 일찍 대왕 전하를 찾아뵈려 했으나, 그동안 백제의 잔당들이 여전히 남아 나라를 되찾겠다며 어지럽히고 있었기 때문에 조용할 때가 되기를 기다린 것이옵니다. 너그럽게 용서해 주십시오."

그는 그동안의 사정을 나름대로 솔직하게 말했다. 법민은 딴엔 맞는 말이라고 생각했다. 생긴 것에 비해 말씨가 온화하고 고분고분하다고 느낀 나머지 꼬투리를 잡아 버릇을 고쳐야겠다는 생각을 접을 수밖에 없었다.

"경은 백제의 조정에서 과연 어떤 대우를 받으셨

소?”

마음을 고쳐먹은 법민이 그에게 물었다.

“소신은 의자왕으로부터 주좌평(主佐平) 벼슬에 봉해졌었사옵니다.”

주좌평이라면 상좌평에 다름 아닌 것으로 백제 제1의 관등이었다.

법민은 잠시 생각하다가 말했다.

“그렇다면 신라에서도 역시 경을 각간(角干)의 벼슬에 봉해 드리겠소.”

법민은 즉석에서 도동음률에게 관작을 내려주었다.

“성은이 망극할 뿐이옵니다. 앞으로는 각별히 신라의 관습과 연호에 따를 것이며 변방의 충실한 신하로서 충성을 다하겠사옵니다.”

도동음률은 새삼스럽게 코가 바닥에 닿을 정도로 예를 표했다.

법민은 이에 흡족해하며 기쁨을 감추지 않았다. 자신이 정사를 돌봄에 있어 과히 어긋나지 않았다는 것을 그로 미루어 짐작할 수 있었기 때문이었다. 무력으로 백제를 제압한 뒤에도 그들의 유민을 기꺼운 마음으로 받아들이고, 오로지 덕으로 다스리게 된 결과가 결실을 맺은 것이라 생각했다. 민심은 천심이라 했거늘, 덕을 우선하는 신라왕의 정책이 바다 건너까지 알려진 나머지 이윽고 빛을 발하게 된 것에 다름 아니었다. 이로써 탐라국은 정식으로 신라의 속국이 됐다.

8월이 됐다.

그때까지 남아있던 백제의 잔당들이 내사지성(內斯只城: 대전 유성)에 모여 옛 백제 유민들을 괴롭히며 온갖 나쁜 짓들을 행한다는 보고를 받은 법민은 즉시 흠순 등의 장수를 불렀다.

"비록 망국의 백성들이라 하나 우리가 성심껏 아우르면 저들 역시 우리 백성과 하등 다를 것이 없습니다. 경들에게 군사 1만을 줄 것인즉, 즉시 내사지성으로 나아가 백제의 잔적들을 쳐 없애 천하를 편안토록 하십시오."

흠순 역시 법민에게는 작은 외숙이 되니 명을 내리기는 하되 극히 조심스러울 수밖에 없었다.

"전하의 어명을 받들겠나이다."

"적들을 멸하되, 성안의 백성들에게 작은 피해라도 있어서는 안 될 것인바, 각별히 군사들을 단속하는 걸 유념해주시기 바랍니다."

적을 무찌르는 과정에서 혹시 있을지도 모르는 백성들에 대한 민폐(民弊)와 동요(動搖), 놀람을 의식해 걱정하는 법민의 어진 마음이 무릇 이와 같았다.

"성은이 망극하옵니다."

흠순이 법민의 뜻을 받들어 고개를 깊이 숙였다. 어전에서 물러나온 흠순은 즉시 군사들을 점검한 후 장수들을 정했다. 천존, 죽지, 품일 등 무려 열아홉의 장수들을 선발했다. 그 중에는 백제에서 귀화한 충상과 자간, 그리고 무수와 인수 형제도 끼어 있었다. 진주와 진흠 형제만이 빠져 있었다.

흠순은 장수들을 이끌고 즉시 내사지성으로 내달았다. 성 밑에 이르러 살펴보니, 성문은 굳게 닫혀 있으나 성곽이 제법 튼튼하고 성루 위에는 통나무를 베어다 목책을 둘러친 모양이 제법 기세가 등등해 보였다. 이에 흠순은 사자를 성 밑으로 보내 적장을 불러 만나보기를 청하는 의사를 전했다. 되도록 양측이 인명 피해 없이 일을 마무리 지을 방법을 찾기 위함이었다. 저들이 자신이 청하는 바를 들어주면 그것으로 다행일 뿐, 만일 듣지 않는다 해도 크게 손해날 일은 없었다.

"어리석은 백제의 잔당들아! 어서 고개를 내밀어

보아라."

흠순의 사자가 성 밑으로 다가가 고개를 쳐들고 큰 소리로 외쳤다. 그러자 백제부흥군의 무리들 중 서너 명이 고개를 내밀어 내려다보며 외쳤다.

"웬 놈들이냐?"

"네놈들 눈에는 껍데기가 씌었느냐? 우리는 신라의 대군으로서 너희들을 토벌하기 위해 서라벌에서 이르러 왔느니라."

"흥! 네놈들이 어디에서 이르러 왔는지는 알 수 없으나, 죽으려고 찾아왔다면 즉시 싸움을 시작하면 될 일이지, 웬 사설을 그렇게 길게 늘어놓느냐?"

"이놈아! 똑똑히 들어라. 우리 흠순 장군이 너희들을 멸하기 위해 이곳에 이르렀으나, 인명이 불쌍하고 갸륵하여 함부로 할 수 없다 여기신 나머지 죽거나 상하지 않게 하기 위해서 너희 놈들에게 하실 말씀이 있으시다 하니, 우선 너희 우두머리를 불러오도록 해라."

흠순의 사자가 다시 큰 소리로 외쳤다. 백제의 무리들은 일순 놀란 듯 서로 자기들끼리 얼굴을 마주보더니 말했다.

"잠시 기다려라!"

그리고는 곧 모습을 감추었다. 저희의 우두머리에게 보고를 하려는 모양이었다. 한참 후 다시 나타난 그들이 고개를 내밀었다.

"우리 대장께서도 너희 놈들의 우두머리의 말을 듣겠다고 하시니, 즉시 불러오도록 해라."

사자가 즉시 달려와 흠순에게 일렀다.

"백제 무리의 장군이 말을 듣겠다며 성 밑까지 오시라 합니다."

"알겠다!"

흠순이 말을 마친 후 바로 말 위에 올라 고삐를 당겨 성 밑으로 다가갔다. 그들의 우두머리인 듯싶은 자가 이미 성 위에서 고개를 내밀고 있었다.

이에 흠순이 적장을 보고 소리쳤다.

"내 대왕의 명을 받아 너희들을 소탕하기 위해 이곳에 이르렀다. 당장 군사들에게 명을 내려 단칼에 너희 놈들을 요절내 버리고 싶지만 인간의 도리와 생명의 귀중함이 여실하고, 또한 살육을 벌여 토벌하는 것만이 능사가 아닌 것을 알기에 우선 너희 우두머리를 만나고자 청했다."

흠순의 불 같은 평소 성격에 비하면, 그로서는 지금 아량을 베풀고 있는 셈이었다.

"과연 네 뜻이 무엇인지 말해 보아라."

성 위에 있던 적의 우두머리가 제법 용기 있게 물었다. 수염이 텁수룩하게 나있었으며 눈알이 제법 우락부락하고 반짝거리는 것으로 봐서 힘깨나 써 보였다. 그러나 흠순이라 해서 크게 당황할 것도 없는 일인지라 개의치 않고 자신이 할 말을 마음껏 쏟아냈다.

"너와 내가 서로의 이익과 공과만을 탐한 나머지 군사들에게 싸우라고 명을 내린다면 그 과정에서 수월찮은 인명 피해가 날 것은 불을 보듯이 뻔한 일이다. 그러니 서로 용감한 장수를 한 사람씩 내세워 승부를 겨뤄보는 것이 어떠냐? 이는 서로의 인명을 줄이기 위해 기회를 주는 것이니 어찌 아름다운 일이 아니겠느냐? 너희 장수가 만일 진다면 마땅히 성을 포기하고 순순히 항복해 물러나 목숨을 부지하면 될 것이다. 네 생각은 어떠냐?"

"싸움이란 서로 겨뤄봐야 알 수 있는 것인데, 어찌 우리 장수가 질 것이라고 미리 속단을 내리느냐? 만일 너희의 장수가 진다면 어찌하겠느냐?"

우두머리로 보이는 자가 제법 이치에 맞은 말로 되물었다.

"만일 그렇게 된다면 나 또한 군사를 되돌려 물러갈 것이다."

흠순은 일종의 도박을 하고 있는 셈이었다. 엄중한 왕명을 받아 백제부흥군을 소탕하기 위해 출전한 마당에 만일 잘못되기라도 한다면 큰일이었다. 그러나 서로의 인명 피해를 줄이기 위해서 생각해낸 꾀인지라 서로에게 이익이 될 뿐 손해될 일은 결코 없으리라 생각했다. 잠시 생각하던 적장이 이윽고 입을 열었다.

"네가 한 약조를 과연 어찌 믿을 수 있겠느냐?"

묻는 모양이 마치 손에 쥐고도 믿지 못하겠다는 표정이었다.

"사내대장부의 한마디는 중천금이라 하지 않았느냐. 너나 내가 남자로 이 세상에 태어난 이상, 서로 굳게 한 약조를 지키지 못한다면 어찌 하늘 아래 머리를 두고 살 수 있겠느냐? 차라리 불알을 떼어내 지나가는 강아지가 군것질하도록 팽개치는 것이 옳지 않겠는가? 내 말이 과연 어떠냐?"

"좋다!"

적장이 선뜻 동의해왔다. 잠시 후 성문이 열리더니 젊은 장수 한 명이 긴 창을 거머쥐고 뛰어나왔다.

이에 흠순은 자신이 직접 나가 싸울 마음을 먹고 나아가려 했다.

"제가 저놈을 한칼에 목 베이겠습니다."

뒤에서 선뜻 나서는 자가 있었다. 흠순이 돌아다 보니 수세(數世)였다. 기운이 항우 못지않게 셀뿐만 아니라 고구려 정벌전에 참가하기 위해 평양성으로 나아갈 때는 군관(軍官), 고순(高純) 등과 함께 남천주 총관으로 진발됐던 경험이 풍부한 장수였다. 그는 흠순이 미처 대답하기도 전에 벌써 말을 달려 저만큼 앞으로 내쳐 나갔다. 이윽고 성 밑의 넓은 빈터에서 두 장수의 싸움이 시작됐다.

적장 역시 창을 비켜 들고 수세에게 다가들었다. 이에 수세도 칼을 옆으로 뉘어 상대의 공격을 막았다. 서로의 빈틈을 노리며 치고받기를 거듭하며 어울리기를 몇 번인가 되풀이하니 자연 어지럽게 말들이 엉켜 돌았다.

"받아라!"

적장이 창을 내뻗으며 지르는 고함은 한 마리의 범처럼 날카로웠다.

"내 칼도 막아보아라!"

칼을 비스듬히 눕혀 허점을 파고들며 지르는 수세의

비명 같은 고함은 마치 용이 승천하기 위해 하늘 높이 치솟아 오르며 토하는 괴성과도 같았다. 눈 깜짝할 사이에 이십여 합이 지났다. 창과 칼에서 뿜어져 나온 살기가 어지럽게 휘몰아치니 보는 사람으로 하여금 정신을 미처 차리지 못하게 할 지경이었다. 상대의 빈틈을 노리고 치고 들어가는 것이 날카롭기 짝이 없었으며, 우열을 가리기 힘든 막상막하의 접전이었다.

그때였다. 적장의 창끝이 수세의 가슴을 노리고 무시무시한 힘으로 밀고 들어왔다. 창날을 피해 크게 몸을 뒤튼 수세가 어렵게 위기에서 벗어나면서 적의 목을 교묘히 노리며 검기(劍氣)를 힘차게 내뿜었다. 마치 허공에 매달린 과일처럼 적장의 명이 위태로운 지경에 처하게 됐다. 어느덧 입장이 바뀌어 버린 셈이었다. 그리고는 한 치의 여유도 주지 않겠다는 듯 균형을 잃은 상대의 목을 단칼에 베고 말았다. 눈 한 번 감았다 뜨는 짧은 순간의 일이었다. 전신의 힘을 쏟아 수세를 찔러갔던 적장인지라 마땅히 역공을 피할 방법이 없었던 것이다. 처음에 보는 사람으로 하여금 전율을 느끼게 했던 것에 비하면 참으로 그 결과는 허무하기 짝이 없었다.

"와!"

신라 군사들의 입에서 함성이 터져 나온 것과 대조적으로 백제부흥군의 사기는 그야말로 추풍에 날리는 낙엽과도 같았다. 백제 장수의 목이 마치 수박처럼 땅바닥에 굴러 떨어지자 신라 군사들이 미처 닫히지 않은 성문을 통해 물밀듯이 몰려 들어갔다. 그러자 백제부흥군은 싸울 용기를 잃은 채 분분히 무기를 던지거나 흩어져 달아나기에 바빴다. 싸움이 시작될 때 장수들끼리 나눴던 약조를 엄히 지킨 것에 다름 아니었다.

그렇게 해서 신라 진영은 삽시간에 피아(彼我)의 피해를 줄이고 손쉽게 성을 빼앗았다. 흠순 역시 성 안으로 들어가 군사들을 격려하며 싸움에 이겼음을 선포했다.

그 무렵 당의 이치는 뭔가 눈에 띄는 확연한 조치가 없다면, 기왕에 빼앗은 백제의 땅에서 일고 있는 백성들의 소요를 끝내 잠재울 수 없다고 판단했다. 하고많은 날 백제 잔당들의 공격을 받아 위태로운 것이 웅진도독부요, 날이면 날마다 당의 주둔군으로 남아있는 유인궤(劉仁軌)로부터 위급하다는 서찰이 날아드니 참으로 성가시고 귀찮아서 견딜 수 없었던 것이다. 그러나 머리를 아무리 굴려 봐도 마땅한 묘책이 떠오르지 않았다.

한동안 머리를 싸매고 끙끙 앓고 있는데 때마침 웅진에서 유인궤로부터 품신의 내용을 적은 서찰이 왔다는 전갈이 들렸다. 그는 서둘러 서찰을 살폈다.

신 유인궤, 폐하께 아뢰옵니다.

폐하께서 기필코 고구려를 진멸(盡滅)하고자 하신다면, 결코 백제의 강역을 이대로 버려두시면 아니되옵니다. 작금에 이르러 옛 백제의 모든 땅에서는 왜에서 부여풍이 돌아온다는 소문이 널리 퍼진 나머지 모든 백성들이 나라를 되찾게 될 것이라며 들떠 있사옵고, 북쪽의 고구려 역시 오랫동안 백제와 서로 연합해 있었으므로 자연 크게 힘을 얻을 것이옵니다. 또한 왜인은 바다를 건너 있다 해도 언제 배를 타고 이르러와 폐하의 근심거리가 될지 알 수 없는 일이옵니다. 만일 폐하께서 옛 백제 땅을 방치하신다면 저들이 서로 힘을 합한 나머지 곧 한 나라가 들어서고 말 것입니다. 이미 진압하여 둔전(屯田)을 거두었으니 병사들에게 밭을 갈게 하여 그곳 백성들과 마음을 같이 나누고 덕을 같이 쌓지 않으면 자연 낭패할 일이 생길 것이옵니다. 이미 연로해진 소신으로서는 앞으로 얼마나 더 세상을 살게 될지 알 수 없으나, 만일 이대로 죽는다면 한을 안고 구천을 떠돌게 될 일이 아니고 무엇이겠습니까? 통촉하여 주시옵소서.

간곡하나마 그의 충절을 여실히 엿볼 수 있는 글이었다. 이치는 서찰을 손에 들고 한동안 멍한 표정을 지었다. 자신의 능력으로는 마땅한 해결책이 떠오르지 않았기 때문이다. 그러자 뒤에서 지켜보고 있던 무후(武后)가 입을 열어 물었다.

"폐하께서는 과연 무슨 일로 그처럼 머리를 싸매고 계십니까?"

무후는 목욕을 막 끝내고 나온 듯 젖은 머리를 매만지며 이치에게 물었다.

"짐이 몇 년 전에 소정방을 보내 취한 백제 땅에 대해 잠시 생각하던 중이었소. 백제의 백성들이 무리를 지어 자신들의 사직을 다시 되살리고자 분분히 일어나 끊임없이 소요하고 어지럽히며, 이미 웅진에 주둔시킨 유인궤를 압박해 하루가 멀다 하고 구원을 요청하는 서찰이 끊이지 않으니 참으로 골치가 아프구려."

무후가 대수롭지 않은 듯 말했다.

"참으로 답답하십니다. 그까짓 변방의 일로 폐하께서 그처럼 골치를 썩을 일이 무엇이 있습니까? 정 그러하신다면 이렇게 해보심이 어떠하겠습니까?"

이치가 그 말을 듣고 무릎을 바짝 당겨 앉으며 다급하게 물었다.

"무후께서 좋은 묘책이라도 있으시오?"

"묘책이라 이를 것도 없는 간단한 일이옵니다. 백제에서 끌고 온 의자왕의 아들들은 과연 어디에 쓸 요량입니까? 소첩이 듣기에 태자로 삼았었다는 의자의 장자도 함께 끌고 오지 않았습니까? 차라리 그 자를 보내 웅진을 맡겨 경략(經略)하게 한다면 근심할 일이 무엇이겠습니까?"

무후의 말을 들은 이치는 무릎을 치며 일어섰다.

소정방이 백제에서 끌고 온 의자왕은 당에 들어온 뒤 곧 병이 들고 말았다. 이는 나라를 잃은 데에다 그 과정에서 받았던 치욕과 수모를 마음속으로부터 견디지 못한 탓에 심병(心病)이 난 것에 다름 아니었다. 또한 사직을 그처럼 허무하게 내주고 백제 땅에서 쫓겨간 외로움과 하루아침에 없어진 사직과 백성들 생각에 오장육부가 모조리 새까맣게 타고 재가 된 나머지 잠을 이룰 수 없어 건강이 악화됐기 때문이다. 결국 그는 시름시름 앓다가 몇 개월 만에 이역만리 먼 땅에서 숨을 거두고 말았다. 이에 이치는 의자에게 금자광록대부위위경(金紫光祿大夫衛尉卿)을 추증하고 그와 함께 왔던 백제의 옛 신하들이 그의 시신에 모두 엎드려 조문할 수 있도록 배려를 아끼지 않았다. 그러나 그의 여러 아들들은 아직 건재해 있었으니, 이치는 무릎을 치며 무후의 의견을 따르기로 했다.

"과연 무후의 계책이 신묘한 데가 있소. 짐은 마땅히 무후의 말을 따르겠소."

무후는 이미 이치에게 옆에 없어서는 안 되는 중요한 인물이었다. 비대한 나머지 병약했던 이치는 정무(政務)를 제대로 보살 필 수 없었던바 무후의 손에 의해서 모든 정무가 처결되곤 했던 것이다.

측천무후(則天武后)는 원래 선대 황제인 이세민의 여인이었다. 성은 무(武)요, 이름은 조(照)로 14살에 궁에 들어와 당태종의 후궁이 됐다. 아버지의 병문

안을 하기 위해 황제의 처소에 들렀던 이치는 한눈에 그녀에게 반해버렸다. 그러나 당시엔 선대 황제가 눈을 번히 뜨고 살아 있었기 때문에 차마 손을 쓰지 못했다. 정관 22년(649년) 이윽고 이세민이 세상을 떠나자 보위에 오른 이치는, 우선 그녀를 감업사(感業寺)라는 절간에 보내 머리를 깎고 여승이 되도록 함으로써 일단 속세와의 인연을 끊게 하는 절차를 거치게 했다. 그런 과정을 거친다고 해서 선대의 후궁이었다는 사실을 지울 수는 없는 일이었지만 세간의 눈을 의식해 그런 식으로나마 편법을 동원한 것이었다. 그리고 마침내 궁으로 데려와 자신의 후궁으로 삼아 소의(昭儀)의 자리에 올렸다.

궁에 들어온 그녀는 당시 이치의 총애를 받고 있던 소숙비(蕭淑妃)와 왕(王)황후를 차례로 제거하고 32세 되던 해 마침내 황후의 자리에까지 오를 수 있었다. 그러나 그녀의 독수(毒手)는 거기서 끝나지 않았다. 이미 제거된 소숙비와 왕황후를 가차없이 죽여버렸는데 그 방법이 잔인하기가 말할 수 없었다. 우선 두 여인에게 곤장 100대씩을 치도록 한 후 다리를 잘라버린 다음 그래도 성이 풀리지 않아 산 채로 술항아리에 담가 죽음에 이르도록 하고 말았다. 후일 그녀는 이치가 죽은 후 자신이 직접 황제에 올랐으며, 또한 태자를 골라 보위를 물려주는 등 전권을 거머쥐었다.

이치는 즉시 부여융을 불러들이도록 했다.

다음날 부복한 부여융을 내려다보며 그가 말했다.

"그대는 본국 땅으로 돌아가고 싶은 생각이 없는가?"

이치가 다짜고짜 그에게 물었다.

"소신에게 어찌하여 그와 같은 생각이 없겠나이까? 다만, 사직이 결딴나고 돌아갈 산천이 없어졌기로, 마음은 태산 같으나 마땅히 이룰 방법이 없을 뿐이옵니다."

부여융이 대답했다. 이에 이치가 한동안 말없이 앉아 있다가 이내 입을 열었다.

"허면 짐이 그대를 본국으로 보내줄 터인즉, 돌아가거든 백제의 유민들을 거두어 덕으로 다스리며 반드시 당나라 사직을 지키고 정삭(正朔)과 묘휘(廟諱)를 널리 받들도록 하라. 아울러 신라왕을 만나 서로에게 쌓인 해묵은 원한을 풀고 사이좋게 지내도록 해야 할 것이다. 이는 그대의 처지를 불쌍히 여긴 나머지 특별히 은전을 베푸는 것이니 짐의 뜻을 저버리는 일이 없도록 하라."

이치가 마치 커다란 선심이나 쓰듯 말했다.

부여융으로서는 이치의 갑작스런 선심을 감지덕지할 수밖에 없었다. 무슨 연유인지 내막은 정확히 알 수 없으나 이치가 내려 주는 벼슬이 없다 해도 꿈에 그리던 고국의 산천으로 돌아가고 싶은 마음이 굴뚝같았는데, 하물며 벼슬까지 내려주며 고국으로 돌아가라 하니 마다할 까닭이 없었다. 일단 백제 땅으로 돌아가고 난 연후에 시일을 두고 마음을 쓴다면 이미 무너져버린 사직이나마 다시 일으켜 세울 기회가 오지 않으리란 법도 없을 것이라 생각했다.

"황제께서 불초한 신에게 기회를 주신다면 폐하의 기대에 부응해 결코 은혜를 저버리는 일이 없을 것이옵니다. 부디, 선처를 베풀어 황은(皇恩)이 만대에 길이 빛날 수 있도록 도와주신다면 견마지심(犬馬之心)을 모두 받쳐 황제의 뜻에 그릇됨이 없도록 힘을 기울이겠나이다."

부여융의 말에 이치는 크게 기뻐하며 즉석에서 융을 웅진도독으로 삼고 백제 땅에 이르는 즉시 유인궤로부터 전권을 위임받도록 조치를 취해주었다. 아울러 우위위장군 손인사(孫仁師)에게 군사 5천을 주어 융의 귀국 길을 호위하도록 했다.

위기의 고구려

서라벌에 지진이 일어났다.

땅이 크게 흔들렸으며 집들이 부서지고 백성들이 놀란 나머지 집 밖으로 뛰쳐나오는 소동이 벌어졌을 뿐만 아니라 기르던 가축들이 우리를 박차고 뛰쳐나와 소와 말을 붙잡기 위해 한동안 사람들이 애를 먹었다.

법민 역시 침전에서 잠을 자다가 집과 몸이 동시에 흔들려 크게 놀랐다.

"백성들의 인명이 피해를 보거나 다치지는 않았소?"

법민이 중시에게 물었다. 지진으로 인해 선량한 백성들이 혹시 잘못되는 일이 없는지 진복(眞福)에게 물었던 것이다. 앞서 법민은 중시 문훈이 나이가 많아져서 중책을 맡을 수 없노라며 극구 고사(固辭)해 이찬 진복을 중시로 임명했었다.

“도성 남쪽의 민가에서 노파가 하나 놀라 죽었는데 주위 사람들이 말하기를 늙고 병이 들어 죽을 날만 기다리는 처지였다고 하옵니다.”

중시의 말인즉슨, 죽은 노파가 병이 깊었던 나머지 죽을 날을 헤아리고 있었다는 얘기에 다름 아니었다.

“그 외에 다른 피해는 없었다는 말이오?”

“더러는 놀라기도 하고, 더러는 길바닥까지 뛰어나오기도 했지만 백성들에게 큰 피해는 없었다고 합니다.”

법민의 되물음에 중시가 대답했다.

“그만하기가 큰 다행이오.”

법민은 안도의 한숨을 쉬었다.

4월에는 영묘사에 불이 났다.

한편, 천존의 아들 한림(漢林)과 유신의 아들 삼광(三光)은 서로 같은 또래로 나마(奈麻) 벼슬을 받아 조정에 나와있었는데 나란히 당나라에 들어가 숙위(宿衛)하기를 원했다. 이에 법민은 두 사람을 함께 불러 격려하고 먼 길을 여행하는데 불편이 없도록 보살펴주었다.

법민은 그때 이미 백제를 평정하였으므로 고구려를 치고자 해 다시 당나라에 군사를 요청한 뒤 기다리고 있었다. 지난해 당 황제의 요구를 받아들여 부여융과 서로 회맹(會盟)을 맺은 일도 있었기 때문에 당나라와의 관계가 별로 나쁘지 않은 지금이 큰일을 도모하기에 적합하다고 생각했던 것이다. 치욕을 무릅쓰면서까지 당의 요구를 받아 부여융과 화친을 맺었으니, 이쪽의 거병(擧兵) 요구도 당이 받아주지 않겠는가? 하는 계산도 있었다. 그러나 당으로부터 아무런 소식이 없었다.

법민은 자연 이치의 속셈이 궁금해졌다. 이치의 선대 황제인 태종이 고구려의 연개소문에게 치욕적인 패전을 당한 나머지 고생 끝에 쫓겨간 일이 아직 뇌리에 생생하게 남아있을 뿐만 아니라 임술년(662년)에는 이치의 명을 받은 장수 방효태(龐孝泰)가 수군과 육군 십삼만여 명을 이끌고 연개소문과 사수(蛇水) 어름에서 싸워 몰살당한 일도 있었다. 당시 방효태는 물론 그의 아들 열 세 명도 살아 돌아가지 못할 정도로 참패를 당했다. 그러나 마름쇠라 해도 마땅히 먹을 것이 아니라는 걸 뻔히 알면서도 우선 집어삼키고 볼 위인이 바로 이치인지라, 법민은 자신이 언질만 주어도 스스로 군사를 일으켜 고구려를 칠 것으로 예상했지만 뜻밖에도 지금까지 종무소식이었다. 이에 법민은 이치가 과연 고구려에게 된통 혼쭐이 나기는 난 모양이라며 기회를 엿보았다. 그러나 희소식은 전혀 생각지도 않는 방향에서 들려왔다.

"대왕 전하, 지난 5월 초에 고구려 연개소문이 병사했다는 소식이옵니다."

중시 진복이 전하는 소식을 듣고 법민은 깜짝 놀랐다.

"그게 진정이란 말이오?"

법민은 다시 확인하는 것을 마다하지 않았다.

"그러하옵니다, 대왕 전하."

이에 법민은 한동안 여러 가지 생각을 동시에 할 수밖에 없었다. 워낙 술수가 많고 계책 또한 무궁무진한 여우가 바로 고구려의 연개소문인지라 계략과 술책을 부리기 위해 소문만 그런 식으로 퍼뜨렸는지도 알 수 없었던 것이다.

"연개소문은 선왕께서 고구려에 찾아가 백제를 치기 위한 구원병을 요청했을 때, 아버님을 핍박해 이미 우리 신라와는 구원(舊怨)을 쌓은 바 있소. 이제 그가 죽었다니, 지하에 계신 선왕께서도 편안한 마음으로 눈을 감으시겠소."

법민은 돌아가신 선왕께서 살아 계실 당시 고구려로 청병(請兵)하기 위해 들어가셔서, 그로부터 받았던 치욕을 전해 들어 알고 있었기 때문에 그가 죽었다는 얘기에 온갖 감회가 스쳤다. 무자비한 정변을 일으켜 고구려를 손아귀에 쥐고 25년 동안이나 군림하던 개소문이, 신라는 물론이고 당의 이치까지도 함부로 넘볼 수 없었던 노회(老獪)하기 짝이 없는 그가 죽었다니……. 법민으로서는 무거운 짐을 내려놓은 듯 마음까지 홀가분해질 지경이었다.

"소신도 선대의 무열왕께서 그에게 당하셨던 굴욕을 잘 알고 있사옵니다."

중시 진복도 법민의 심사를 헤아렸는지 처연하게 말했다.

"허면 고구려의 장래는 과연 어찌 되는 것인가?"

법민은 향후 고구려의 형편과 형세가 어찌 될 것인지 궁금하기 짝이 없었다. 고구려의 보장왕은 원래 허수아비였을 뿐, 실권은 지금까지 연개소문이 쥐고 있었기 때문이다. 그처럼 무소불위(無所不爲)의 권력을 독차지하고 있던 개소문이 갑자기 죽었으니, 과연 앞으로 저들의 일이 어찌 될 것인지 법민으로서도 예측할 수 없었던 것이다.

"개소문의 세 아들들의 손에 고구려의 실권이 넘어갔다고 하옵니다."

진복이 대답하자, 법민은 개소문이 사라진 이후의 주변 정세가 한층 더 궁금해졌다.

"그렇다면 앞으로 우리는 어찌 대처를 해야 한단 말이오?"

"개소문의 장남 연남생(淵男生)이란 자는 삼군대장군과 태막리지 벼슬을 계승했고, 차남 남건(男建)과 삼남 남산(男產)도 아비가 살아있을 때와 마찬가지로 벼슬들을 나눠 가졌다고 하옵니다. 그들 삼 형제가 서로 고구려의 높은 벼슬에 앉아 있다는 것은 여전히 고구려의 실권이 그들에게 있음을 뜻하겠나이다."

"흠! 과연 그렇다는 것인가?"

중시의 설명에 법민은 담담한 채 깊은 생각에 잠겼다. 연개소문이 죽었다고는 하지만 그 사실을 전적으로 믿을 수 없을 뿐만 아니라 그의 아들 삼 형제가 권력을 넘겨받은 것은 그가 살아있을 때와 마찬가지라는 말에, 법민은 나름대로 과연 득이 될 것인지 해가 될 것인지 곰곰이 따져보았던 것이다.

"하오나 대왕 전하."

"말해보시오."

"고구려의 삼군대장군과 태막리지 벼슬을 차지한 남생이 지방 순시에 나섰는데 그 사이에 어떤 자가 그들 형제 사이를 이간질했다 하옵니다."

"그들 형제를 서로 이간질했단 말씀이오?"

법민은 깜짝 놀라 반문했다. 뜻밖의 소식이었기 때문이다.

"그러하옵니다."

"그 어떤 자가 과연 누구란 말씀이오?"

"소신이 짐작해 보건대, 아마도 당나라의 첩자가 아닌가 하옵니다."

중시의 말에 법민이 무릎을 치며 말했다.

"과연 중시의 짐작이 맞을 듯싶소. 헌데 무엇이라 이간질을 했단 말이오?"

"그자가 남건과 남산에게 "남생은 두 아우가 자신의 자리를 빼앗을까 두려워하며 처치하려 하니, 그대들이 먼저 도모해 명을 부지하는 것이 좋을 듯합니다."라고 했다는 것이옵니다."

"흠! 그래서?"

법민이 궁금한 듯 재차 물었다. 표정마저 상기된 채 일의 결과가 어찌 될지 주목하는 것이 역력했다.

“처음에 두 형제는 그 말을 믿지 않았다 하옵니다. 그래서 이번에는 그자가 남생에게 접근해 두 아우를 모략했다고 하옵니다.”

“어찌 모략했다는 것이오?”

“그가 말하기를 “태막리지의 두 아우들은 형이 돌아오면 자신들의 권세를 빼앗을까 두려워한 나머지, 이미 형에게 대항하려는 마음을 먹고 조정에 돌아오지 못하게 하려고 할 뿐만 아니라 만일 돌아온다면 처치해 없애려고 기다리고 있습니다.”라고 말했다 하옵니다. 이에 남생은 처음에는 개소문이 죽으면서 아들들에게 당부한 유언을 들어 믿지 않았으나, 그자가 거듭해서 동생들을 모함하자 자신의 심복을 평양성으로 보내 두 아우의 동정을 살피게 하였다 하옵니다.”

“그래서?”

법민이 급하게 물었다. 일의 귀추(歸趨)가 과연 어찌 돼 가는지 점점 흥미가 간다는 표정이 역력했다.

“일이 꼬이느라 남생이 보낸 심복이 동정을 살피기도 전에 그만 그 아우들에게 붙잡히게 됐다 하옵니다. 이에 남생의 심복을 고문한 결과, 자신의 형이 보낸 염탐꾼이라는 것을 알게 된 남건과 남산은 결국 이간질에 넘어가 왕명을 빙자해 남생을 평양성으로 불러들였다 하옵니다.”

“친형제 간에 그런 일이 생기다니, 저런 괴이한 일이 있나.”

“남생은 두려움을 느낀 나머지 감히 평양성으로 돌아오지 못하고 있었는데, 남건이 형의 어린 큰아들 헌충(獻忠)을 잡아 죽이고, 스스로 막리지에 올라 남생을 토벌하려고 했다 하옵니다. 곤경에 빠진 남생은 요동의 국내성(國內城)으로 달아나 그곳에 웅거하면서 아직 어린 작은아들 헌성(獻城)을 당에 보내 구원을 요청하였다 하옵니다.”

“그렇다면 연개소문이 이미 죽었을 뿐만 아니라 그의 아들들의 자중지란으로 고구려의 형세가 저리 궁색하니, 이 기회를 이용해 고구려를 토벌하는 것이 좋겠소. 차제에 당에 사신을 보내 군사를 다시 요청해야겠소.”

법민은 다시 기회가 왔다고 생각했다. 비록 오랜 적국(敵國)이었지만, 남의 나라의 상신(上臣)이 죽은 일을 기회로 군사들을 동원해 침범하는 것이 께름칙하긴 했지만 한편으로는 절호의 기회를 앉아서 바라보고만 있을 수는 없었다.

"고구려는 백제와 마찬가지로 참으로 오랜 세월에 걸쳐 우리를 괴롭혀온 숙적이옵니다. 대왕 전하께서 저들을 도모하려는 처사는 오랜 숙원이기에 지극히 지당하다 생각하옵니다."

여러 신하들이 모두 찬성해 마지않았다.

"즉시, 고구려의 일을 당나라에 상세히 알리고 군사를 요청하는 서찰을 만들어 사신을 보내도록 하시오."

신라 조정은 즉시 글을 닦아 당나라에 사신을 보내기로 결정했다. 또한 법민은 광길을 불러 은밀하게 또 다른 명을 내렸다.

"지금 고구려의 연개소문이 죽었다는 소문이 있는데, 과인으로서는 그 소문을 믿을 수 없다. 개소문으로 말하면, 노회하고 술수가 많은 위인이니 무슨 꿍꿍이가 있는지도 모른다. 너는 즉시 사람을 풀어 그 소문의 진위를 철저히 파악한 후 내게 알리도록 하라."

"명을 따르겠나이다."

광길은 즉시 첩자를 고구려로 보냈다. 며칠 후 첩자가 돌아왔다.

"고구려에 스며들어 알아본 바에 따르면, 연개소문이 죽어서 장례를 치렀다는 소문도 있으며, 배를 타고 왜국으로 건너갔다는 소문도 돌고 있었습니다. 또한 왜국이 아니고 북쪽의 돌궐 땅으로 유람을 떠난 나머지 광활한 북쪽 영토를 배회한다는 풍문 등도 있었사옵니다. 그러나 고구려 땅에 그가 존재하지 않는 것은 분명한 사실로 보입니다. 하오나 개소문의 행방이 어느 곳을 향해 있다는 얘기는 끝내 확인할 길이 없었사옵니다."

법민은 첩자의 말을 듣기만 할 뿐 아무 말이 없었다.

'개소문의 신상에 변고가 생긴 것이 틀림없다. 허나 진실이 과연 무엇인지는 조금 더 시일이 흐른 후에나 밝혀질 일이다.'

다시 시일이 흘렀다.

당의 이치는 고구려의 개소문이 갑자기 사라진 일과 그의 아들들이 서로를 의심해 골육상잔(骨肉相殘)의 참혹한 지경에 빠진 나머지 형제의 우애까지 헌신짝처럼 내던진 채 서로 싸우는 일의 내막을 자세히 알고 있었다. 이에 신라로부터 군사를 일으켜 달라는 요구를 받자, 그렇지 않아도 철천지원수처럼 여기던 고구려였는지라 한시도 참을 수 없었다. 더구나 남생이 안시성(安市城)으로 달아났다가 그도 여의치 않자 아예 당나라에 직접 구원을 요청하기에 이르렀다. 이에 이치는 과거 남생과 크게 겨루었던 장군 설필하력(契苾何力)에게 군사를 거느리고 나아가 맞아들이게 했고 남생은 그의 도움으로 무사히 당에 들어가 몸을 보존할 수 있었다.

이치는 즉시 남생을 요동도독(遼東都督)겸 평양도안무대사(平壤道安撫大使)로 책봉함으로써 웅진도독부와 같은 괴뢰(傀儡)정권을 고구려에 세우겠다는 뜻을 분명히 드러냈다

섣달에 들어서자, 당은 노장 이적을 대총관으로 삼고, 학처준(郝處俊), 방동선(龐同善), 곽대봉(郭待封), 고간(高侃) 등을 총관으로 삼은 뒤 별도로 설인귀(薛仁貴)를 좌무위장군으로 삼아 대군의 뒤를 받쳐주도록 하고는 그들을 요동으로 급파했다.

"대왕 전하께 아뢰옵니다."

중시가 입을 열었다.

"무슨 일이오?"

"당의 황제가 노장(老將) 이적(李勣)을 요동도행군대총관(遼東道行軍 大摠管)으로 삼고, 학처준을 부장(副將)으로 삼아 고구려를 멸하기 위해 원정군(遠征軍)

을 크게 일으켰다 하옵니다."

"그게 정말이오?"

법민이 중시의 말에 깜짝 놀라 되물었다.

"그러하옵니다."

"이적이라 하면 이세적(李世勣)이라는 노장을 이르는 것이 아니오?"

이적은 원래 본명이 이세적이었으나 당의 태종 이세민(李世民)과 같은 세(世) 자를 쓴다 하여 이름을 고친 장수였다.

"그러하옵니다."

"비로소 당에서 크게 군사를 일으켰다 하니 참으로 잘된 일이오."

다시 며칠이 흘렀다.

"대왕 전하, 기뻐하소서."

진복이 만면에 환한 웃음을 지으며 아뢰었다.

"어인 일이오?"

법민은 영문을 알 수 없어 되묻지 않을 수 없었다.

"고구려 연개소문의 동생인 연정토(淵靜土)라는 자가 대왕께 친견(親見)을 허락받기를 원하며 찾아왔나이다."

"연정토라고?"

법민이 깜짝 놀라 되물었다. 고구려에서 사신도 아니고 연개소문의 동생이 찾아왔다니 믿을 수 없었던 것이다.

"그러하옵니다."

"고구려에 있어야 할 자가 어찌 여기까지 이르러 왔다는 말이오?"

법민은 연정토가 제 발로 찾아왔다는 사실이 믿어지지 않았다.

"그뿐만이 아니옵니다. 많은 벼슬아치들과 백성들까지 이끌고 왔으며 또한 고구려의 12개 성을 신라에 바치며, 대왕 전하께 항복을 청해왔나이다."

"무엇이?"

법민은 깜짝 놀랐다.

연개소문이 흔적없이 사라진데다 그 아들들끼리 싸우며 혼란을 겪고 있는 와중에, 이번에는 그 동생이란 자가 성과 백성들을 데리고 함께 투항해 왔으니 그야말로 깜짝 놀랄 일이었다.

"즉시 들라 이르시오."

이윽고 중시가 밖에 기별을 하자, 과연 한 사람이 들어오는데, 자세히 살펴보니 아버지에게서 들었던 개소문의 얼굴과 많이 닮아 있었다. 굳이 아버지의 말과 다른 점을 찾는다면 체구가 개소문보다 조금 더 커 보일 뿐이었다.

연정토가 엎드려 절을 올리고 말했다.

"삼가 대왕 전하를 뵙게 된 영광을 어찌 말로 다 할 수 있겠사옵니까?"

"먼 길 오시느라 수고가 많으셨소. 헌데 어찌하여 이처럼 어려운 걸음을 하시게 되셨소?"

법민이 사연을 자세히 알아보기 위해 그에게 물었다.

"소인의 장형(長兄)인 연개소문이 살아 있었을 때 소신은 막리지 벼슬에 있었사옵니다. 하오나 형님이 그처럼 갑자기 망명(亡命)하고 난 후 조카들의 권력 다툼에 의한 내분에 심히 실망을 느낀 나머지, 차라리 대왕께 몸을 의탁하는 것이 나을 듯싶어, 이처럼 백성들과 성을 아울러 바치나이다. 부디, 대왕 전하께서 보살펴 주십시오."

법민은 비로소 그의 뜻을 대강 이해할 수 있었다. 그가 망명이라고 표현한 것은 개소문이 살아 있으되 고구려 영토 안에 없으므로 죽은 것이나 마찬가지라는 것이었다.

"그렇다면 그대의 장형께서는 과연 어찌 되셨다는 것이오?"

법민은 연정토에게 개소문의 소식을 단도직입으로 물었다. 그러나 이어지는 그의 대답은 의혹을 시원스레 해소해주지 못했다.

"소인의 형에게 무슨 일이 있었는지는 소인도 모르는 일이옵니다. 왜국으로 건너가지 않았을까 하는 막연한 짐작만 하고 있사옵니다."

"허면 더불어 같이 온 백성들도 막리지를 따라 고구려를 버리고 신라로 오는 것을 모두들 찬성하셨소?"

법민은 그가 백성들을 어떻게 설득해 이처럼 한데 뭉쳐 신라 땅으로 들어오게 됐는지 묻지 않을 수 없었다. 혹시 반대하는 사람까지 함께 아우른 후 강제로 끌고 왔다면 그것 또한 난처한 일이 아닐 수 없었기 때문이다.

"소인과 더불어 온 벼슬아치들은 모두 소인을 따르는 성의 성주나 관리들이옵니다. 따라서 오기 싫어하는 백성들은 제각기 살 길을 찾으라며 남겨 두거나 흩어 보냈습니다. 소인을 따르며 신라로 오는 것을 찬성하는 백성들만을 데리고 여기에 이른 것이옵니다. 대왕께오서는 과히 걱정하시지 않아도 될 것이옵니다."

그러자 법민이 비로소 안도의 한숨을 내쉬며 말했다.

"참으로 잘 오시었소."

법민은 비로소 기쁨을 감추지 않았다.

연정토가 이끌고 온 벼슬아치는 모두 24명에, 백성 3,500명, 그리고 12개의 북쪽 성을 바쳤다.

법민은 즉시 연정토와 그의 부하들에게 의복과 식량, 집을 나누어주고, 서라벌 및 주부(州府)에 나누어 살도록 했다. 그리고 그가 바친 성(城)들이 온전한지 알아보게 한 뒤 군사들을 보내 국경으로 삼아 지키게 했다.

연개소문

이적이 이끄는 당나라 대군이 요하를 건너 고구려를 침공했다.

"대총관 이적이 고구려 서쪽에 있는 신성(新城: 만주 무순(撫順))을 공격해 항복을 받았다 하옵니다. 더구나 그 일대의 16개 성도 싸움 한 번 하지 않은 채 모두 당에 항복했다 하옵니다."

"고구려군의 저항이 전혀 없었단 말인가?"

법민이 중시가 아뢰는 말을 듣고 물었다. 설마 그처럼 쉽게 고구려 북방의 성들이 무너지리라고는 미처 생각지 못했기 때문이다.

"한때 당나라 총관인 고간(高侃) 장군의 부대에 고구려 군사들이 공격을 가해 성공한 것을 기화로 승세를 타고 추격했으나, 좌무위장군 설인귀(薛仁貴) 부대의 측면 공격을 받아 오히려 5만여 명이나 되는 전사자를 냈다고 하옵니다.”

“우리 신라 군사들은 어찌 되었소?”

법민은 오직 그것만이 궁금할 뿐이었다. 이미 당을 돕기 위해 일부의 병력이 평양성으로 진군해 있었다. 만일 잘못되는 날에는 백성과 군사들의 살고 죽음뿐 아니라 그 과정에서의 신산(辛酸)과 고생 또한 막심할 것이었다. 그러니 그까짓 당나라 군사들의 전황에 관한 소식보다 자신이 보낸 군사들의 안위가 더욱 신경이 쓰였던 것이다.

“우리 군사들도 평양으로 가는 길을 뚫기 위해 임진강의 요새인 칠중성(七重城: 경기도 파주시 적성면)을 공파하고 장새까지 북진을 하고 있사옵니다.”

진복이 전하는 바에 따르면, 다행히 신라 군사들이 싸움에서 패했거나 고구려 군사들을 만나 쫓기는 등의 불행한 일은 일어나지 않았다.

“장새라 하면 황해도 땅이 아닌가?”

“그러하옵니다.”

“허면 평양성에 거의 이르렀다는 얘기 아닌가?”

“그뿐만이 아니옵니다. 전하의 실제(實弟)이신 김인태(金仁泰) 장군의 부대 역시 고구려의 여러 성을 빼앗으며 비열도(卑列道: 함경남도 안변)까지 진출했다는 보고가 올라왔나이다."

법민의 되물음에 중시가 대답했다.

"다행스런 일이로다."

"당의 황제가 유인원과 인태 장군에게 각각 군사를 이끌고 비열도(卑列道)를 따라 평양으로 진격하도록 명령을 내렸으니, 우리 신라에서도 다시 군사를 일으켜 다곡(多谷)과 해곡(海谷) 두 길을 따라 진격해 평양성에서 합류하도록 하심이 묘책인 줄 아뢰옵니다."

중시가 말했다.

"그것이 좋겠소."

법민 역시 동의하면서 말했다.

8월이 되자 법민은 대각간 김유신을 비롯해 수하의 장군 30여 명을 총동원해 거느린 채 서라벌을 출발했다. 지난번에 이미 출정할 장수들을 정해두었기 때문에 북진을 하는 데는 차질이 없었다.

한 달 후 법민이 거느린 부대는 한성정(漢城停)에 도착해 영공(英公) 이적의 소식을 기다리며 군사들을 쉬게 했다. 이적이 이끌어 오는 당의 대군과 합세하기 위해서였다. 당이 비록 대군을 일으켜 고구려와

전면전을 벌이고는 있지만 선불리 그 싸움에 끼어들어 위험을 자초할 필요는 없다고 법민은 생각했다.

10월 초에 이르러서야 이적이 평양성 북쪽 이백여리 지경에 도착했다는 기별을 받았다. 이에 법민은 부근의 지형을 잘 알고 있는 촌주(村主) 대나마 강심(江深)을 선발로 보냈다. 그는 거란의 기병 80여 명을 이끌고 내려오는 길에 아진함성(阿珍含城)을 거친 후 한성에 이르러 법민에게 이적의 서찰을 전해주었다.

"영공은 과연 언제쯤 평양성을 공격할 것이라 이르던가?"

서찰을 받은 법민이 강심에게 물었다.

"영공께서는 동짓달 초순까지 기다렸다가 신라의 대군이 이르면 그때에 이르러 평양성 공략에 나설 것이라 하였나이다."

"동짓달 초순이라……."

법민은 그의 말을 듣고 천천히 고개를 끄덕였다. 시일이 흐를수록 더욱 매서운 추위가 닥칠 것이기 때문에 그로서는 자연 많은 군사들의 수고로움을 걱정하지 않을 수 없었다.

"우리 군사들도 움직여 점차 북쪽으로 나아가는 것이 옳을 듯싶습니다."

법민이 옆에 있던 대장군 유신을 보며 말했다.

"시일상으로는 아직 시간이 있사오니, 대왕 전하께서는 크게 심려치 마십시오."

유신이 법민의 근심스러운 마음을 안심시켜주었다. 그리고 다음날 전군에 명을 내려 북쪽으로 진군해 올라갔다. 그러나 북쪽으로 나아갈수록 혹독해진 추위에 떨 수밖에 없었다. 시기상으로 한겨울로 접어들었으니 당연한 일이었다. 얼어붙은 땅을 파고 한데서 야숙(野宿)을 해야 하는 군사들의 고생은 이루 형용할 수 없었다. 모진 추위와 싸우며 섣달 열하루에 장새(獐塞)에 이르렀을 때 이적이 이끄는 당의 군사들이 회군하여 돌아가는 길이라는 소식이 들려왔다. 그 역시 겨울 작전의 무모함과 무리하게 싸움을 자청한 결과에 따른 병력 손실을 우려한 나머지 회군을 결정한 것이다.

한편으로는 낭보(朗報)였다. 모진 추위를 무릅쓰며 적군을 맞아 싸운다는 점에서, 직접 싸움에 임해야 할 군사들의 어려움은 능히 짐작하고도 남았다.

"우리의 군사들도 즉시 회군하는 것이 옳을 듯싶사옵니다."

유신이 법민에게 아뢰었다.

"역시 그 방법 외엔 없겠지요?"

유신의 청을 받아들인 법민은 서라벌로 돌아가기로 결정했다.

법민은 여러 날에 걸쳐 추위를 무릅쓰고 서라벌로 돌아왔다. 그러자 중시가 왜국에서 이르러 왔다는 어떤 자가 대왕 전하를 몹시 기다리고 있다며, 즉시 그를 만나보도록 아뢰었다.

"그가 과연 누구란 말이오?"

"함부로 발설할 수 없는 지엄한 명을 받고 온 자라 하면서도 종내 자신의 신분을 밝히지 않은 채, 오직 대왕 전하를 뵙고 말씀드리면 자연 알게 될 것이라며, 여러 날 동안 기다리고 있었사옵니다."

이에 법민이 즉시 그를 불러오도록 했다. 그러나 생면부지의 사람인지라 그를 향해 묻지 않을 수 없었다.

"그대는 과연 누구인가?"

"소인은 어떤 분의 부탁으로 왜에서 이르러 왔나이다. 하오나 소인을 보내신 분의 이름을 감히 밝힐 수 없는 사정이 또한 있사오니, 하문하지 마시고 이 서찰을 읽어 주시면 고맙겠사옵니다."

"허면, 네가 왜에서 이르러 온 것은 틀림없으나 이 서찰이 왜의 조정에서 보낸 국서는 아니란 말이냐?"

법민이 되물었다.

"그러하옵니다, 대왕 전하. 다만 소인은 저의 주인이 시키는 대로 할 뿐이오니, 가납하시고 제가 올려드리는 서찰을 취하여 주시옵소서."

알 수 없는 소리만 할 뿐이었다.

"네 이놈! 네놈의 목이 떨어져도 너를 보낸 자의 이름을 밝힐 수 없단 말이냐?"

법민은 짐짓 그자를 향해 엄포를 놓았다.

"소인은 오직 그분이 일러준 대로 전하께 아뢸 뿐이며 목숨 따위는 관심이 없사옵니다."

한사코 신원을 밝히기를 거부하는 모양이 주인에 대한 충성으로 목숨 따위는 안중에도 없는 듯했다. 왜에서 건너온 자가 신라의 조정에 들어 저처럼 뚜렷한 신의와 목적을 드러내 보인다는 것은 드문 일이었기에 법민은 할 수 없이 서찰을 취할 수밖에 없었다. 이윽고 그가 엎드린 채 품에서 서찰 한 통을 꺼냈다. 여러 날 품속에 간직한 탓인지 구겨지고 땀에 절어찌든 나머지 겉봉이 마치 걸레와 같았다. 얼마나 소중히 서찰을 간직했는지 충분히 짐작하고도 남음이 있었다. 법민은 갑옷도 미처 벗지 않은 채 서둘러 서찰을 뜯었다. '신라국 대왕 전하 친견'이라고 적힌 것으로 봐서 극비를 요할 뿐만 아니라 긴급한 내용인 듯했다.

법민은 주위를 물리친 후 용상에 홀로 앉아 서찰을 읽기 시작했다.

신라왕 법민 전하께 올립니다.

소생의 처지가 워낙 다급해 전하의 안부를 미처 헤아리지 못하고 즉시 아뢰옵니다. 오늘에 이르러 불초 소생의 신변이 크게 급박할 뿐만 아니라 이쪽 왜 나라의 내부 정세가 매우 막중하게 돌아가고 있사옵고, 또한 이러한 지경에 이르러 오랫동안 미루고 준비해왔던 거사를 이루려 함에 긴히 여쭐 사안이 있기에 졸필을 들었사옵니다. 무례하게도 전하께 감히 이런 시각을 다투는 긴급한 일을 부탁드리는 것은 앞으로 전개될 왜와 신라 두 나라의 관계를 널리 미루어 살펴보건대, 필요할 땐 서로 도와 국난을 헤쳐나감과 동시에 어려운 난관이 봉착했을 땐 상부상조한 나머지, 서로에게 적시에 도움을 주기 위한 마땅한 통로를 확보하고 싶은 뜻도 기꺼이 포함돼 있음을 살펴 헤아려 주시기 바랍니다. 다름 아니옵고, 이 나라의 중대형천황(中大兄天皇: 천지천황)이 기거하는 난파(難波: 나니와, 오사카의 옛 이름)의 궁성에는 신대(神代)의 영웅 스사노오가 어렵게 구해 얻어 보관하고 있는 초치검(草薙劍)이 존재하고 있으며, 저들이 왕을 상징하는 신물(神物)로 그 가치를 매우 높이 여김으로써 철저한 경계 아래 엄중히 관리하고 있사옵니다.

대왕께 감히 계상재배(稽顙再拜) 하옵건대, 부디 천황의 상징인 그 검을 취하여 보관하셨다가 후일 소인의 거사가 성공한 뒤에 전해주신다면 그 은혜를 갚음에 있어서 하늘의 해와 달의 존재를 두고 맹세하겠사옵니다. 물론 그 일이 매우 지난할 뿐만 아니라 번거롭기 짝이 없는 일인 줄은 잘 알고 있지만, 그 검이 왜의 천황을 상징하는 유일한 보물인 동시에 그 검을 취한 자가 바로 마땅히 이 땅의 천황으로서 만백성은 물론 수많은 벼슬아치들에게 인정을 받고 있으므로, 소생의 무리들에게도 필히 확보해야 할 필요가 있습니다. 부디, 그 초치검을 구할 방법을 대왕 전하께서 강구해 주시길 간곡히 부탁드리는 바입니다.

— 대해인(大海人)

서찰의 마지막 부분에 글을 쓴 자의 이름이 간단하게 나타나 있을 뿐, 그가 누구인지 살필 근거조차 없었다. 서찰은 장문(長文)은 아니었으나 내용에 있어서는 결코 헛되이 취급할 수 없는 엄중함이 내재돼 있었다.

법민은 우선 서찰을 전해준 자를 서둘러 영객부로 보낸 후 깊은 생각에 빠져들었다. 서찰의 내용도 물론 엄청난 내용이었지만 대해인이라고 짧게 밝힌 당사자의 이름에서 막연한 긴장감이 느껴진 탓이었다.

'대해인이란 과연 누구를 말하는 것인가?'

'신라의 왕인 내게 이처럼 무례한 서찰 한 장을 달랑 보낼 수 있는 인물은 과연 어떤 자인가?'

법민은 서찰을 손에 든 채 생각에 생각을 거듭했다. 그러나 당장 떠오르는 인물이 없었다. 더구나 바다 건너 멀리 떨어진 왜 나라 왕실의 보물 중의 보물이며, 저들의 천황을 상징하는 초치검을 훔쳐내 보관했다가 자신의 거사가 성공한 연후에 전해달라는 부탁을 할 수 있는 두둑한 배짱과 대담한 용기를 가진 자라니……. 한껏 의아스러움을 금할 수 없었다. 나아가 이는 왜국의 국권을 공공연히 탈취하겠다는 뜻을 밝힌 비밀스런 일로, 만일 발각된다면 누구라도 살아남을 수 없는 시급하고 막중한 일이었다.

'맹랑한 일이로다.'

법민은 머리를 갸웃거리지 않을 수 없었다. 그때 그의 머릿속에서 홀연히 떠오르는 이름이 하나 있었다.

'연개소문!'

그가 틀림없었다. 고구려 백성들에게는 죽었다는 소문을 퍼뜨려 민심을 다독이고, 자신을 제거하려는 당 이치의 온갖 술수를 기묘하게 피하는 것과 동시에 아들들에게는 서로 다투지 말고 화목(和睦)하라는 유언 아닌 유언을 남기고 홀연히 사라진 그가 아니었던가. 감히 이런 서찰을 쓸 수 있는 사람은 삼한 땅을 온통 털어도 없다는 확신에 이어 뒤따르는 믿음이 연개소문임을 확신케 해주었다. 그가 아니라면 어찌 이런 엄청난 내용의 서찰을 보란 듯이 신라의 대왕인 자신에게 보낼 수 있겠는가? 상황에 따라, 왜에 이러한 엄청난 사실을 있는 그대로 알려줄 수도 있으며, 또한 서찰을 가져온 자는 머리가 열 개라 해도 능히 목숨을 부지할 수 없는 위험천만한 일이 분명했다.

법민은 더욱 깊이 머리를 모아 생각을 거듭했다. 작금의 왜 내부에서 격하게 휘몰아치고 있는 정세를 제대로 파악하기 위함이었다.

곰곰 헤아려 생각해보니, 이는 분명히 왜의 실권을 쥐고 있는 중대형천황과 대립할 수 있는 전혀 다른 세력이 등장해 있다는 뜻이었으며, 그 힘이 왜의 권력을 탈취하기 위해 행동을 시작했음을 말하는 것이었다. 또한 새로운 세력의 중심인물이 바로 연개소문임을 말해주는 것이기도 했다. 그렇다면 서찰에 쓰인 내용을 섣불리 다뤄 결정할 수 없는 일이었다. 개소문이 마침내 왜의 천황의 지위를 탐낸 나머지 거사를 일으켜 중대형천황을 제거하기 위해 초치검을 훔쳐내 달라고 부탁한 것이니, 이는 자신이 과연 누구의 손을 들어주느냐에 따라 양측의 균형이 한쪽으로 치우치는 것은 물론, 자신의 결단에 따라서 왜의 천황에 등극하는 인물이 뒤바뀔 수 있는 중대한 결과를 초래하기 때문이었다.

지금의 중대형천황이 백제에서 건너간 백제계 인물이라는 사실을 알고 있는 법민으로서는, 고구려의 연개소문이 이와 같은 엄청난 일을 부탁해옴에 따라 자연 긴장하고 신중해질 수밖에 없었다.

'바다 건너 왜의 일에 굳이 끼어들어 화근을 자초할 필요가 있을까?'

심사숙고를 거듭할 수밖에 없었다. 더구나 선왕인 무열왕이 그처럼 갑자기 유명을 달리하게 된 데는, 고구려의 연개소문이 보낸 자객으로 인해서였을 것이라는 의심을 놓지 않고 있었기 때문에 결코 그를 돕고 싶지 않았다. 나아가 왜와 신라 사이에 공연한 분란을 자초하고 싶은 마음도 없었다. 그러나 다시 곰곰 생각해보니, 굳이 그런 식으로만 생각하고 말 일이 아니라는 생각이 들었다. 아버님을 시해한 범인이 꼭 연개소문이 보낸 자객이라는 명확한 증거도 없을 뿐 더러 계속되는 당의 몰염치한 압박을 상기해볼 때 왜에 지원세력을 확보해 두는 것도 나쁘지 않다는 결론에 이르렀던 것이다. 이러한 판단의 이면에는 왜의 천황이 백제부흥군을 돕기 위해 부여풍과 군사들을 동원해 신라에 보냈던 일들이 자리하고 있었다.

고심에 고심을 거듭하던 법민은 결국 그의 부탁을 들어주기로 결정했다. 앞으로 전개될 당나라와의 불가피한 갈등을 해소하는데 왜의 도움과 후원이 필요했을 뿐만 아니라 이번 기회에 왜의 정국(政局)을 전복시키고 새로운 천황으로 갈아치워, 왜와의 관계를 새롭게 이끌어 낼 수 있는 절호의 기회라고 생각했기 때문이다.

또한 옛 백제의 강토는 물론이고, 전운이 감돌고 있는 고구려와의 싸움에서 능히 이긴다 해도, 삼한을 통째로 집어삼키려는 당 이치의 야욕을 일거에 분쇄하기 위해서는 그 어떤 인물이라도 미리 손을 잡아두는 것이 유리하다고 생각됐다. 더욱이 개소문과 같은 걸출한 인재가 왜의 천황에 등극할 수만 있다면, 앞으로 당과의 일전을 각오해야 할 법민으로서는 바다 건너의 후방에 당의 세력을 견제해줄 수 있는 교두보를 마련해두는 것도 좋은 일이라고 생각했다.

오직 신라 백성들의 안위를 미리 생각하려는 뜻도 있었지만 어느덧 왜국의 권력 다툼에 있어서 최고 정점에까지 이른 연개소문의 능력을 다시 평가하지 않을 수 없다는 점 또한 이와 같은 결론을 내리는데 일조했다.

더구나 연개소문이 어떤 사람인가. 만일 대해인이라고 칭한 인물이 그가 분명하다면 당대에 걸쳐 그만한 인물이 과연 누가 있을 것인가. 법민은 비록 왜의 무리들이 언젠가는 신라를 괴롭힐 것이라는 걸 알고 있지만 우선 당으로부터 삼한 전체의 영토를 보존하기 위해서는 필히 왜와 군사적으로 연합하는 일은 불문가지이며, 그렇게 되기 위해서는 연개소문과 같은 걸출한 반당 인물이 오히려 자신에게 더욱 필요했다. 이에 법민은 지난날 선왕께서 원병 요청을 하기 위해 고구려로 들어갔을 때 연개소문에게 당하셨던 구원(舊怨)이 있었음에도 그의 청을 들어주기로 결단을 내렸다. 아버님께서 연개소문이 보낸 자의 손에 의해 참변을 당했을지도 모른다는 사실을 지난 일로 치부한 셈이다. 마땅히 확인되지도 않는 막연한 추측이었으며, 또한 나라의 안위를 위해 우선은 실리를 확보하기 위한 조치를 택한 것에 다름 아니었다. 그렇다면 그의 서찰에서 분명하게 일러 얘기하는 초치검(草薙劍), 일명 쿠사나기 노쯔루기(俱姿那伎 能都留伎)라는 검은 과연 무엇을 말하는가?

왜국에는 예로부터 팔판경(八坂瓊)의 곡옥(曲玉: 옥으로 만든 영롱한 구슬)과 팔지경(八咫鏡: 청동으로 빚은 거울)과 그리고 천황을 상징하는 초치검 등 세 가지 보물이 있었는데, 그중에서도 초치검은 왕으로 등극한 자가 가장 으뜸으로 취해야 할 보물로 인정받았다.

서기 668년 『일본서기』의 '시세(是歲)조'에 초치

검에 대한 애기가 명확히 실려 있다.

천지천황 7년 시세조. [是歲沙門道行 盜草薙劍 逃向新羅 而中路風雨 荒迷而歸.] – 이 해에 승려 도행이 초치검을 훔쳐 신라로 도망하려 했으나 중도에서 폭풍우를 만나 길을 잃고 되돌아왔다.

일본 천황을 상징하는 보물 중의 보물인 초치검의 유래는 다음과 같다.

초치검은 본래 일본 역사상 신대(神代)의 영웅인 스사노오(素戔嗚尊)가 오랜 세월에 걸쳐 출운(出雲: 지금의 야마구찌현(山口縣)) 지방을 괴롭혀오던 야마따노오로찌(八保遠呂智: 팔기대사(八岐大蛇))라는 큰 뱀을 없애기 위해 술을 먹여 만취토록 한 다음, 머리와 복부를 베고 다시 꼬리 부분을 베었을 때 뭔가 이상한 것이 부딪쳐 그 속을 살펴보니 복부의 꼬리 부분에서 보검 한 자루가 나왔는데, 그 검의 이름이 바로 초치검이었다.

—『일본서기』 신대(神代) 상, 제 8단조’

이와 비슷한 내용이 『고사기(古事記)』에도 다음과 같이 실려 있다.

스사노오가 어느 날 하늘에서 내려와 출운(出雲) 지방으로 행차하게 됐다. 어느 민가를 지나던 중 몹시 슬프게 울고 있는 곡성이 들리는지라 들어가 살펴보았더니, 노부부가 한 소녀를 사이에 두고 하염없이 어루만지며 울고 있었다.

"그대들은 누구이며, 무슨 연유로 이처럼 슬피 울고 있소?"

스사노오가 묻자, 노인이 대답했다.

"나는 이 나라의 국신(國神)입니다. 이름은 각마유(脚摩乳)이고, 아내의 이름은 수마유(手摩乳)입니다. 이 여자아이는 우리 딸로 이름은 기도전희(奇稻田姬)라 하옵니다. 지난날 우리에게는 원래 여덟 명의 여식이 있었습니다. 그러나 해마다 팔기대사(八岐大蛇)가 와서 하나씩 잡아먹었으므로 마지막 하나 남아있는 아이가 바로 이 아이입니다. 이제 그 괴물이 오늘 밤 이 아이를 삼킬 차례입니다. 허나 가슴이 아플 뿐 이 참담함을 면할 길이 마땅히 없습니다. 그래서 이처럼 슬피 우는 것입니다."

하고 길게 설명했다. 이에 스사노오가 다시 물었다.

"그가 과연 어떤 괴물입니까?"

"고지(高志: 고시)의 야마따노 오로찌(八岐大蛇)라는

괴물로 머리가 여덟이나 되고, 머리마다 각각 석송(石松)이 솟아 있으며, 양옆으로 산이 있으므로 무시무시하고 흉악한데다 하는 짓마저 난폭하고 걷잡을 수 없습니다. 때문에 지금까지 그 누구도 대적하여 맞설 자가 없었습니다. 과연 어떻게 하면 그 괴물을 죽이고 딸아이를 살릴 수 있겠습니까?"

노인이 여전히 슬피 울면서 말했다. 그러나 스사노오는 개의치 않은 채 다시 묻기를 반복했다.

"또 다른 점은 없습니까?"

"다른 점이라면 그 괴물은 술을 몹시 좋아해서 매년 소인의 집에 이르러올 때마다 꼭 술을 찾으므로, 이처럼 많은 술을 준비한 채 기다리고 있는 중입니다."

집안에 준비된 여러 개의 술통을 가리키며 노인이 말했다.

"만약 내가 이 소녀를 살려낸다면 마땅히 나에게 줄 수 있겠습니까?"

스사노오가 노인에게 물었다.

"살려만 주신다면 말씀대로 하겠습니다."

노인이 대답했다.

"알았습니다. 제가 오늘 그 괴물을 처치할 것이니 안심하도록 하십시오."

스사노오는 잠깐 동안에 기도전희를 탕진조즐(湯津

爪櫛: 빗)로 만들어 머리에 꽂았다. 그리고 각 마유와 수마유에게 여덟 번 깨물어 반죽한 쌀로 술을 빚게 하고 또 방 여덟 칸을 만들어 각 방마다 하나씩 술통을 놓고 술을 가득 부어 놓았다.

스사노오는 모든 준비를 완벽하게 갖춘 뒤 집안으로 들어가 대들보 위에 몸을 숨기고 괴물이 나타나기를 기다렸다.

시간이 흘러, 과연 대사(大蛇)가 나타났다.

머리와 꼬리가 각각 여덟이었으며 눈은 마치 불꽃처럼 붉었다. 이를 가르쳐 적산장(赤酸醬: 阿箇箇摫知: 아가가가지)이라 한다. 또한 듣던 바대로 등에 소나무가 여덟 언덕과 여덟 골짜기의 사이로부터 기어 나와 있었다. 괴물은 술이 준비돼 있음을 알고 여덟 술통에 각각 머리 하나씩을 처박고 마시기 시작했다. 그 모습이 참으로 무시무시하고 흉측하기 짝이 없었다. 전신이 번쩍이는 커다란 비늘로 덮여 있었으며, 움직임을 지켜보는 것만으로도 두려움을 느끼기에 충분했다. 또 몸을 꿈틀거릴 때마다 마치 지진이 난 듯 땅이 흔들린 나머지 집안 전체가 들썩거리며 요동을 쳤다.

"크억!"

한동안 정신없이 술을 마시던 괴물이 괴상한 트름

소리를 내더니 이윽고 잠이 들었다.

그때 스사노오가 대들보에서 조용히 내려와 허리에 차고 있던 십악검(十握劍)을 뽑아들어 머리 하나를 힘껏 내리쳤다. 순간 피가 강물처럼 흘렀다. 여덟 개의 머리를 차례로 토막 내고 난 뒤 이윽고 꼬리 부분을 자르기 시작했을 때였다.

"챙!"

날카로운 쇳소리와 동시에 스사노오의 보검이 이가 빠지고 말았다. 천하의 십악검에 이가 빠지도록 만든 물건이 과연 무엇인지 몰라, 놀란 스사노오가 조심스럽게 꼬리를 잘라보니, 그 안에서 한 자루의 칼이 나왔다. 스사노오가 보검을 꼬리에서 꺼내 자세히 살펴보니 예사로운 검이 아니었다.

"이는 참으로 신비스러운 칼이다. 내가 어찌 사사로이 취할 수 있겠는가?"

하고는 천신(天神)께 고하고 헌상(獻上)하였다.

바로 이 검이 초치검으로, 검의 본명은 천총운검(天叢雲劍)이었다. 대사(大蛇)가 사는 곳 위에 언제나 구름이 머물러 있어서 붙여진 이름이었는데 왜의 무황자(武皇子)에 이르러 개명한 후 초치검이라 불리게 됐다.

이런 천신만고의 사연으로 어렵게 구한 검이니 저들이 신물(神物)로써 귀하게 간직할 것은 당연한 일이었다. 그러한 왜국의 보물 중의 보물인 초치검을 훔쳐내 달라는 것은 천하의 영웅호걸인 법민에게도 참으로 어려운 난제임에 틀림없었다. 천황의 궁성 내부 어딘가 깊숙이 숨겨져 있는 검을 무슨 재주로 훔쳐낼 수 있을 것인가? 훔쳐내기는커녕 보검의 위치를 파악하는 일만 해도 보통 일이 아닐 터였다.

너무 엄청난 사안일 뿐만 아니라 자칫 실패라도 하는 날이면 이제 막 좋아지기 시작한 왜와의 관계에 있어서도 평지풍파를 일으킬 것이 분명했다. 이러한 밀서를 주고받았다는 사실만으로도 씻을 수 없는 큰 불화가 생길 수 있는 예민한 문제였다.

법민은 중대한 선택을 하지 않을 수 없었다. 한동안 움직이지도 않은 채 심사숙고하던 그는 중시를 불러 다음과 같이 하명했다.

"중시는 즉시 지의법사께서 지금 어디 계신지 수배해 알아낸 뒤 곧장 모셔오도록 하시오. 한시가 급한 일이니 서두르도록 하시오."

대해인의 청을 수락하기로 결단을 내린 것이었다.

따라서 어린시절 동해 바닷가에서 원효대사와 함께 우연히 조우한 일이 있었던 지의법사에게 사람을 천거 받을 심산이었다.

"알겠나이다."

중시에게 명을 내린 며칠 뒤 지의법사가 홀연히 찾아왔다.

법민은 법사를 반갑게 맞았다. 그리고 다른 사람의 눈을 피해 그에게 물었다.

"대사께서는 작금의 왜나라 내부의 정세를 어느 정도 파악하고 있소?"

법민의 표정은 자못 심각했다.

"소승이 이미 불문에 들어 속세의 세상사와는 인연이 없으므로 비록 자세한 내용을 알고 있지 못하오나, 들리는 소문에 의하면, 지금의 중대형천황의 세력을 견제하기 위해 새로운 세력이 나타나 몹시 어지러운 실정이라 들었사옵니다."

"허면, 대사께서는 새롭게 나타난 세력이 과연 어떤 배후를 등에 업고 왜의 정세를 저처럼 한껏 긴장시키고 있다고 보십니까?"

법민이 다시 물었다. 그럴 수밖에 없는 것이 자신이 결정해야 할 사안이 워낙 중대하고 예민했기 때문에 초조하지 않을 수 없었던 것이다.

"지금 왜의 천황의 위에 올라 있는 인물은 옛 백제 무왕의 아들이라는 소문이 떠돌고 있습니다. 지금 왜의 형편으로 살펴보면, 천황과 마땅히 다툴만한 세력이란 전혀 존재할 수가 없을 것입니다. 따라서 새롭게 움트는 세력이라면 고구려 쪽에서 건너간 신흥세력이 아닌지 생각되옵니다."

"왜의 열악한 주위의 형편으로 미루어보면 고구려에서 건너간 신흥세력이 아닌 바에야 천황과 견줄만한 인물이 없을 것이라는 뜻이오?"

"바로, 그렇사옵니다."

"허면, 지금 왕위에 올라 있는 중대형천황과 새롭게 일어나기 시작한 세력과의 사이에 거센 회오리가 일 것이란 말씀이오?"

"소승의 미천한 짐작으로는 그렇습니다."

지의법사의 말에 법민은 한동안 뭔가 골몰히 생각했다. 얼마나 시간이 흘렀을까? 법민이 다시 입을 열었다. 이미 자신의 심지를 굳힌 다음이었다.

"과인이 법사께 긴히 부탁할 일이 있소."

"하하하, 절간에 묻혀 지내는 미천한 소승에게 부탁하실 일이라 하시니, 과연 어인 분부시옵니까?"

지의법사는 호탕하게 웃으며 법민을 우러러봤다. 법민은 자못 심각하게 입을 열었다.

"머리 회전이 빠르고 영민하며 또한 몸이 튼튼한 승려 한 사람을 천거해주시오. 더불어 매사에 대처하는 타고난 능력이 있어야 하며 왜의 언어에도 능통하면 금상첨화라 할 수 있습니다."

"온갖 산천과 만백성을 함께 아우르고 계신 신라의 대왕이신 전하께서 과연 무엇에 쓰기 위해 소승에게 그러한 부탁을 하신다는 말씀이십니까?"

법사는 여전히 법민의 심각함을 눈치채지 못한 채 법민의 깊은 뜻과는 전혀 다르게 반응하고 있었다. 법민의 심각함이 이해되지 않았던 것이다.

"과인이 그런 인재를 구해 필히 써야 할 곳이 있습니다."

법민은 지의법사에게 부탁을 하면서도, 그가 천거한 승려를 무슨 일에 쓸 것인지에 대해서는 일절 발설하지 않았다. 함부로 발설하기에는 사안이 너무 막중했을 뿐만 아니라 일이 잘못되는 날에는 왜와 심각한 마찰이 생길 수도 있었기 때문이다.

"대왕 전하의 뜻이 그렇다면 소승이 수일 내로 사람을 천거해 올리겠습니다."

그제서야 법사는 법민의 진중한 뜻을 깨닫고 옷깃을 여미며 말했다.

"법사께서는 과히 섭섭하게 생각지 마십시오. 이는 왜와 우리 신라 간에 있을 수 있는 흔한 일이 아니며, 또 기밀을 굳게 지켜야 하는 일이기 때문에 말씀드리지 않는 것일 뿐입니다. 여러 사람의 입에 오르내리면 중대한 차질이 빚어질 가능성이 있습니다. 결코 대사를 믿지 못한 나머지 발설하지 않는 것이 아니니, 대사께서는 과인을 믿어주십시오."

"대왕 전하의 깊고 오묘한 뜻을 어찌 이 소승이 헤아리지 못하겠습니까? 대왕 전하께서는 그러한 일로 인해 심려치 마십시오."

법민의 말에 법사는 소탈하게 웃으며 법민의 입장을 이해한다는 듯 말했다.

지의법사는 곧장 몸을 일으켜 돌아갔다.

그로부터 열흘이 흘렀다. 법사는 젊은 승려 한 명을 데리고 다시 나타났다. 그처럼 시일이 오래 걸린 이유는 법민이 자신에게 부탁한 조건에 한 치의 흐트러짐 없이 완벽하게 들어맞는 인물을 찾느라 신중에 신중을 기했기 때문이었다.

"그렇지 않아도 법사가 오시기를 기다리고 있었소."

젊은이를 내려다보며 법민이 말했다. 그리고 젊은이를 찬찬히 살펴보았다.

"이름이 무엇이냐?"

법민이 젊은이에게 물었다.

"소승의 이름은 도행(道行)이라 하오며, 지의법사를 모시고 불도에 입문해 불법을 닦고 있사옵니다."

도행이 엎드려 아뢰었다.

"흠, 고개를 들라."

그때까지도 도행은 감히 대왕 앞인지라 고개를 들지 못하고 있었다. 법민이 하명을 내린 것은 그의 눈빛을 보기 위해서였다.

도행이 조심스럽게 고개를 들어 법민을 바라보았다. 과연 눈빛이 날카롭게 빛을 뿌리는데 그 형형(熒熒)함이 가히 따를 자가 없어 보였다. 어떤 일이 닥쳐도 능히 감당해낼 만했다. 그러나 법민은 처음 만나는 도행을 상대로 일의 목적을 발설할 만큼 경솔하지 않았다. 며칠을 두고 찬찬히 지켜보기로 마음을 정했다. 그리고 객관에 묵을 자리를 정해준 후 어느 날 조용히 그를 다시 불렀다.

"과인이 네게 한 가지 임무를 주고 싶은데, 네 뜻은 과연 어떠하냐?"

며칠 동안 지켜본 바로 사람이 진중하고 뜻이 곧은 것을 안 법민이 물었다.

"만백성과 나라의 하찮은 온갖 미물이라 하더라도 끔찍이 애호하시는 대왕 전하의 명을 어찌 소인이 거역하오리까? 뇌를 쏟고 뼈를 깎아서라도 명을 받들겠사옵니다. 전하의 뜻을 이룰 수 있도록 하명하여 주옵소서."

도행 역시 며칠이 지나는 동안 대왕께서 선뜻 말을 꺼내지 않았으므로 일의 중대함을 스스로 깨닫고 있었다. 그 때문에 법민이 그를 불러 말을 꺼내자, 임무를 맡겨준다면 목숨을 내걸고 완수할 각오를 새롭게 한 채 즉시 하명해줄 것을 간청했다.

"과인에게는 참으로 고마운 말이로다."

"성은이 망극하옵니다."

"이 일은 매우 어렵고 또한 엄청난 일이다. 철저한 기밀을 요하는 일일 뿐만 아니라 만일 잘못되는 날에는 네 목숨은 물론 왜와 우리 사이에 커다란 마찰이 빚어져 끝내 돌이킬 수 없는 지경에 이를 수도 있다. 말하자면, 네 목숨 하나가 중요한 것이 아니라 두 나라 사이의 관계가 한껏 악화된 나머지 피할 수 없는 난관에 봉착할 원인을 제공하게 될 것이다. 그 때문에 기밀이 새어나가는 것을 염려해 이처럼 신경을 쓰고 있는 것이니라."

"대왕 전하의 심려하시는 뜻을 충분히 숙지하겠나이다."

"어떠냐? 그래도 네가 할 수 있겠느냐?"

법민이 마지막으로 도행에게 다짐을 받았다.

"소승이 비록 어린 나이에 불문에 들어 부처님의 깨우침을 공부하고 있지만, 어찌 나라의 크나큰 은덕과 대왕 전하의 하해와 같은 성은을 입지 않았다고 할 수 있겠나이까? 이 몸이 뇌를 쏟고 뼈가 부서져 가루가 되는 한이 있더라도 기필코 성은을 갚겠나이다."

"이 일은 처음부터 끝까지 오직 너 혼자의 힘으로 시작하고 마무리 지어야 하는 어려운 일이다. 따라서 목숨을 담보해야 함은 물론이고 뼈를 깎는 고초를 감내해야 할 막중한 일이다."

"소인이 어찌 한낱 하찮은 목숨에 연연하겠습니까? 신명을 바쳐 기필코 어명을 받들겠습니다. 하명하여 주십시오."

"그렇다면 지금부터 내 말을 잘 들어라!"

명을 내리는 법민의 눈빛이 도행을 지긋이 쳐다보

고 있었다.

"알겠나이다."

"너는 지금 즉시 왜로 건너가도록 해라!"

법민의 눈빛이 활활 타고 있었다.

"왜라 하셨나이까?"

묻는 도행의 눈빛 또한 법민 못지않게 이글거리고 있었다.

"그렇다. 왜의 천황이 머무는 난파의 궁성으로 잠입해 저들이 나라의 보물로 여기고 있는 초치검을 찾도록 해라. 그리고 수단과 방법을 가리지 말고 그 초치검을 취한 후 필히 신라로 돌아오도록 해라. 무슨 얘기인지 알겠느냐?"

도행이 망설이지 않은 채 대답했다.

"알겠나이다. 필히 그 검을 취해 대왕 전하께 바쳐 올리겠나이다. 신명을 모두 바쳐 대왕 전하의 명을 헛되이 하지 않을 것입니다. 심려치 마십시오."

도행의 얼굴은 굳은 결의가 맺혀 한껏 일그러져 있었다. 이윽고 두 사람의 눈빛이 허공에서 부딪쳤다. 결의와 맹세가 남다르다는 것을 알 수 있었다. 도행에게는 오직 법민의 얘기가 머릿속에 가득할 뿐, 다른 잡념은 끼어들 여지가 없었다.

"참으로 고마운 일이다."

법민이 손을 내밀자 도행의 손이 즉시 뻗어 나와 두 사람의 손이 허공에서 얽혀들었다. 무슨 말이 더 이상 필요하겠는가? 임금과 백성의 손이 아니라 오직 대장부와 또 다른 대장부의 손일뿐 이었다.

"길비(吉備: 지금의 오끼야마)에 도착하면 신라에서 건너간 백성들이 촌락을 이루고 살고 있을 터, 마땅히 너를 도와줄 인물도 찾을 수 있을 것이다. 그러나 너는 오직 너의 힘만으로 이 일을 끝내도록 하되, 누구에게도 결코 이 일을 발설해서는 안 된다."

"성은이 망극하옵니다!"

도행의 목소리는 차오르는 감격으로 인해 부르르 떨리고 있었다.

다음날, 도행은 길을 떠나 단신으로 쪽배에 올랐다.

그는 감포 나루에서 배에 올라 왜의 도근(島根: 지금의 시마네)를 거친 후 길비를 지나 난파에 이르는 비상 통로를 택했다. 양국의 사신이 공식적으로 오가는 축자(築紫: 쯔꾸시, 지금의 후쿠오카)를 거쳐 세도나이카이를 지나 난파에 이르는 행로가 아니었던 것이다. 더구나 여러 사람의 눈에 띄어 소문이 나면 안 되는 일이었기에 도행의 고초는 한결 막심할 수밖에 없었다.

도행은 배를 젓던 손을 멈추고 잠시 쉬는 동안 검을 움켜쥐었다. 그의 손에는 법민이 하사한 검 한 자루가 달랑 쥐어져 있을 뿐이었다. 품에도 역시 비수(匕首) 한 자루를 챙긴 것이 전부였다. 자신이 지니고 있는 것이라고는 오직 임무에 필요한 무기뿐이었으니, 도행은 기필코 맡은 일을 흐트러짐 없이 완수하겠다는 각오를 다졌다.

넓은 동해의 물결이 도행이 탄 배를 마치 가랑잎처럼 흔들었다.

'내가 믿을 것이라곤 오직 이 검 한 자루와 비수가 고작일 뿐이다.'

그에게 두려움이나 불안함은 없었다. 추호의 흔들림이나 갈등이 있을 수 없었다. 오직 대왕으로부터 명을 받은 대로 신명을 바쳐 임무를 완수해야 한다는 일념이 존재할 뿐이었다.

대왕의 명을 완수하기 위해선 자신의 목숨 따위는 돌아봐야 할 가치도 없었으며, 굳이 보존해야 할 미련조차 없었다. 그만큼 자신이 떠맡은 대임(大任)이 특별 공작임무라고 생각한 것이다.

도행은 불제자의 승복(僧服)을 걸친 자신의 모습을 되돌아보았다. 지의법사와 함께 대궐에 이르러 그곳에서 열흘 동안이나 기거하는 중에도 벗지 않았던 옷이었다. 마지막 순간, 대왕께서 자신에게 임무를 부여하면서 했던 말이 떠올랐다.

"네가 바라는 일과 원하는 일을 모두 말하라. 과인이 네 뜻을 모두 이루도록 하겠노라. 다만, 지금 입고 있는 승복만은 너의 임무를 위해서 왜에 잠입할 때까지 그대로 유지하도록 하라. 신분을 위장하기 위해서는 승려의 복장이 제격일 것이니라."

"성은이 망극하옵니다. 그러나 소인에게 바라는 일이 무엇이겠습니까?"

도행은 원래 신중한 사람이었다. 매사에 빈틈이라곤 찾아볼 수 없는 성격이었다. 그는 자신이 대왕으로부터 부여받은 임무가 얼마나 심각한 일이며 극비를 요구하는 일이라는 것을 잘 알고 있었다. 그 때문에 자신이 해내야 할 일이 성공할 수 있을 것이라는 보장도 자신도 없었다. 그러나 대왕이 손수 불러다 지엄한 명을 내렸기 때문에, 어떤 일이 있더라도 빈틈없이 완수해내야만 한다고 굳게 믿고 있었다. 절체절명의 임무가 왜 하필이면 자신에게 떨어졌을까? 에 대한 의문도, 생에 대한 미련도 가지지 않았다. 오직 나라와 대왕의 부름에 혼신의 힘을 바쳐 초치검을 훔쳐내야 하는 것만이 지상과제였다.

길비에 도착해 신라인들이 모여 사는 집단촌에서 얻어들은 정보에 의하면, 초치검은 중대형천황의 궁성 깊숙이 보관되어 있다는 걸 알 수 있었다.

초치검은 천황의 침실 아래 지하에 보관돼 있을 뿐 아니라 한 시도 경계의 틈을 늦추지 않은 채 무장한 병사가 지키고 있다고 했다. 따라서 검에 접근하기조차 쉽지 않은 일이었다. 지하로 내려가는 계단의 입구는 천황의 잠자리에서 불과 십여 보의 거리에 위치해 있을 뿐만 아니라 수시로 들고나는 사람들이 많았기 때문에 그만큼 들킬 확률도 높았던 것이다.

문만 열리면 바로 저들에게 발각될 것이 뻔했다. 천황의 침실을 지키는 무사들은 물론 들고나는 궁녀들까지 계산한다면, 어찌 무사히 초치검을 훔쳐낼 수 있을 것인가?

도행은 날마다 궁성 주위를 어슬렁거리며 과연 어떻게 검을 훔쳐낼 것인지 오직 그것만 생각하고 연구했다.

고구려 정벌

2월이 막바지로 접어든 어느 날 밤.

도행은 난파의 천황이 거처하는 궁궐의 담 옆 우거진 삼나무 위에 몸을 숨기고 앉아 있었다.

"기왕지사, 어차피 목숨을 걸고 시작한 지엄한 일이니, 오늘은 가부간에 끝장을 봐야 할 것이다."

그는 자신을 향해 다짐하듯 중얼거렸다. 단신으로 왜에 스며든지 벌써 몇 개월이 지났다. 때문에 더 이상 거사를 미룰 수 없다고 생각했다. 도행은 그동안 길비의 육로를 거쳐 삼한 사람들이 모여 사는 신라촌에 몸을 의탁한 뒤 은밀히 활동을 계속하고 있었다. 그의 움직임은 초치검에 관한 정보를 얻는 데 있었다.

"그대가 천황이 거처하는 궁성에 침입해 과연 무

슨 일을 하려는 것인지 알 수는 없으나, 이처럼 승려의 복장을 갖추고 대왕의 밀명을 받아 임무를 완수하려면, 우선 근강경으로 옮겨서 기회를 기다리는 것이 옳을 듯합니다.”

길비의 협력자가 도행에게 귓속말을 해주었다. 이에 도행은 협력자의 조언에 힘입어 근강경(近江京: 오오미노미야꼬, 왜의 왕이 거처하는 왕실 부근)으로 옮긴 뒤 왜의 천황이 기거하는 궁성에 대한 정보를 수집하면서 정작 자신의 임무에 대한 발설은 삼갔다. 사전에 기밀이 새어나간 나머지 일이 그르치게 될 것을 염려한 때문이다. 다만, 협력자에게는 왜의 조정에 뭔가 볼 일이 있다는 것 정도만 밝혀둔 상태였다. 어찌 그 지엄한 일을 함부로 발설해서 실패를 자초하는 폐단을 만들 수 있을 것인가? 임무를 수행하는 도중 위험에 부딪쳐 죽는다 해도 혼자 죽어야 했으며, 만에 하나 적에게 사로잡히는 일이 생긴다 해도 기밀만은 굳게 지켜야 했다.

도행은 결국 협력자의 안내를 받아 왜나라 조정이 있는 근강궁(近江宮)으로 갔다.

근강경은 원래 백제에서 이주해온 백성들이 집단으로 모여 사는 곳이었지만 신라에서 이주해온 백성들 역시 세력을 이루고 있었다. 그곳으로 옮긴 후에도 도행의 활동은 은밀하면서도 점차 폭넓게 이어졌다. 천황가의 보물인 검을 기필코 훔쳐내 꿈에도 그리던 신라로 돌아가겠다는 집념의 불길 또한 활활 타올랐다. 이는 자신이 부여받은 임무가 얼마나 중요하고 엄중한 기밀을 요하는 것인 줄 절박하게 깨닫고 있다는 반증이기도 했다.

왜로 스며든 뒤 도행은 갖가지 고난과 인내의 순간들을 겪었다. 하지만 한시도 자신의 막중한 임무를 잊어본 적이 없었다. 가랑잎처럼 흔들리는 쪽배에 몸을 싣고 단신으로 왜에 건너와 마땅히 의지할 사람도 없이 오직 자신이 부여받은 임무에 집착할 뿐이었으니, 그 수고로움과 고행은 이루 말할 수 없었다. 그리고 결국, 문제의 초치검이 천황이 거처하는 침실 아래 조성된 지하 석굴에 보관돼 있다는 사실을 확인할 수 있었다. 그러나 시각을 다투는 일임에도 지금까지 거사를 단행하지 못한 이유는 그 위치를 정확히 파악하지 못했던 탓이다.

'이제 움직여야 할 시간이 됐다.'

깊은 밤, 나무에 올라 몸을 숨긴 채 은밀히 주위를 살피던 도행은 이윽고 긴밀하게 움직이기 시작했다.

궁성으로 잠입하기 전 그는 우선 세심하게 주변 동정을 살폈다. 만에 하나 있을지 모르는 실수를 방지하기 위해서였다. 그믐께였는지라 달은 없었고, 더구나 잔뜩 흐린 날씨에 바람까지 불고 있었기 때문에 주위가 어지러웠다. 무성한 나무들과 거칠게 불고 있는 바람이 오히려 득이 될 것이라는 생각이 들었다. 그는 여전히 신라를 떠나올 때 입었던 승복을 그대로 입고 있었다. 신분을 위장하기에 제격이었기 때문이다.

도행은 순간적으로 전신을 짓누르는 긴장과 두려움으로 인해 목이 탔다. 하지만 자신의 안위를 돌볼 생각은 처음부터 없었다. 길게 심호흡을 끝낸 도행은 목에 둘렀던 검은 천을 내려 얼굴을 덮었다. 그리고 아래의 궁성 담 위로 가볍게 내려섰다. 천황이 거처하는 곳인지라 그 높이가 제법 높았다. 잠시 주위를 살펴 인기척이 없는지 확인한 후 담 안쪽으로 스며들었다.

다행히 짙은 어둠이 그를 감싸주었다. 궁성 내 전각의 위치와 천황의 침실, 그리고 그 밑에 조성돼 있는 보물들의 정확한 위치 등은 이미 그동안 여러 차례에 걸쳐 면밀히 답사한 나머지 철저히 확인해

둔 터였다. 문제는 무사히 검을 훔쳐낼 수 있는가에 달려있을 뿐이었다. 어둠을 이용해 살금살금 발소리를 죽인 채 전각들의 모퉁이를 돌아 제법 떨어진 거리에 있는 천황의 침실이 보이는 곳까지 가까스로 접근할 수 있었다. 만일 군사가 있다면 그를 먼저 처치해야 했다. 다행히 인기척을 느끼지 못했다.

'모두들 깊이 잠들어 있는 것이 틀림없구나.'

짙은 어둠이 시야를 가득 가로막았다. 바람이 거세게 불고 있었기 때문에 기척을 내더라도 오히려 숨어들기에는 안심이 될 정도였다. 바람이 나뭇가지 사이를 어지럽고 빠른 속도로 통과해 지나는 소리가 마치 수많은 군마들이 어울려 내는 함성처럼 윙윙거리며 들려왔다.

도행은 천황의 침실 쪽으로 조심스럽게 다가갔다. 긴 대청마루를 지나는 동안 도행은 숨소리조차 내지 않을 만큼 긴장했다. 덥지 않은 날씨였지만 이마엔 벌써 땀방울이 흐르고 있었다.

무사히 실내로 잠입했다. 이윽고 지하로 통하는 계단 입구에 섰다. 그러나 막상 토굴처럼 뚫린 계단 입구에 서자, 여전히 어두운 사위가 운신하는데 지장을 주었다. 도행은 숨을 멈춘 채 조심스럽게 어둠을 노려보았다. 누군가 갑자기 나타나기라도 하는 날에는 만사가 끝장이라고 생각됐다. 잠시 어둠이 눈에 익기를 기다린 후 천천히 발을 옮겨 지하로 내려갔다. 점차 밝은 빛이 느껴지기 시작했다. 지하에 가까워질수록 벽에 달려 타고 있는 횃불로 인해 실내가 점차 밝아진 것이다.

마지막 나무 계단을 내려섰을 때 도행은 눈이 휘둥그레질 수밖에 없었다. 지하에 이처럼 넓은 공간이 조성돼 있을 줄은 미처 짐작조차 못했기 때문이었다. 더구나 그곳에는 온갖 진기한 보물들이 진열돼 있었으며, 곳곳에 밝혀져 있는 횃불의 불빛을 받은 나머지 저마다 각양각색의 찬란하고 영롱한 빛을 뿌리고 있었다.

지하를 지키고 있는 무사는 다행히 한 사람뿐이었다. 그는 횃불 아래에 자리 잡고 앉아 고개를 푹 숙이고 있었다. 졸고 있는 것이 분명했다.

도행은 잔뜩 긴장한 채 숨을 죽이고 무사의 등 뒤로 다가갔다. 만일 무사가 인기척을 느끼고 잠에서 깨어나기라도 한다면 큰일이었다. 만사가 끝장이요 지금까지 신명을 바쳐 계획했던 모든 일이 수포로 돌아가 버린다는 생각에 자연 긴장이 되지 않을 수 없었다. 무사의 뒤로 접근한 도행은 심호흡을 한 후 조심스럽게 그자의 목을 팔로 감싸 쥐었다. 이는 적이 조그만 기척이라도 내는 것을 방지하기 위함이었다. 그리고 즉시 재빠른 동작으로 비수를 뽑아 무사의 목을 가로 그었다.

"윽!"

목에 깊은 자상(刺傷)을 입은 왜의 무사는 짧은 외마디 신음을 내뱉은 후 즉사했다. 시체를 내려놓은 도행은 즉시 움직였다. 어물거리며 머뭇거릴 시간이 전혀 없었다.

도행은 서둘러 초치검을 찾기 시작했다. 수많은 보물과 진귀한 물건들이 스쳐갔다. 큰 것은 큰 대로, 적은 것은 적은 대로 각자에 알맞은 나무나 돌을 깎아 만든 별도의 집기 안에 소중히 보관돼 있었다.

저들이 아끼는 거울과 구슬도 정교하게 만들어진 상자 안에서 번득이는 빛을 발하며 빛나고 있었다. 그러나 어찌 사사로운 물건에 정신을 쏟겠는가? 그의 목표는 오직 초치검에 있었다. 두리번거리던 도행의 눈길이 다음 순간 불길처럼 타올랐다. 그는 감격에 겨워 눈길을 떼지 않은 채 지하 공간의 벽 쪽으로 천천히 다가갔다.

“이것이란 말인가?”

도행이 소리 내어 중얼거리기를 마다하지 않았다. 과연 하나의 검이 붉은색으로 호화롭게 옻칠을 입힌 상자 안에 보관돼 있었다. 그러나 다른 것과는 달리, 상자 자체가 아예 지하의 흙벽을 파고 깊숙이 안치돼 있었다. 또한 칼집에 넣어진 채 비단에 싸여 상자 안에 세워져 있었는데, 한눈에 봐도 왜의 왕실에서 최상의 보물로 애지중지할 만큼 고급스러울 뿐만 아니라 신묘한 힘을 지니고 있었다.

도행은 한동안 넋을 잃은 채 검을 바라보았다.

“이 검이 대왕 전하께서 말씀하신 검이란 말인가?”

도행은 막상 눈앞에 있는 검의 실체를 보면서도 믿어지지 않았다. 손을 뻗어 가만히 검을 쥐어보는 도행의 손이 파르르 떨렸다.

‘일을 완벽하게 처리해야 해!’

그는 자신을 향해 다시 한 번 다짐을 주었다. 검은 제법 길이가 있었다. 때문에 그냥 가지고 나간다면 틀림없이 의심을 받기에 충분했다. 더구나 자신은 승려의 복장을 하고 있었기 때문에 이런 호화롭고 사치스런 검과는 어울리지 않았을 뿐만 아니라 이런 물건을 소지했다는 것만으로도 보는 사람으로 하여금 의심을 사기에 충분했다. 도행은 우선 검을 그 자리에 둔 채 자신이 처치한 왜 무사의 옷으로 서둘러 갈아입었다. 그리고 검을 꺼내 손에 쥔 뒤 서둘러 지하에서 빠져나왔다. 도행은 이것으로 자신이 부여받은 임무가 끝나기만을 천지신명께 빌었다.

계단을 올라와 실내를 벗어나 밖으로 나왔을 땐 비가 억수처럼 퍼붓고 있었다. 더구나 거친 바람을 동반하고 있었기 때문에 앞을 분간할 수조차 없었다.

'음! 갑자기 이처럼 날씨가 무섭게 변할 수 있다니, 참으로 놀라운 일이구나. 이는 필시 하늘이 나를 도와 임무 수행에 만전을 기하라는 격려가 아닐까?'

번개와 천둥소리가 번갈아 울부짖으며 폭우가 쏟아지는 밤하늘을 올려다보며 도행은 걱정이 앞섰다. 이처럼 궂은 날씨가 자신에게 과연 득이 될지, 해가 될지 가늠하기가 쉽지 않았다.

그러나 어쩔 것인가? 이미 시작한 일이었으며 내친걸음이었다.

마치 바람처럼 어둠에 몸을 숨기고 인기척이 없다

는 것을 확인한 후 다시 움직이기 시작했다. 궁성의 전각을 몇 번인가 반복해 지나쳤을 때 전각 모퉁이 쪽에서 희미한 불빛이 보였다. 그곳은 마구간이었다. 왜 왕의 근위병들을 위한 말을 다루는 곳이 분명해 보였다.

도행은 망설이지 않고 마구간 안으로 들어가 한 마리의 말을 꺼내 그 위에 올라탔다. 천황의 궁에서 무사히 빠져나가기만 한다면, 배를 타고 신라로 돌아가기 위해 바닷가까지 나가야 할 터, 가급적이면 빠를수록 좋을 것이었다. 전후좌우를 가려야 할 마땅한 여유나 이유도 없었다. 되도록 멀리 가기만 하면, 자신이 대왕으로부터 받은 명을 완수할 수 있다고 믿었다. 곧장 말을 몰아 궁의 궐문(闕門) 입구 쪽으로 나아가자 왜의 무사들과 마주쳤다.

"누구냐?"

궐문을 막고 선 호위 군사들이 물었다. 그러나 도행은 전혀 위축됨 없이 크게 외쳤다.

"황태자의 처소에서 급한 일이 있음이다."

그리고는 서둘러 궐문을 통과하려 했다. 그러나 무사들이 쉽게 길을 열어주지 않는 것은 당연한 일이었다.

"어서 길을 비켜라! 뭘 꾸물거리느냐!"

도행은 초조한 나머지 문밖으로 나가기 위해 서두르고 있었다. 그러나 비록 무사의 옷으로 갈아입었다고는 하지만 저들이 쉽게 길을 열어 줄 리 없었다.

"무슨 일이냐?"

"황태자 궁의 내관 명을 받들어 급히 의원을 부리러 가는 길이니 어서 문을 열어라!"

왜의 군졸들은 서로 얼굴을 쳐다보며 어리둥절할 뿐 쉽게 길을 열지 않았다.

"그런 기별을 미리 받지 못했다. 확인할 터이니 이쪽으로 오너라!"

그들은 오히려 도행의 얼굴을 살피기 위해 가까이 오기를 명했다.

"황명을 받들어 출타한다는데 웬 잔말들이 그리 많은가?"

도행은 크게 외침과 동시에 말을 몰아 궁성의 출입구를 지키는 왜의 병사들을 향해 돌진했다. 일일이 사정을 설명해서는 결코 자신의 목적을 이룰 수 없다고 순간적으로 깨달은 것이다. 더구나 천둥 번개에 광풍을 동반한 비가 쏟아지고 있었기 때문에 이를 이용하고자 기지를 발휘한 것이다. 그러나 그들도 천황의 궁성을 지키는 왜의 정예 무사들인지라 호락호락하지 않았다.

"불빛 쪽으로 가까이 오너라!"

왜의 무사 하나가 명령을 내렸다.

"아니! 못 보던 놈이 아니냐?"

또 다른 놈이 크게 놀란 얼굴로 물었다.

"웬 놈이냐?"

옆에 있던 다른 자들 역시 도행의 의도에 쉽게 속지 않은 채 여전히 길을 막았다. 그러나 도행은 그대로 말에 박차를 가해 육박해 들었다.

"급한 일이다. 길을 열어라!"

더 이상 시간을 끌었다가는 오히려 불리해질 것이 뻔했다. 도행은 말 배를 걷어차고는 그대로 문밖으로 뛰쳐나갔다. 다행히 말은 그의 뜻에 잘 따라주었다. 도행은 무사들 사이를 통과해 바람처럼 문밖으로 빠져나올 수 있었다.

'일단 궁성을 벗어나는 데는 성공했구나!'

궁 밖으로 나온 도행은 무작정 내달렸다. 어둠을 뚫고 길이 있는 곳으로 무작정 달렸다. 하늘은 마치 앙칼진 시누이처럼 사납게 울부짖고 있었다. 섬광이 어두운 밤하늘을 마치 찢어놓을 듯이 번쩍거렸으며 천둥소리가 끊임없이 이어졌다. 번개가 칠 때마다 그 빛으로 간신히 길을 식별한 도행은 오직 앞을 향해 박차를 가할 뿐이었다.

그렇게 얼마나 달렸을까? 눈도 제대로 뜰 수 없을 정도로 광폭해진 날씨 때문에 그는 거의 눈을 감다시피 했다. 한 시진쯤 지났을 때였다.

"저놈 잡아라!"

수십 기의 말에 탄 왜의 무사들이 도행을 뒤쫓고 있었다.

"저놈이 궁성 안의 보물을 훔친 놈이다. 끝까지 추격하라!"

그들은 분분히 외치며 쫓아오고 있었다.

도행은 위급한 나머지 달리는 말에 박차를 가하며 앞을 향해 내달렸다. 비바람이 몰아쳐 몸과 얼굴을 때려 운신하기가 힘들었다. 무엇보다도 눈을 뜰 수가 없었다. 도행은 검을 품에 안은 채 죽을 힘을 다해 말에 채찍을 가했다. 다른 모든 것을 내팽개치더라도 초치검만은 버리고 갈 수 없었다.

'천신만고 끝에 얻은 초치검을 어찌 저들에게 내줄 수 있겠는가?'

스스로에게 다짐하며 사력을 다해 달렸다. 그러나

쫓아오는 자들 역시 사력을 다하고 있었다.

'아! 하늘이 기필코 나를 버리시는가?'

도행은 탄식을 마다하지 않으며 어서 해안이 나타나기를 바랐다. 그에게는 자신의 한목숨이 문제가 아니었다. 대왕에게 신의를 저버리게 될까봐 걱정스럽기 짝이 없었다. 한낱 자신의 목숨 따위는 안중에도 없었다.

'어찌 대왕 전하의 뜻을 한낱 무위로 돌릴 수 있겠는가?'

도행은 자신의 불운을 탓할 수밖에 없었다. 자신의 계획이 좀 더 치밀하고 신중하지 못했으므로 이처럼 쫓기는 신세가 됐다고 생각한 것이다. 차라리 말에 오르지 않고, 성을 빠져나온 뒤 말을 구해 길을 재촉하지 못했던 것을 후회했다. 너무 서두른 나머지 일을 그르치게 되지 않을까 염려했던 것이다. 분분히 자신의 뒤를 쫓는 한 무리의 무사들을 의식한 나머지 자조 섞인 울분이 치밀어 올랐다.

날이 희뿌옇게 밝아올 즈음, 이윽고 크게 넘실거리는 바다가 나타났다. 그러나 날씨는 더욱 광포해진 나머지 세상의 모든 것을 통째로 쓸어버리고 말겠다는 듯 울부짖고 있었다. 마치 잔뜩 화가 치밀어 오른

야수처럼 광란을 계속하고 있었기에 거친 풍랑(風浪)이 산더미처럼 밀려오고 있었다. 쳐다보고 있는 것만으로 두려움을 느끼기에 충분했다.

'이것이 과연 하늘의 뜻이란 말인가?'

이런 날씨에 배에 오르는 것 자체가 위험하기 그지없었다. 그렇다고 다른 방법이 있을 리 없었다. 하늘의 뜻을 거스르고, 어찌 살아남아 무사히 신라로 건너갈 수 있기를 바라겠는가? 도행은 어쩔 수 없다고 생각했다. 자신이 살아남은 것은 차후의 문제일 뿐, 우선 대왕의 뜻을 이루기 위해서 배에 올라야 했으며, 풍랑을 헤치고 바다를 건너야 한다고 생각했다.

해안에 도착한 도행은 말에서 뛰어내림과 동시에 묶여 있던 밧줄을 급히 풀고 가까이 정박해 있던 배에 뛰어올랐다. 어부들이 생계를 잇기 위해 고기잡이로 사용하는 배였으나 상황이 위급한 나머지 배의 크고 작음을 가릴 계제가 아니었다. 급히 노를 찾아 젓기 시작했다. 그러나 산더미처럼 말려오는 파도 때문에 앞으로 나갈 수가 없었다.

'아~! 어찌하여 하늘은 나를 도와주지 않는가!'

비탄에 젖어 탄식을 내뱉었지만 결과는 마찬가지였다.

배는 앞으로 나가지 못한 채 제자리에서 맴돌 뿐이었다. 더구나 거센 폭풍과 산더미처럼 밀려오는 물결에 금세 뒤집혀버릴 듯이 크게 요동치고 있었다. 그 험한 폭풍우를 뚫고 신라 땅까지 도착하기란 결코 쉬운 일이 아니었다.

“잡아라!”

뒤늦게 쫓아온 왜의 무사들이 분분히 외치며 도행을 잡기 위해 날뛰었다.

도행은 앞으로 나아가기 위해 혼신의 힘을 기울여 노를 저었지만 앞으로 나가려는 자신의 의지와는 달리, 배는 끝내 앞으로 나가지 않았다. 오히려 거센 바람과 성난 파도에 밀려 해안으로 점차 되돌아올 뿐이었다.

‘아! 날씨가 나를 도와주지 않는구나!’

도행은 마치 미쳐버린 듯 울부짖는 하늘을 올려다보며 탄식해 마지않았다. 날씨가 이처럼 험하지 않고 조용했다면 능히 배를 타고 신라로 건너갔을 테고, 또한 신라 땅에만 닿는다면 두려울 것이 없을 터였다. 절치부심 집념 하나만으로 어렵게 얻은 초치검을 대왕 앞에 바쳤을 터인데, 마무리를 못한 것이 억울하고 원통할 수밖에 없었다.

도행은 자신이 임무를 수행하는 동안 과연 무엇을 잘못했는지 되돌아보았다. 오직 초치검을 훔쳐내기 위해 신명을 다 바쳐 매진했을 뿐, 한 번도 게으름을 피우거나 해야 할 일을 미룬 적은 없었다. 자신의 집념을 단 한 차례도 회의하거나 원망해본 적도 없었다. 하지만 이렇게 된 마당에 자신의 과오를 원망하고 절통해한들 어쩔 수 없었다. 도망가는 길 외엔 방법이 없었다. 그렇다고는 해도 어찌 수많은 왜의 무사들을 뚫고 도망가 목숨을 부지할 수 있겠는가? 배는 여전히 자신의 뜻과는 전혀 상관없이 해안을 향해 밀려갈 뿐이었다.

'아! 마지막 순간에 왜의 무리들에게 잡히는 신세가 되다니!'

울분 섞인 탄식을 거듭했지만 마땅히 방법이 없었다.

도행은 결국 자연의 힘을 이기지 못하고 해안으로 떠밀려 올 수밖에 없었다.

쪽배가 해안에 닿자마자 왜의 무사들이 벌떼처럼 몰려들어 도행을 에워쌌다. 번쩍이는 무사들의 창칼이 좌우를 에워싼 나머지 몸을 움직일 방법이 없었다.

"잡았다! 승려를 잡았다!"

왜의 무사들이 우르르 덤벼들며 분분히 소리쳤다.

"단단히 묶어라!"

이윽고 도행은 단단히 포박된 채 난파의 궁성으로 다시 끌려 올 수밖에 없었다. 그리고 그때부터 혹독한 고문에 이어 문초가 시작됐다.

"어서 말하라! 과연 누가 시켜서 한 짓이냐?"

그러나 도행은 결코 입을 열지 않았다. 숱한 고문과 참혹한 문초가 이어졌지만 끝내 한마디도 하지 않았다.

거사 성공의 마지막 순간에 이처럼 적들에게 붙잡힌 것만도 억울한 심사를 가눌 길이 없는데, 어찌 대왕과의 약속을 저버릴 수 있겠는가?

살이 튀고 피가 솟으며 뼈가 바스러지는 고문은 일주일이나 계속 됐다. 도행이 당한 고초의 정도는 상상할 수 없을 만큼 잔인했고 참혹했다.

"신라에서 건너왔느냐? 아니면 고구려에서 건너왔느냐?"

다리 사이에 몽둥이를 찔러 넣고 주리를 틀면서 물었다.

"이 일을 시킨 자가 과연 누구인지 실토하라! 그렇게 한다면 목숨을 살려줄 뿐만 아니라 왜의 땅에서 영화롭게 삶을 이어갈 것이다.”

거꾸로 매달린 도행에게 몽둥이찜질을 하며 왜의 군사가 물었다.

“과연 누구의 사주를 받았음이냐?”

시뻘겋게 달궈진 인두를 가슴에 들이댄 채 왜의 군사가 물었다. 살이 타는 냄새가 진동했으며, 상처에서 흐르는 피가 옷을 온통 적셔 흘렀지만, 도행은 결코 입을 열지 않았다.

“누구의 사주도 지시도 받지 않았다! 오직 검이 탐난 나머지 나 혼자서 스스로 저지른 일이다. 내가 만일 그처럼 큰 죄를 지었다면 어서 나를 죽여라!”

도행이 입을 열어 한 말이란 이것이 전부였다.

“어서 실토하라!”

그의 배후가 과연 누구인지 알아내기 위해 천황을 비롯해 모두가 눈에 불을 켠 채 혈안이 돼 문초를 거듭했지만, 도행은 끝내 한마디도 입 밖에 내지 않았다. 더욱 험악하기 짝이 없는 고함이 분분히 쏟아졌지만 도행에게서는 반응조차 없었다. 나중에는 고문하는 자들이 견디지 못할 지경이었다. 도행의 고초와 몰골은 참혹하기 그지없었다.

결국 도행은 모진 고문 끝에 왜의 땅에서 비참하게

죽고 말았다. 그의 나이 27세였다.

그는 비록 안타깝게 죽었으나 대왕과의 신의를 지키며 끝까지 기밀을 지켰다. 따라서 법민과 그 사이에 있었던 초치검에 얽힌 숱한 사연과 내막 역시 영원히 미궁 속에 묻히게 됐다.

"참으로 안타깝고 슬픈 일이다. 아직 어린 몸으로 목숨을 바쳐 내게 충절을 마다하지 않았으며, 또한 죽음을 각오하고 끝까지 기밀을 지켰으니, 그의 충정을 어찌 가벼이 여길 수 있겠는가?"

도행의 소식을 전해 들은 법민은 안타까움에 탄식을 마다하지 않으며, 지의법사와 상의해 그의 권솔들의 소식을 물어 찾은 뒤 후한 위로금을 주어 그들을 위무했다.

9월 스무하루에 이르러 신라와 당나라 군사들은 평양성을 에워쌌다.

연일 북소리와 징소리가 울리는 가운데 기세를 돋우며 성 공략에 나섰다. 그러나 성이 원체 컸으며 성곽 또한 튼튼해서 일시에 깨뜨릴 수 없었다. 이에 양국의 군사들은 여러 날에 걸쳐 성을 함락시키기 위해 힘을 기울여야 했다. 그러다 보니 병력의 손실도 생길 수밖에 없었고, 시일도 자꾸만 흘러갔다.

그러던 어느 날, 고구려의 보장왕이 남산으로 하여금 수령(首領) 98명과 함께 백기(白旗)를 들고 항복하도록 했다. 그러나 당과 신라의 장수들은 저들의 항복을 인정할 수 없었다. 보장왕의 모습이 보이지 않았기 때문이다.

"어찌하여 보장왕은 직접 나와 항복하지 않는가?"

당의 이적이 남산에게 물었다.

"대왕은 신으로 하여금 우선 성문을 열고 나가 항복하게 했으며, 아울러 이와 같은 뜻을 전하라고 하였습니다."

"너는 보장의 신하일 뿐이니, 그가 직접 항복하지 않는다면 성을 헐어서라도 멸할 수밖에 없다. 졸개들 몇이서 서로 입을 맞춘 나머지 백기를 들고 나왔는지, 어찌 알 수 있단 말인가? 당연히 우리로서는 믿을 수 없다."

남산의 대답을 들은 이적은 끝내 그의 항복을 인정하지 않았다. 더구나 남산이 성에서 데리고 나온 수령들의 면면 역시 머릿수는 제법 많았지만 모두 하급

장교에 불과했다. 그들의 움직임을 고구려 전체의 뜻이라 믿을 수 없었던 것이다.

이 소식은 즉시 법민에게도 전해졌다.

"적의 수괴인 보장왕이 직접 나와 항복을 청해도 들어줄지 말아야 할지 마음을 정하기 어려운데, 하물며 한낱 하찮은 비장 몇 명이서 나와 항복을 하니, 믿을 수 없는 일이오."

"당연한 말씀이옵니다."

흠순이 대왕의 말에 동조를 하고 나섰다.

그런 와중에 고구려의 막리지(莫離支) 벼슬에 있던 연남건(淵男建)이 성문을 굳게 닫은 채 수성(守成)전을 벌일 태세를 갖추었다는 소식이 들려왔다. 전세가 이미 기울어 매우 불리함에도 남건은 승려 신성(信誠)에게 고구려군의 지휘권을 넘겨주며 부탁했다.

"이제 고구려 전체의 사직이 오직 그대의 손에 달렸소."

그러나 지휘권을 넘겨받은 신성은 오히려 당의 대총관(大總管) 이적에게 밀사를 보내 은밀히 내응(內應)하겠다는 뜻을 전하고, 5일 후 밤중에 은밀히 평양성 북문(北門)을 열었다. 신성은 자신을 믿고 군의 지휘권을 모조리 넘겨준 막리지 남건의 신뢰를 배신으로 되돌려준 셈이다.

그로 인해 신라의 정예 군사 500여 명은 평양성 북문(北門)을 통해 수월하게 잠입할 수 있었다. 신라의 군사들이 최초로 평양성에 입성(入城)한 것이다. 성을 깨뜨리기 위해 몇 날 며칠이고 공방전을 벌일 필요도 없었으며 공성을 위한 무기와 운제(雲梯)를 준비할 필요도 없었다.

군사(軍師)로 출전한 북거(北渠)는 북문이 소리 없이 열리자, 500명의 군사들과 함께 일거에 성안으로 침입했다. 그러나 그 순간, 고구려 군사들이 벌떼처럼 몰려나와 앞을 가로막았다.

북거는 깜짝 놀랄 수밖에 없었다.

몰려나온 고구려 군사들이 하나같이 신라 군사들을 죽이려고 덤벼들었기 때문이다. 북거는 우선 급한 김에 고구려 군사 몇을 칼로 내려쳐 죽였다.

'문을 열어준 것은 무엇이며, 또 이처럼 몰려나와 우리와 싸움을 하려는 수작은 과연 무엇이란 말인가?'

앞을 막아서는 고구려 군사들을 내려치면서 북거는 뭔가 잘못됐다고 생각했다.

'이상한 일이로다!'

성안으로 들어온 북거는 이상한 생각이 들었다. 틀림없이 성문을 열어준 신성(信誠)과 지금 앞을 가로막는 자들과는 서로 뜻이 맞지 않는 것이 틀림없었다. 우리와 내응(內應)해서 항복을 하겠다면 이처럼 고구려 군사들이 앞을 막지 말아야 당연했기 때문이다.

"보이는 즉시 참살하라!"

북거는 즉시 휘하의 군사들에게 명을 내렸다.

"앞을 막아서는 놈들은 모조리 죽여라!"

이윽고 신라의 군사들은 고구려 군사들을 도륙내기 시작했다. 아울러 북거의 군도(軍刀) 역시 쉴 틈이 없었다. 베이고 찌르기가 가히 신들린 것처럼 비호 같아서 앞을 가로막을 자가 없을 지경이었다. 그는 닥치는 대로 고구려 군사들을 베어 넘겼다. 성안은 삽시간에 피아(彼我)할 수 없을 정도의 살육장으로 변했다.

"끼윽!"

한 놈의 목을 치고 나면 또 다른 놈이 덤벼들었다.

"이놈들 죽어라!"

또 다른 놈의 몸통을 내려그었다.

"으윽!"

그때마다 적병들은 신음을 흘리며 쓰러져 갔다.

북거의 환두대도(環頭大刀)는 적병들의 피로 검붉게 물들어 갔다. 그때 어디에서 나타났는지 한 무리의 고구려 군사들이 다시 몰려왔다. 저마다 살기(殺氣)가 등등할 뿐만 아니라 숫자도 많아 위협을 느끼기에 충분했다. 그러나 북거는 당당하게 어둠 속의 적병들을 노려보며 일갈했다.

"흥! 오늘에야 고구려의 오랜 원수들을 만났구나."

북거는 대도를 고쳐 잡았다.

"겁없는 놈들이구나! 어디라고 감히 성안으로 들어왔느냐?"

고구려군의 무리 속에서 싸늘한 음성이 들려왔다. 북거가 고개를 들어 자세히 살펴보니, 적병들 사이에서 자신을 노려보는 적장의 모습이 보였다. 갑옷을 입은 모습과 다른 군사들에 비해서 한껏 위엄을 갖춘 모양이 능히 장수의 자질이 보이고도 남음이 있었다.

"겁이 없기는 네놈도 역시 마찬가지이니라. 감히 뉘 앞을 가로막는 것이냐?"

북거가 대거리를 하며 앞으로 나섰다. 이에 적장 역시 북거 앞으로 모습을 드러내며 일전을 치를 준비를 했다. 어둠 속에서 적장의 허연 수염이 푸들푸들 떨고 있었다. 이를 통해 북거는 그의 움직임을 짐작할 수 있었다. 다른 군사들 역시 고구려 군사들을 향해 칼을 날리느라 정신이 없었다. 성안의 넓은 마당은 삽시간에 한데 어울려 싸우는 치열한 싸움터로 바뀌었다.

"보장왕 밑에서 충신 노릇을 하다니, 네놈의 이름이 무엇이냐?"

상대를 노려보며 북거가 물었다.

놈이 칼을 높이 들었다 비스듬히 내려치며 말했다.

"네놈이 나의 함자(銜字)를 들어 봤는지는 알 수 없으나, 나는 아달혜 진광(珍光)이라 일컫는 고구려의 맹장이니라."

이에 북거가 황급히 환두대도를 들어 방어하며 맞받아쳤다.

"오라, 네놈이 바로 그 진광이라는 자로구나. 네놈이 고구려 땅에서는 하찮은 공을 세워 이름이 났는지는 모르나, 내게는 네놈의 처지가 마치 바람 앞의 등불처럼 애처로워 보이는구나."

그리고는 즉시 대도를 휘두르며 말했다. 보름 가

까운 동안이나 성을 포위하고 있었기 때문에 세작을 통해 익히 적장의 이름을 들어왔던 것이다. 그러나 북거는 전혀 위축됨 없이 당당히 그와 마주 섰다.

"혹시 이름을 들어봤는지 알 수 없으나, 나로 말할 것 같으면 신라의 용장 북거이니라. 어서 무릎을 꿇고 항복한다면 목숨만은 살려주겠다."

"북거든, 남거든 어서 덤벼라. 상판대기를 보아하니, 오늘이 바로 네놈의 제삿날이 틀림없구나."

진광이 큰소리로 외치며 다시 공격해 들어왔다.

북거가 진광의 공격을 가볍게 피했다. 그리고 손을 뻗어 상대의 가슴을 향해 살수(殺手)를 날렸다. 그러나 진광이 몸을 비스듬히 뉘이며 급하게 피했다. 제법 솜씨가 있는 검술이며 칼솜씨였다.

"하하하, 네놈의 솜씨 또한 보통을 넘는구나."

북거는 상대의 피하는 모양을 보며 껄껄 웃었다. 자신의 대도를 피하긴 했지만 결코 두려움을 줄 정도의 상대가 아니라는 걸 간파할 수 있었기 때문이다.

"네놈이 죽어도 내 이름을 알고 죽을 수 있을 것이니, 과히 섭섭하지는 않을 것이니라."

"네놈 역시 마찬가지 아니겠느냐?"

북거의 말에 진광이 대거리를 했다. 그리고 즉시 칼을 들어 북거의 머리를 향해 내리쳤다. 북거가 급히 옆으로 비켜섰다. 진광의 칼이 허공을 긋고 아래로 향했다.

그 순간, 북거의 대도가 진광의 오른쪽 옆구리를 파고들었다. 짧은 순간이었지만 허점을 과감하게 노린 것이었다. 진광이 움찔하며 놀라 급히 몸을 웅크렸다. 북거의 칼날이 아슬아슬하게 놈의 몸을 스치고 쓸었다.

"하하하, 과연 맛이 어떠냐?"

북거가 몸을 바로 세우며 진광에게 물었다.

"네놈도 과연 제법 빠르기는 하다."

진광이 태연히 말했다. 그러나 얼굴엔 당황한 빛이 역력했다.

"이제야 비로소 네놈이 나의 실력을 인정해주는구나!"

북거는 진광을 이끌고 점차 성곽의 계단 쪽으로 발길을 옮겨갔다. 성루로 가까이 가기 위해서였다. 돌계단을 오르며 흘끗 쳐다보니 다른 군사들 역시 용감하게 싸우고 있었다.

"이놈, 죽어라!"

외마디 소리를 지를 때마다 고구려 군사의 목이 달아났다.

"순순히 엎드려 살려달라고 빌어라. 허면, 목숨을 건지고 후한 상을 받게 될 것이다."

어르고 달래려는 자들도 있었다.

북거는 진광을 꽁무니에 매단 채 이윽고 성루에 올랐다. 불을 질러 성 밖의 신라군에게 군호(軍號)를 보내기 위함이었는데, 진광 때문에 여의치 않았던 것이다.

틈틈이 기회를 엿보며 부시를 쳐서 불을 붙일 요량이었지만 그때마다 진광의 칼날이 날뛰니 쉽게 뜻을 이룰 수가 없었다. 겨우 부시를 꺼내 불을 붙였지만 그 또한 쏘시개가 마땅치 않았기 때문에 즉시 불이 붙지 않았다. 더구나 그때마다 진광이 살수를 던지며 방해를 했기 때문에 더욱 어려웠다.

"이놈아, 무슨 수작을 부리려는 것이냐?"

북거가 자신을 상대하지 않은 채 자꾸만 딴 짓을 하니 진광이 칼을 내려치며 물었다.

"하하하, 다른 볼일이 있음이다."

북거는 가볍게 진광의 칼을 피하며 대꾸했다. 그러나 북거는 순간 선택을 해야 했다. 적장을 먼저 죽일 것인지, 아니면 불을 붙여 군호를 보낼 것인지……. 그러나 마음같이 쉽게 불이 붙어 주지 않아 애가 탔다. 그 때문에 마음마저 초조해 견딜 수 없을 지경이었다. 성루에 불을 질러야만 그것을 신호로 밖에 있던 군사들이 비로소 성안으로 들어오도록 돼 있었던 것이다.

"이놈! 진광이라 했겠다?"

북거는 크게 외치며 환두대도를 들어 그를 쓸어갔다. 먼저 적장을 베이지 않으면 자신의 목적을 이룰 수 없음을 깨달은 것이다. 두 사람은 상대의 허점을 노리며 필살(必殺)의 승부를 다시 겨루기 시작했다.

그때였다.

"이얏!"

두어 걸음을 옮기던 진광이 벼락같은 고함을 내지르며 갑자기 북거를 덮쳤다. 이에 북거는 크게 놀란 나머지 급히 몸을 숙여 진광의 칼을 피했다.

그다음 순간, 길게 사선을 그으며 진광의 칼이 북거를 스쳤다. 아슬아슬하게 피한 채 몸을 곧추세운 북거는 천금 같은 기회를 놓치지 않고 재빨리 진광의 허리를 파고들었다. 그리고는 있는 힘을 다해 진광의 허리를 쓸어갔다.

"으윽!"

진광이 외마디 비명을 지르며 배를 움켜쥐었다. 그러나 이미 북거의 대도가 몸속 깊이 파고든 다음이었다.

"참으로 아까운 장수지만, 나 또한 어쩔 수 없구나."

북거가 죽어가는 진광을 바라보며 중얼거렸다. 그리고는 다시 불을 붙이기 시작했다. 쏘시개가 될만한 나무를 모아 급히 불씨를 살려냈다. 그리고 성루의 기둥에 붙어선 채 불을 붙였다. 제법 시간이 흘렀음에도 여전히 고구려 군사들과 어울려 싸우는 군사들의 고함 소리가 분분히 들리고 있었다. 이윽고 성루의 지붕과 기둥에 불이 붙기 시작했다. 일단 불이 붙자 걷잡을 수 없었다. 화광(火光)이 충천해지고 불빛으로 주위가 대낮처럼 밝아졌다. 아울러 적군을 상대하기도 훨씬 쉬워졌다. 적의 모습을 놓치지 않고 대적할 수 있었기 때문이다.

"와!"

"성루에 불이 붙었다. 모두 쳐들어가거라."

성 밖에서 군사들의 함성이 마치 천둥처럼 어지럽게 들려왔다. 북소리 또한 우레처럼 밤하늘에 울려 펴졌다. 북거는 불을 붙이고 난 후에도 여전히 닥치는 대로 적군을 베어 넘겼다. 북거의 환두대도가 빛을 뿌리는 순간 적의 비명소리가 울렸다.

"크윽!"

"윽!"

가슴을 찔린 적병의 비명이 들리기도 했으며, 한 순간에 목이 떨어져 저만큼 나가 구르기도 했다. 그때 성루의 불을 신호로 해서 밖에서 기다리던 신라의 원병들이 물밀듯이 들이닥쳤다. 신라 군사들의 사기는 더욱 높아졌다. 성루에 불붙은 화염만큼이나 충천해서 누구라 해도 막을 수 없을 지경이었다. 자연 고구려 군사들은 죽거나 살아있다 해도 도망가느라 정신없었다. 시간이 흐르고 날이 밝아올 즈음, 점차 승자와 패자가 갈리게 됐다. 그리고 마침내 700여 년을 면면히 이어져 오던 고구려 사직은 힘찬 기상과 드높은 기백으로 북방의 여러 나라들을 한 아름에 움켜쥐고 흔들던 영광과 함께 지는 해가 돼 사라지고 있었다.

僻地城門啓　이름 없는 외진 땅의 성문은 열리어 있고
雲林雉堞長　구름 끝 맞닿은 성가퀴는 길기도 하여라.

水明留晩照 맑은 물에 잔 노을 남아 있더니

沙暗燭星光 모래 어둠 저 너머로 별빛이
켜지네.

壘鼓連雲起 진루의 북소리에 구름이 일고
新花拂地粧 새 꽃들이 피어나 치장을 하건만
居然朝市變 어느덧 나라의 모습이 바뀌었구나.
無復管絃鏘 다시는 풍악 소리 들리지 않고
荊棘黃塵裏 가시밭의 누런 흙먼지 속에
蒿蓬古道傍 쑥 잎만 옛 길가에 무성하구나.
輕塵埋翡翠 날리는 흙먼지는 비취를 묻고
荒壟上牛羊 언덕 위엔 소와 양이 노닐 뿐이니
無奈當年事 그때의 일을 돌아보면 무엇 할까
秋聲肅雁行 깊어 가는 가을 하늘 기러기만 나네.

그때 법민의 어가는 부소갑(개성)을 지나 힐차양(肹次壤: 황해도 황주)에 머물고 있었다. 승전 소식은 시시각각 날아들어 법민도 비교적 자세히 알고 있었다.

날씨가 제법 쌀쌀했기 때문에 어가 밖에 모닥불을 피워놓은 채 법민은 앉아 있었다. 주위에 경계 군사들을 촘촘히 세우고 앉아 있는 법민의 갑옷이 오후의 여린 햇살을 받아 황금빛으로 반짝이고 있었다. 법민의 뒤에는 갑옷으로 무장한 광길이 언제나 그렇듯이 눈을 부릅뜨고 시립(侍立)한 채 주위를 살피고 있었다.

“대왕 전하, 우리 군사들이 평양성 남교(南橋) 전투에서 고구려 군사들을 크게 무찔렀다 하옵니다.”

중시 지경이 다가와 법민에게 아뢰었다. 수시로 날아드는 긴박한 전황(戰況)은 모두 중시에게 전해진 뒤 이윽고 법민에게 보고됐다.

“참으로 장한 일이다. 요즘 들어서 우리 군사들의 싸움 소식으로 기쁨이 떠나지 않는구나.”

“이는 우리 장졸들이 한마음으로 뭉쳐 자신의 목숨을 돌보지 않은 채 충절을 보이며 용감하게 싸워준 결과가 아니고 무엇이겠나이까? 결국 당의 이적은 우리 군사들의 눈부신 전과에 힘입어 보장왕과 연남건 등을 포획했다 하옵니다.”

“그게 참이란 말이냐?”

법민은 뛸 듯이 기뻐하며 중시에게 되물었다.

“그러하옵니다.”

“고구려 700년 사직이 이윽고 끝을 보았구나.”

법민은 감회가 새로울 수밖에 없었다. 생각하면 거의 같은 시기에 서로가 나라를 세우고 군림하기를 무릇 700년이 넘었지만, 운명이란 마치 어긋난 개 이빨처럼 서로 맞물려, 국경을 접한 채 싸워온 횟수가 과연 몇 회인지 가늠할 수조차 없었다. 또한 저들에게 핍박받고 쫓긴 나머지 시체가 산하를 뒤덮고, 백성들이 남부여대하여 쫓겨 다니던 것이 그 얼마인지 헤아릴 수도 없었다. 선조 이래로 자신에게 이르기까지 겪어온 신산(辛酸)을 생각하자 마음이 착잡해 왔다. 삼한을 일가로 묶어 한울타리 안으로 아우르기 위해 몸바친 역대 선왕들의 노고와 자신이 기울여 보낸 세월 또한 결코 적지 않았다. 고구려 700년 사직이 막을 내렸다고 생각하니 북받치는 감회를 막을 길이 없었다. 시조 고주몽(高朱蒙)이 천명을 얻어 나라를 세우고 국호(國號)를 고구려라 정한 후, 면면히 이어져 내려오던 장구(長久)한 사직이 마침내 허물어지고 황량한 폐허로 남게 되니 한편으로는 참으로 안타까운 일이 아닐 수 없었다.

당의 이적은 고구려의 보장왕과 왕자 복남(福男), 덕남(德男), 그리고 여러 대신과 백성 3만여 명을 이끌고 당나라로 돌아갔다. 그때 각간 김인문과 대아찬 조주(助州)가 영공을 따라갔는데 인태, 의복, 수세, 천광, 흥원 등도 수행했다.

그즈음 법민은 거의 평양에 닿았다. 그러나 당나라의 이적과 여러 장수들이 이미 귀국 길에 올랐다는 얘기를 듣고는 다시 한성으로 되돌아왔다. 곰곰이 생각해보니, 분하기 짝이 없고 억울하고 안타깝기만 해서 울화가 치밀었다. 신라의 군사들을 이용해 고구려를 멸하고 난 후 당나라 군사들이 승전의 수혜(受惠)를 거의 독식해 버렸기 때문이다. 이적이 그처럼 많은 고구려의 왕족과 신하, 백성들을 데리고 서둘러 개선해 간 것은 법민의 뜻과는 상반된 것이었다. 더욱이 법민이 미처 평양성에 이르기도 전에 급히 귀국한 것은 더 이상 아쉬울 것이 없다는 얄팍한 저의일 뿐만 아니라 당과 겪어야 할 앞으로의 갈등을 예고하는 것이었다.

"이치나 이적, 모두가 참으로 얄팍한 술수를 쓰고 있음이다. 저들 만신방이 오랑캐 무리들의 행위가 심히 괘씸한 구석이 있음이다."

"이는 고구려가 백제처럼 부흥운동을 통해 다시 일어서려는 기회를 주지 않은 채 아예 싹을 잘라버리겠다는 의미도 있으나, 대왕께서 평양에 이르시어 전공을 논해 신라의 지분을 요청하게 된다면, 자연 저들에게는 불리하기 때문에 돌아간 것이 분명해 보입니다. 아울러 3만에 가까운 고구려 백성들을 강제로 끌어간 것도 우리로서는 심히 불측(不測)할 뿐만 아니라 불경(不敬)한 일이 아닐 수 없습니다."

법민으로서는 이치의 처사가 못마땅하기 그지없었다. 공은 신라의 병사들이 세우고, 상은 저들이 가로채 받는 꼴이었기 때문이다.

"죽 쒀서 개만 좋은 일 시킨 셈이 아니고 무엇이랴!"

법민이 이를 부드득 가는 소리가 군막 밖에까지 들릴 정도였다. 아울러 마음속 깊이 당나라의 전후처리를 다시 새겨 두었다.

'참자! 그리고 또 참자!'

법민은 이를 악물었다.

'후일을 도모하기 위해서 다만 참을 뿐이다.'

그러나 어쨌든 승전을 취한 군사들에게 두루 상을 내려주지 않을 수는 없는 일인지라 전공(戰功)을 따져 합당한 보상 절차에 들어갔다.

우선, 유신에게 수레와 지팡이를 하사했고, 불추(不趨)의 특전을 내렸다. 전상(殿上)에 오를 때 다른 신하들처럼 허리를 굽힌 채 종종걸음을 치지 않으며 손을 흔들며 유유히 걸을 수 있도록 한 것이다. 아울러 대각간도 모자란다 하여 태대각간(太大角干)이라는 최상의 벼슬을 내렸으며, 인문에게는 대각간의 관등을 하사했다. 아직 서라벌에 돌아가지 못한 형편에 서둘러 유신에게 위인설관(爲人設官)하여 높은 벼슬을 내린 이유는, 법민이 친정(親征)으로 밖에 머무는 동안 유신이 왕경에 남아 왜와의 외교에 힘을 쏟은 나머지 급찬 김동엄(金東嚴)을 그곳에 보내 약간의 선물을 보냈는데, 그때에 이르러 왜국의 내부대신(內部大臣) 나카도미노 가마다리(中臣鎌足)가 호오벤(法弁)과 신히쓰(秦筆)를 신라에 사신으로 보내 범선 한 척 분의 회사품(回謝品)을 보내와 받아두었다는 소식을 받았기 때문이었다.

뿐만 아니라 왜국의 중대형천황이 법민에게 호화로운 진조선(進調船) 한 척을 보내왔다는 기별도 이미 받아둔 터였다. 따라서 법민으로서는 고구려 정벌을 진행하는 동안 왜의 침략을 사전에 막아두기 위한 조치를 차질 없이 수행한 유신을 치하하지 않을 수 없었다. 아울러 비록 당의 이치의 과한 욕심으로 인해 참담하게 결말이 났지만, 신라군이 이번 전쟁에서 공을 세운 것이 분명했기에 전공을 논하지 않을 수 없었다.

따라서 이찬과 장군들은 모두 각간으로 삼았고, 소판 이하에게는 모두 한 등급씩 더해주었다. 대당소감(大幢少監) 본득(本得)은 사천 싸움에서 공이 첫째였고, 한산주 소감 박경한(朴京漢)은 평양성 안에서 고구려 군주(軍主)였던 술탈(述脫)을 죽여 공이 첫째였으며, 흑악령(黑嶽令) 선극(宣極)은 평양성 대문 싸움에서 공이 제일 컸으므로 모두 일길찬의 관등을 주고 조(租) 1천 섬을 하사했다.

법민이 서라벌로 돌아오는 길에 욕돌역(褥突驛)에 이르렀을 때 국원사신(國原仕臣) 대아찬 용장(龍長)이 잔치를 열어 법민과 장수들을 대접하겠다는 기별을 받았다. 법민은 여러 장수들과 함께 시종하는 사람들을 대동하고 잔치가 벌어지는 곳에 이르렀다. 과연 진기한 음식과 향기 좋은 술이 가득히 차려져 있어 식전방장(食前方丈: 식사를 할 자리가 사방 한 길 넓이로 벌려진 상황)에 가까웠다.

"경이 이처럼 사재를 보태 크게 잔치를 열고 우리 장수들과 과인을 따뜻하게 맞아주니 실로 고마운 일이오."

법민이 그의 뜻을 갸륵하게 여긴 나머지 용장에게

치사를 했다.

“천만부당하신 말씀이옵니다. 대왕 전하께서 손수 군사들을 이끌어 나라의 오랜 숙적을 물리치신 후에 이처럼 소신이 웅거하는 지척에 납시었는데, 하찮은 이 몸 따위가 어찌 가만히 앉아 있을 수 있겠나이까. 이는 우리 고을이 크나큰 성은을 입었으므로 자랑으로 여기고 있으며, 고을 백성들의 다시 이룰 수 없는 영광이옵니다. 비록 소찬이라 하지만 허물을 거두시고 잠시 쉬어 가시길 바라옵니다.”

용장이 허리를 굽히며 대왕을 모시게 돼 영광이란 뜻을 피력했다.

술이 몇 순배(巡杯) 돌고 분위기가 무르익었을 때였다.

“소신의 향리에는 나마(奈麻) 긴주(緊周)라는 사람이 살고 있사온데, 그의 아들 능안(能晏)이 제법 춤을 잘 추어서 근동에 소문이 자자하고 춤사위가 예사롭지 않사옵니다. 이에 대왕 전하의 여흥을 잠시 돋아 드렸으면 싶사옵니다. 윤허하여 주시옵소서.”

용장이 대왕에게 술잔을 올리며 말을 꺼냈다.

“거, 참으로 반가운 말씀이오.”

법민이 흔쾌히 승낙을 하자, 잠시 후 옛 가야의

옷을 입은 고운 모습을 한 소년이 중앙으로 걸어 나왔다. 그 자태가 과연 범상치 않아 보였다. 음악이 시작되자, 이윽고 춤을 추기 시작했는데, 법민이 보노라니 바로 가야의 춤이었다. 사죽(絲竹: 거문고와 피리) 소리가 자지러지는 가운데 오직 동작만으로 슬픔과 한을 표현을 해내는데, 어찌나 애절하고 간절함이 가슴에 와 닿는지 그만 넋을 잃을 정도였다. 애가 끓고 한이 처져 저절로 넘친 나머지 보는 사람으로 하여금 사뭇 애절한 감정을 이기지 못하게 하기에 충분했다. 더구나 삼한을 한 지붕 아래 엮을 수 있도록 승전했다는 사실에 뒤이어 당의 무례한 처사에 몹시 감정이 격하게 흔들리는 데서 오는 감상 때문인지, 춤을 추는 소년의 춤사위가 법민의 심사를 능히 움직이기에 부족함이 없었다. 손끝을 들어 올리면 하늘이 따라 열리는 것 같았으며, 발끝을 내쳐 뻗으면 보는 사람들의 심금을 울리고는 했다. 오르고 내리며 차고 뻗는 모습에 흠뻑 빠진 법민의 눈이 어느새 촉촉하게 젖었다. 소년의 춤에서 분명히 발견할 수 있었던 것은 잃어버린 망국의 한(恨)이었다. 어머니가 가야국의 후손인지라 법민 자신도 절반은 금관가야의 피를 이어받았다고 자처했기 때문에 한층 간절하게 가슴에 와 닿았다. 더구나 소년의 모습이 몹시 고운 데다 얼굴에 화장까지 해서 여자처럼 아름답게 꾸몄기 때문에 법민의 마음을 더욱더 흔들어 놓았다.

"참으로 가상하도다. 저 몸놀림의 유연함을 보십시오."

법민이 능안의 춤사위에 감탄한 나머지 옆에 앉아 있는 흠순을 돌아보며 말했다.

"가히 절절(切切)한 동작이옵니다."

흠순 역시 법민의 뜻에 동조해 마지않았다.

"이리 오너라."

이윽고 춤이 끝나자, 법민이 능안을 불러 옆에 앉혔다.

"올해 나이가 몇이더냐?"

자애롭기 그지없는 목소리였다.

"소인은 올해에 열다섯 살이 되옵니다."

목소리가 마치 은쟁반에 옥이 구르는 것처럼 청아하고 맑았다.

"허면, 너의 아버님께서도 여기 와 계시느냐?"

법민이 물으며 좌중을 둘러보았다.

"그러하옵니다."

능안이 대답했고, 법민이 다시 이르렀다.

"허면, 네 아버님을 모셔 오도록 하여라."

이윽고 긴주가 나타나 아들과 나란히 앉았다.

"능안의 용모가 이처럼 단정하고 아름다울 뿐만 아니라 춤사위 또한 사람의 심금을 울리니, 자못 갸륵하기가 짝이 없음이다. 어린 나이에 그처럼 훌륭한 춤으로 인간의 온갖 희로애락을 두루 드러내 보일 수 있음은 참으로 가상한 일이 아닐 수 없다."

그렇게 칭찬을 거듭하고는 능안의 등을 어루만지며 금 술잔에 손수 술을 쳐 긴주와 능안에게 권하고 폐백(幣帛)을 자못 후하게 주었다.

며칠 후 법민은 포로로 잡은 고구려 백성 7,000명을 이끌고 서라벌로 돌아왔다.

당의 이적이 고구려 백성 3만에 가까운 포로들을 끌어간 것에 비하면 작은 수였으나, 이미 백제와 고구려를 한데 아우른다는 계획을 세워놓고 있었기 때문에 포로들의 숫자에 연연해 하지 않았다.

다음날, 법민은 문무 관료들을 이끌고 선조의 사당에 배알하고 다음과 같이 아뢰었다.

"삼가 조상 제위의 뜻을 이어 당나라와 함께 의로

운 군사를 일으켜 백제와 고구려에게 죄를 차례로 묻고 원흉들을 처단하여 국운이 태평하게 되었습니다. 이에 감히 고하노니, 신이시여 들으시고 흡족해 하소서!"

문무백관이 지켜보는 엄숙한 자리였지만 법민은 스스럼없이 엎드려 눈물을 흘렸다.

비록 아직은 당과의 관계가 원만하지는 못했지만 어쨌든 자신의 대에 이르러서 일통삼한을 이루었다고 생각하니, 감회가 박차 올랐으며 흐르는 눈물을 주체할 수 없었다. 여러 신하들도 법민을 따라 눈물을 흘리고 있었다.

열여드레에 이르러서는 이번 싸움에서 죽은 자들에게 물건을 하사했는데 벼슬이 높은 자들은 물론 그 종자(從者)에게까지도 베 20필씩을 각자 나눠주었다.

한편, 당의 이치는 이적이 붙잡아간 고구려 보장왕을 소릉(昭陵: 선대 이세민의 능)에 데려가 머리 숙여 죄를 빌게 한 후 붙잡아온 포로들을 처리하는 절차에 들어갔다. 보장왕은 비록 왕위에 있었으나 정사가 자신의 뜻에 따라 처리된 바 없다는 이유를 들어 죄를 용서하고 사평대상백원외동정(司平大常伯員外同正)으로 삼고, 남산은 스스로 항복해 왔기 때문에 사재소경(司宰少卿)에 봉했다. 아울러 승려 신성은 서로 내응(內應)한 점을 크게 참작해 은청광록대부(銀靑光祿大夫)를 제수하고, 남생에게는 우위대장군(右衛大將軍)을 내려주었으며, 이적 이하 공을 세운 당나라 장수들에게도 각각 걸맞은 봉상(封賞)을 했다.

다만, 끝까지 항복하지 않은 채 저항한 남건만은 그 죄를 물어 검주(黔州)로 귀양을 보냈다. 아울러 백제의 예에서 그랬듯이 고구려 땅을 9도독부 42주 1백 현으로 만들고, 평양성에 안동도호부를 설치해 다스리게 했다. 원래 고구려는 5부 176성 69만여 호로 이루어져 있었지만, 당나라의 행정(行政)제를 도입해 전 국토를 여러 조각으로 나누어 편리한 대로 개편한 것이다.

이로써 고구려의 사직은 완전히 사라지고 말았다. 그때가 무진(戊辰)년 동짓달이었다. 사람들은 날씨만큼이나 고구려의 처지가 참혹하고 맵다며 모두 입을 모았다.

당의 이런 소식은 법민에게도 곧바로 전해졌다.

중시 지경으로부터 이러한 사실을 보고받은 법민은 하늘이 뒤집어질 만큼 분노가 치솟았다. 기가 막히고 눈알이 튀어나올 일이 아닐 수 없었다. 법민에게 아뢰는 지경의 표정 역시 괴로움에 부들부들 떨고 있었으니, 법민의 심정이야 오죽했으랴.

"더불어 설인귀를 검교안동도호(檢校安東都護)에 봉해 군사 2만을 주어 고구려를 다스리도록 명했다 하옵니다."

"……."

법민은 아무 말이 없었다. 당의 처사를 생각할 때마다 속에서 불길이 치밀어 올랐다. 그러나 지경은 끝까지 맡은바 중시의 일에 충실했다. 비록 법민이 듣기 싫어한다는 것을 잘 알고 있었지만 자신의 본분을 잃지 않았다.

"비록 고구려 땅에 요동도안무대사인 우상 유인궤가 자리해 있다하나 이는 명목에 불과할 뿐, 실권은 거의 모두 설인귀에게 있는 것과 다름없습니다."

지경이 다시 아뢰었지만, 법민은 여전히 입을 다물고 있었다. 그러나 마음속마저 평온할 리 없었다. 법민은 깊은 생각에 잠겼다.

'우리와 한 마디 상의도 없이 어찌 그럴 수 있단

말인가?'

'저들이 하는 짓거리를 그대로 보고만 있어서는 아니 될 일이다. 이치가 마음대로 하도록 좌시(坐視)할 수 없다.'

'우리를 무시하고 또한 과인을 업신여김에 있어서 그 무례하기가 마치 하늘을 찌를 듯하구나!'

그러나 문제는 그다음에 일어났다. 지경이 각오를 새롭게 하고 아뢴 내용이 마침내 법민을 폭발하게 한 것이다.

"더구나 당의 고종은 안동도호부 설인귀에게 황제의 조칙을 내려 고구려 땅의 3만 8천 300호, 무려 20만 명의 백성들을 강제로 요하 동쪽의 험지(險地)로 데려가 여러 주에 이주시켰다고 하옵니다."

"뭐라고?"

법민은 눈을 부릅뜬 채 지경을 쏘아보았다.

"이는 과거 고구려 땅에 살던 백성들을 이주 분산시킴으로써 그들의 반란 움직임을 사전에 봉쇄해 잘라버리려는 의도가 분명해 보입니다. 어찌 참고 있을 수 있겠사옵니까?"

"저런 죽일 놈들!"

법민의 분노가 마침내 폭발하고 말았다.

"아울러 막심한 노동력을 착취(搾取)하려는 당 황제의 흉악한 욕심이 성성이 깔려 있음을 알 수 있는 일이옵니다. 들리는 소문에 의하면, 끌려가는 고구려 백성들의 울부짖음이 하늘에 닿을 지경이었으며, 일가친척이 서로 헤어지지 않으려고 눈물바다를 이루었다 하옵니다."

법민은 이내 부들부들 떨었다.

"즉시, 문무백관들을 편전에 들라 일러라!"

추상같은 명을 내렸다. 이치가 그처럼 수많은 고구려 백성들을 굳이 당나라까지 강제로 이주시킨 이면에 숨어 있는 속셈을 간파할 수 있었다. 우선, 요하 동쪽의 척박한 땅은 불모지나 다름없었다. 때문에 고구려 백성으로 하여금 옮겨 살도록 함으로써 국토를 개발하는 노동력을 확보할 심산이었으며, 아울러 고구려 땅에서 일고 있는 부흥운동의 싹을 잘라 없앨 수 있으니, 이치의 입장에서는 실로 일거다득의 효과를 볼 수 있을 것이었다. 그렇다면 동맹국으로서 서로 힘을 합쳐 싸운 점을 참작해 법민 자신의 뜻이나마 한마디쯤 묻고 넘어갔어야 한다고 생각했지만 이치로부터 어떤 말도 없었다.

'어찌 그런 일을 한마디 상의조차도 없이 독단으로

처리할 수 있단 말인가?'

'어찌 이 모든 상황을 지켜볼 수 있음인가?'

눈에서 불이 이는 듯 분노를 억제할 수 없었다.

"당장 웅진과 평양으로 군사들을 풀어 당나라 만무방이들을 쳐 죽이고, 저들을 몰아내야 하옵니다!"

흠돌이 흥분한 나머지 눈에 시퍼런 불을 켜고 아뢰었다.

"어찌 유구한 역사에 빛나는 대신라가 이런 수모를 참고 견딜 수 있겠나이까? 즉시 웅진부터 쳐서 도독의 목을 친 후 당 이치에게 우리의 의지를 보여주십시오."

진광이 분을 삭이느라 손발을 떨며 아뢰었다.

"이는 이치의 치밀한 계산에 의해 이루어진 저들의 흉측한 음모이옵니다. 과연 어찌하면 저들의 간교한 술책을 일거에 분쇄할 수 있겠나이까?"

좀처럼 당에 대해서 비판하는 일이 없던 친당파 신하들까지도 모두 나서서 당의 처사를 원망하며 성토하기를 주저하지 않았다. 그러나 법민은 나라를 책임지고 다스리는 대왕답게 마음속으로 끙끙 앓아 참으면서도, 언젠가 이런 수모를 필히 되갚아 설욕하고 말 것이라며 다짐했다.

"더구나 요란스럽게 개가를 울리며 낙양으로 돌아간 이적은 당 황제에게 "소신이 이번 싸움에서 고구려를 멸할 수 있게 된 데에는 신라의 군사들이 기여한 공이 전혀 없으므로 황제께서 살펴 주십시오. 낱낱이 저들의 공과를 따진 연후에 이윽고 공이 있다고 인정할 수 있는 경우에만 비로소 상을 내려주시는 것이 옳은 일이옵니다. 통촉하여 주옵소서."라고 아뢰었다고 하옵니다."

흠순이 부르르 떨며 일어나 아뢰었다.

"어찌 그러한 망발을 입에 올릴 수 있겠사옵니까? 이는 당 황제는 물론 영공 이적까지도 모두 한통속이 돼 우리에게 수모를 주려는 뜻이 아니고 무엇이겠습니까? 도무지 참을 수 없나이다."

죽지가 뒤를 이어 입에 침을 튀기며 말했다.

법민은 진중하기만 했다. 오히려 죽지와 흠을 지긋이 바라보는 표정이 침착하기만 해서 신하들이 오히려 놀랍다는 표정을 지우지 못했다.

"경들의 충정을 과인이 어찌 모른다 할 수 있겠소? 과인이 혼신의 힘을 다해 동맹국으로서 그 책무를 다했건만, 당의 처사가 이처럼 우리에게 분기를 느끼도록 할 수 있단 말이오? 과인이 오늘날 비록 분기를 참기에 혼신의 노력을 기울이지만, 기필코 오늘의 기억을 잊지 않고 저들에게 받은 수모를 모조리 되돌려주고 말 것이오!"

법민으로서는 참으로 억장이 무너질 일이었다. 더구나 이미 싸움에서 이겼으므로 그동안 도움을 입었던 동맹국을 모른 체하겠다는 뜻이 분명한지라 당의 이러한 모든 처사에 치가 떨릴 뿐이었다.

"하나하나 들춰내자면 끝이 보이지 않을 지경이옵니다. 사수에서의 싸움과 평양성의 대문, 북문, 남교 싸움에서 이긴 것이 당 나라 군사들이었단 말은 참으로 어불성설에 지나지 않습니다. 그런 천하의 억지가 과연 어디에 있단 말씀입니까? 더구나 사천 벌에서 신라의 군사들이 고구려군을 크게 무찌른 이후에야 적의 예봉(銳鋒)이 꺾인 나머지 승기(勝氣)를 잡을 수 있었사옵니다. 어찌 당에 돌아가서 황제에게 그런 망발을 늘어놓을 수 있단 말씀입니까?"

문영이 아뢰었다. 그는 대고구려전의 사수 싸움에서 처음 전단을 열어 기선을 제압해 승리의 발판을 마련했노라며 당시의 상황을 일일이 열거하기까지 했다.

"더욱 기가 막히고 통탄할 일은 우리가 이미 수복

한 패수 남쪽의 옛 신라의 땅과 30년 만에 되찾게 된 비열성(卑列城)까지도 즉시 도호부에 반환하라는 어이없는 명을 내렸다는 것이옵니다."

문영이 아뢰는 내용은 어떤 조치를 취하든 신라의 뜻을 당의 이치에게 전해야 한다는 간정에 다름 아니었다.

"대왕 전하, 당나라의 횡포가 극에 달했나이다."

조정의 중신들과 장수들이 분분히 일어나 치솟는 분노를 가누지 못해 이를 갈며 분개했다. 그러나 법민의 표정은 끝내 이성을 잃지 않았다. 어찌 한날 차오르는 감정을 적절히 제어하지 못하고 중요한 국사를 처리할 수 있음이랴.

"과인이 적절히 생각을 모은 뒤 마땅한 방법을 찾을 것이니, 경들은 쌓인 감정을 정리해주시기 바라오."

법민은 새삼 두 주먹을 불끈 끌어 쥐었으나 가까스로 마음을 다잡았다. 앉아서 분노만 터뜨린다고 되는 일이 아니라 실현 가능한 방법을 찾아 해결할 것을 다짐했던 것이다. 그는 즉시 명을 내렸다.

"문영과 선광 두 장수는 들으시오!"

두 장수가 몸을 일으켜 앞으로 나왔다.

“두 분 장수는 즉시 군사들을 이끌고 접경의 백제 도독부의 성들을 두어 개씩만 취하고 난 뒤 탈취한 성을 지켜 방비를 튼튼히 하고 경계를 게을리 하지 마시오!”

우선, 백제 도독부의 성을 들이치라는 명이었다. 이는 그런 방법이나마 쓰지 않으면 가슴속의 울화를 다스리기 힘들었기도 하지만 아울러 당의 반응을 예의 주시하기 위한 방책의 하나였다.

“삼가 왕명을 받들겠습니다.”

두 장군이 명을 받고 나가자, 이번에는 지경에게 하명했다. 그 모습이 가히 추상처럼 냉정한 모습에 다름 아니었다.

“중시는 들으시오. 앞으로는 백제의 유민들뿐만 아니라 고구려 땅에서 남부여대하여 신라로 넘어오는 사람이라면, 누구라 하더라도 따뜻이 맞아 다독이고 신라 땅에서 함께 더불어 살도록 하시오!”

지금까지는 당의 눈치를 보느라 백제와 고구려에서 떠도는 유민들에 대해서 마땅히 손을 쓰지 못했지만 앞으로는 당의 눈치를 보지 않겠다는 것이었다. 따라서 이는 당을 향해 칼을 뽑아든 것이나 마찬가지였다.

‘동맹은 이미 무너졌음이다.’

법민은 분노에 찬 나머지 이를 갈며 당에 대한 적대 행위를 서슴지 않겠다며 마음을 다잡았다. 때마침 고구려 다물(多勿: 고구려 부흥군)군이 여러 곳에서 심심찮게 봉기해 당에 대항한다는 소식이 들려왔다.

법민은 이런 기회를 십분 활용하기로 하고 이에 적극 호응하기로 마음먹었다. 더불어 왜에도 사신을 보내, 언젠가 당과 일전을 치르게 될 때를 미리 대비했다.

2권 끝.

〈문무 3권〉으로 이어집니다.

문무2 [큰글자도서]

발 행 일 : 2010년 3월 29일
지 은 이 : 장태우
발 행 처 : (주)도서출판점자
발 행 인 : 김동복
출판등록 : 2009년 2월 17일 제 25100-2009-5호
주 소 : 서울특별시 성동구 아차산로17길 57(일신건영휴먼테코), 1203호
전 화 : 02)3426-7511
팩 스 : 02)3426-7502
전자우편 : kbraille@naver.com
홈페이지 : www.kbraille.net

ISBN 978-89-93793-82-6
ISBN 978-89-93793-84-0 세트

잘못된 책은 바꾸어 드립니다. 값은 뒤표지에 있습니다.